FRÉDÉRIC COUDERC

Aucune pierre ne brise la nuit

ROMAN

ÉDITIONS HÉLOÏSE D'ORMESSON

ISBN 978-2-253-25962-6 – 1re publication LGF

Pour Caryl, l'un à l'autre toujours… presentes *!*

1

1998

Dans le musée étincelant de soleil, Ariane ne fut d'abord qu'une illusion. À sa place, Gabriel imagina Véro, ses yeux tendres et ses lèvres pulpeuses. Cette femme lui ressemblait tant qu'on eût dit sa fiancée, à l'époque où il étudiait aux Beaux-Arts : sa silhouette haut perchée sur ses talons Bally, sa façon de croiser les jambes, de sourire, tout cela le percutait de plein fouet. Malgré les années, ses souvenirs le pétrifiaient encore. Et puisque l'horreur s'infiltrait toujours jusqu'à l'os, il endura un instant sa terreur, le cauchemar de tout ce qu'elle avait vécu.

Gabriel crispa les poings pour ne pas trembler comme une feuille. Il jeta un coup d'œil circulaire à la mezzanine et tâcha de se reprendre en fixant la mer par-delà le port et la capitainerie. Il releva la tête et inspira profondément. C'est ainsi qu'il repoussait les courants du passé et retrouvait son souffle. Lui parvint un parfum de femme, des effluves de fleurs blanches. Bientôt l'odeur recouvrit tout. Elle prit le pas sur ses rêveries. Véro se dilua. Ariane s'imposa dans son champ de vision.

Ils se trouvaient à moins d'un mètre l'un de l'autre, admirant le tableau d'un figuratif argentin. Chacun de leur côté, ils détaillaient avec attention les dockers à l'ouvrage, les grues, les bateaux, les sacs de blé et de charbon. Rien ne manquait à ce spectacle coloré du Nouveau Monde parti pour ravitailler l'ancien.

— Le *grupo de La Boca*, murmura soudain Ariane.

Intriguée, elle se pencha pour lire une notice à moitié retranscrite, accrochée au panneau mobile avec ce titre énigmatique : « Quand vous traversez le port, évitez les condamnés à mort ! »

Gabriel plongea les mains dans les poches de son jean, hésitant à aborder sa voisine. Ariane trancha pour lui.

— On dirait un Benito Quinquela Martín, poursuivit-elle en le dévisageant. L'école des années 1920… Mais la scène est signée d'un Français, non ? Ferdinand Constant, vous connaissez ? Et ce titre, je ne le comprends pas…

Il sursauta légèrement, se sentit gagné par un certain malaise. Mais que lui arrivait-il ?

D'abord, ce tableau qu'il aurait reconnu entre mille, qui lui faisait l'effet d'une grenade dégoupillée. Puis, cette inconnue au parfum envoûtant qui le questionnait naïvement. Voilà des années que personne ne lui parlait plus de l'Argentine. Il parvint à sourire, malgré la ressemblance avec Véro, qu'il n'arrivait pas à chasser de son esprit. La même voix, la même taille, les mêmes traits… Au fond, le même genre de femme pleine d'assurance, au style intemporel, mais avec vingt ans d'écart et un océan qui les séparait l'une de l'autre.

Les lèvres livides de Gabriel s'animèrent :

— Le peintre adresse un clin d'œil aux Français de Buenos Aires, dit-il, à peine audible. Dans les années 1950 et 1960, les dîners mondains se donnaient selon une formule protocolaire : « Quand vous invitez le consul, évitez les condamnés à mort ! » À l'époque, les anciens de *Je suis partout* pullulaient en Argentine, comme les miliciens, les soldats de la division Charlemagne, les speakers de Radio-Paris. Un peu plus tard, des crapules de l'OAS sont venues les rejoindre. Tous ces fuyards ont trimé comme dockers avant de trouver mieux à faire.

Gabriel prononça ces mots avec désinvolture, et un cynisme parfaitement étranger à son caractère, mais qui lui permettait de garder ses distances. Sa repartie intrigua Ariane.

— Les histoires de nazis en cavale sont connues en Argentine, mais j'ignorais pour les Français… En fait, c'est le style de ce tableau qui m'a attirée, je n'imaginais pas son origine. J'ai passé quelques années à Buenos Aires, et en le voyant j'ai tout de suite pensé à Martín, cette école des artistes du peuple, les muralistes, les fresques des Galerías Pacífico…

— Pour un exilé, c'est vraiment du beau boulot, s'adoucit Gabriel. Tout le contraire des petits maîtres français qui croquaient l'exotisme des pays du cône Sud. Vous voyez le genre : d'un côté, Buenos Aires l'Européenne, de l'autre, les vastes plaines de la Pampa et le monde gaucho. Des paysagistes un peu pompeux…

— Léonie Matthis ! reprit de volée Ariane. Ou peut-être Numa Ayrinhac ? Ses toiles de Pigüé sont dans l'autre salle. Et ses cinq portraits d'Evita. Je ne sais pas comment ils s'y sont pris pour se faire prêter l'effigie officielle du couple Perón. Vous avez vu ? Elle est quand même splendide avec sa rose à la boutonnière, ce collier…

Il avait entraperçu cette chose écœurante. Le culte ignare de Juan et Eva Perón représentait pour lui le début de la fin, une caricature d'emprise sur son peuple immature, son pays qui était ballotté depuis toujours entre démocratie et autoritarisme. Il devait vraiment faire un effort pour comprendre l'attrait hollywoodien qu'exerçait la madone des sans-chemise, les *descamisados*, sur le public européen. Jamais il n'avait ressenti la moindre empathie pour cette icône à la fois sentimentale et canaille. Cependant, il ne voyait que des désagréments à creuser le sujet Evita. Autour d'eux, la salle se vidait. Il se sentait mieux brusquement, presque léger, au point de bavarder encore un peu de Buenos Aires. Cela ne lui était pas arrivé depuis des siècles. Alors il proposa à Ariane de boire un verre.

Ils étaient convenus de se retrouver à la cafeteria du musée, à l'étage. Arrivé le premier, Gabriel s'assit à une table près de la fenêtre, avec une vue imprenable sur les mouvements des porte-conteneurs. Ariane devait le rejoindre, le temps de finir l'exposition. Il avait encore un petit moment pour se demander si c'était bien malin de provoquer le passé. Parfois, une série de coïncidences réorientent l'existence. Cette journée réservait déjà son lot de surprises. Ce matin-là, il s'était levé avec l'intention de rouler jusqu'au Havre. Il voulait visiter le musée d'Art moderne au pas de charge, survoler l'accrochage permanent d'impressionnistes, s'attarder sur l'enfant du pays, Raoul Dufy, avant de repartir sous les teintes changeantes de l'estuaire de la Seine, celles-là mêmes qui avaient inspiré les peintres présents dans les collections. Les yeux ivres de voiliers, de sirènes, de baigneuses et de cargos, il aurait ensuite passé l'après-midi à écouter en boucle le dernier Bowie. « Telling Lies »… Mais au lieu de cela, il avait buté sur l'affiche de l'exposition, peu après la passerelle qui menait à l'entrée du musée, sur laquelle il avait lu : « Un rêve sur le néant : Français d'Argentine ».

Des milliers avaient embarqué des ports du Havre et de Bordeaux pour refaire leur vie sur les berges du grand fleuve couleur de lion, le Río de la Plata. Une photo et sa légende publiée par *Le Petit Journal* à la fin du XIXe siècle servaient d'illustration :

« Vous qui rêvez d'un avenir meilleur, n'hésitez pas. Buenos Aires recrute pour différents postes de travail. Salaires de 100 à 250 francs par mois, hébergement et nourriture inclus. » En provenance de Naples, Séville, Londres et Hambourg, d'innombrables navires avaient ainsi mis le cap sur la ville, symbole d'un nouvel Eldorado. Le commissaire d'exposition rameutait la fine fleur d'artistes franco-argentins, jusqu'à réunir dans la première salle quelques jeunes gens de lointaines ascendances tricolores. Ces artistes contemporains proposaient installations, séries de photos et vidéos. On ne voulait pas faire scolaire, pas question de livrer un parcours chronologique. Sous une lumière tamisée, une jeune femme utilisait la viande comme métaphore de l'histoire argentine. Des morceaux de chair, de la graisse, des os, qu'elle transformait en robe, en fauteuil ou en paire de chaussures. Le visiteur était censé y déchiffrer les famines subies par les premiers colons aussi bien que les sept années de dictature, dites *Proceso de Reorganización Nacional*, lancées par le coup d'État militaire du général Videla, le 24 mars 1976. Un peu dans le même genre d'imposture, une autre artiste cherchait à représenter les fractures urbaines et sociales de la capitale à l'aide d'un bout de palissade, vecteur de sensations « d'humilité et de tendresse ». Tellement criard et facile, avait jugé Gabriel.

À présent, il vidait une bière et songeait à en commander une autre. Sur la banquette voisine, traînait une copie du *Havre libre*. Il s'en saisit et survola distraitement les titres. Tant de choses lui revenaient à l'esprit. Le fantôme de Véro, les faubourgs de Buenos Aires… Mais aussi les arbres bariolés des *barrios*, le rouge du ceibo, la fleur rose du lapacho, le mauve du jacaranda. Au même titre que ces Européens qui avaient embarqué un siècle plus tôt, il avait lui aussi émigré, mais dans le sens inverse. Comme eux, sans doute, il se sentait un peu dérouté lorsqu'il ne comprenait pas certains mots, lorsqu'on lui adressait des regards méfiants. Et puis l'Argentine lui manquait cruellement : les paysages dont il était désormais privé lui serraient le cœur, sans parler de la musique, de la nourriture, des odeurs. Vingt ans qu'il avait enfoui tout cela au plus profond de lui-même. Une éternité qu'il se disait que la douleur s'effacerait un jour, ou peut-être jamais. Qui savait ?

Mais que fichait-elle ? Gabriel s'impatientait. L'inconnue lui avait juste laissé un nom. Ariane, ça sonnait bien. Une sorte de promesse… Et si elle en avait profité pour se dérober ? Peut-être avait-elle tout simplement changé d'avis… Cette idée de la perdre – alors même qu'il n'avait passé que cinq minutes avec elle, en tout et pour tout – lui parut ridicule. Elle viendrait, elle ne viendrait pas, et alors ? Son cœur cavalait, certes, mais il n'en était plus à prendre au tragique un rendez-vous manqué. Tant mieux si elle débarquait tout sourire. Voilà, c'était juste ce qu'il devait se dire. Et dans ce cas heureux, il tâcherait de rassembler ce qui restait en lui de séduction.

Il réfléchit à une série de thèmes pour nourrir la conversation. Il en passerait par son expérience aux Beaux-Arts de Buenos Aires. Il ne voyait que des avantages à se lancer dans une histoire de la peinture en Argentine. Et pourquoi pas, éternelle litanie, comparer ensuite Buenos Aires à Paris ? Car elle semblait parisienne, n'est-ce pas ? Bon, bon… On verrait bien. Tout en posant ses pions, il savait cultiver un certain détachement. Toujours payant, ça. Ariane avait dû être sensible à son charme, sinon pourquoi accepter un rendez-vous ? C'était tout l'enjeu des minutes à venir.

Il posa le quotidien et leva les yeux. Autour de lui, la clientèle savourait la vue du port. Des quatre coins de la planète, des navires convergeaient en direction des postes de déchargement. Cela suffisait à assurer le spectacle.

« *This is Sparta.* » Attiré par l'éclat d'une voix sourde, Gabriel détacha son regard du port. Au pied du musée, un skin beuglait son cri de guerre. Debout sur un banc du parvis, il paradait face à trois autres désaxés. Tous s'esclaffaient en faisant le salut hitlérien. Un rottweiler slalomait entre des canettes de bière. L'ordinaire pour une trentaine de gars et de filles qui écumaient la région depuis les années 1980.

La scène surprenait tout de même un peu. Dans le coin, ce genre de bandes se tenait à carreaux depuis le brutal assassinat en mai 1995 d'Imad Bouhoud, un jeune Beur contraint d'avaler un mélange de bière et de nettoyants pour pièces mécaniques avant d'être jeté vif dans un bassin du port. Par ici, on aimait « casser du boucaque » – contraction de « bougnoule et macaque » dans le jargon des demeurés. Mais là, les choses étaient allées trop loin. En attendant le verdict de la cour d'assises de Seine-Maritime, quelques repentis rentraient dans le rang, balançaient à tout va, pendant que d'autres, apparemment, s'enfonçaient dans leur délire. La cogne comme langage, la terreur comme moteur. Un refrain familier pour Gabriel. La même merde d'un continent à l'autre, mais avec une odeur différente.

À l'époque, toute la région s'était émue du fait divers. Gabriel lui-même n'avait pas manqué l'analogie avec ses propres disparus, les corps jetés à la mer… Plissant les yeux, il détailla les tenues paramilitaires, les bombers et les Dr. Martens coquées hautes. Les gestes ne trompaient pas. Ceux-là appartenaient à la branche crétine des skins, ces *boneheads* qui poussaient la chansonnette avec les Evil Skins sur « Zyklon Army », titre phare des années *Blood and Honour*. Toujours fourré chez un disquaire de l'Avenida Santa Fe, Gabriel connaissait parfaitement l'histoire du mouvement. Le label Trojan adressait d'Angleterre des productions reggae vénérées par les *rude boys* jamaïcains et les *hard mods* de Londres. La dérive des *Oi ! bands* vers l'extrême droite datait d'un peu plus tard, des années Thatcher. Il ne fallait pas confondre les tondus entre eux. Même ceux qui se pavanaient sous ses yeux, finalement, Gabriel ne parvenait pas tout à fait à les prendre au sérieux. Il ne pouvait s'empêcher de leur trouver un air ingénu, du moins en les comparant avec *son* extrême droite à lui – à côté des fascistes argentins, ceux-là sont presque des enfants de chœur, songeait-il.

Crâne-rasé-sur-son-banc poursuivit son cirque encore un moment. La situation ne semblait pas inquiétante. Rien, en tout cas, qui ne perturbait le va-et-vient des passants chaudement vêtus. Gabriel reprit sa lecture du *Havre libre*. Au fond, il n'était pas pressé. Et tandis que son regard s'attardait un instant sur *Le Signal*, cet imposant œil géométrique et grand ouvert du sculpteur Henri-Georges Adam, il aperçut la silhouette d'Ariane sur le parvis du musée.

La belle s'éloignait de lui à grandes enjambées.

Tout chez Ariane indiquait qu'elle appartenait à un autre monde que lui. Elle était élégante, cultivée, bourgeoise. Ses cheveux lissés et le délicat rose poudré de son manteau sans col le renvoyaient dans ses cordes de fils de prolo. Et lui, que portait-il, d'ailleurs ? Avec son jean, son pull marin un peu usé, relevé jusqu'aux coudes, et ses tennis, il avait l'allure d'un étudiant. Bêtement, il s'était dit que quelque chose pourrait se passer entre eux. Ariane l'avait facilement percé à jour. Il se sentit frémir en buvant sa deuxième bière. Son attention se recentra sur les skins et Ariane qui s'approchait. C'est alors que se produisit une catastrophe qui le prit totalement au dépourvu.

Qu'avait-elle vu ou entendu pour s'arrêter pile devant l'écervelé au crâne rasé ?

L'altercation était difficile à décoder d'où Gabriel se tenait. D'en bas, lui parvenait une agitation bizarre, comme dans un film muet. D'un air guindé, Ariane se planta face au nervis. Des cris, des mots échangés à la volée, un mouvement de menton, et voilà qu'elle s'avança les deux mains en avant, prit son élan et le bouscula de toutes ses forces. Surpris, le skin perdit l'équilibre et s'écrasa lourdement sur l'herbe en valsant sur le dos.

— Elle est complètement tarée, murmura Gabriel en réprimant un rire de stupéfaction.

Les autres crânes d'œuf se levèrent d'un bond. Ariane osait ce que personne n'était censé faire : répondre à une insulte. Face à des brutes, si vous passez votre chemin, vous êtes un lâche. Si vous réagissez, vous êtes totalement inconscient. Sanglée dans son armure rose poudré, sans considération pour le voyou à terre, Ariane ne suivait aucune logique et choisissait la seconde option. Traitée de « sale youpine suceuse de bites », elle ne s'était pas dégonflée. Elle n'attendait aucun secours, avait menacé d'appeler les flics, déclaré fièrement qu'elle était juive, puis les choses s'étaient envenimées. Au fond d'elle-même, Ariane savait ce qu'elle faisait. Elle avait déjà désamorcé quelques comportements du même genre chez ses élèves et comptait déclencher une sorte de stupéfaction chez les skins. Et peut-être, avec la foi du charbonnier, les remettre sur le « droit chemin ».

Et après ? La peur figea le visage de Gabriel.

Il se leva, déposa dans sa course une pièce de cinq francs sur le comptoir, et descendit à toute vitesse la volée d'escalier qui menait à l'entrée du musée. La passerelle trembla sous ses pieds tandis qu'il courait en direction du *Signal*. Un instant, la sculpture masqua la scène. Puis, il vit l'attroupement autour du skin qui, curieusement, ne parvenait pas à se relever. Chacun détalait de son côté, abandonnant son camarade sur l'herbe. Gabriel entendit des cris et redoubla de vitesse.

À l'aplomb du blessé, Ariane cillait. Le skin avait planqué derrière son dos sa batte de base-ball. Accrochée solidement à sa ceinture, la matraque lui avait asséné un coup du lapin aux vertèbres, lorsque Ariane l'avait poussé. K.-O. en une frappe, malgré lui, il n'en était pourtant qu'au début du cauchemar. Effrayé par le visage tremblant de son maître, Kaiser – le nom du rottweiler, on l'apprendrait plus tard – avait d'abord grogné dans un regard mauvais. Oreilles droites et queue haute, bavant de haine, il s'était rué l'instant d'après sur la gorge du skin. L'espace de quelques secondes, il était couvert de sang. Il pissait dans son caleçon aux couleurs du PSG.

Un peu plus loin, Ariane accueillit Gabriel avec indifférence. Ses yeux ne pouvaient se défaire des hurlements déments du skin et de la violence de la scène. Instinctivement, Gabriel prit Ariane dans ses bras et lui intima de ne pas intervenir. Sans plus tarder, il revint au carnage. Au loin, des sirènes retentissaient, police et pompiers avaient sans doute été alertés par des témoins. Chaque seconde comptait. Le chien redoublait d'énervement sur sa victime. Plus le skin se débattait et plus l'animal le mordait à la gorge et au ventre. Les chiens d'attaque sont presque insensibles à la douleur. Pour que Kaiser lâche sa proie, il ne servait à rien de lui asséner des coups de pied – il saisirait la jambe de Gabriel – ni de frapper la truffe ou les yeux. Pour le soumettre, il fallait l'étrangler.

Gonflé d'adrénaline, Gabriel s'avança prudemment, blouson replié autour de son avant-bras droit, ordonnant avec fermeté : « Stop *perro*, stop ! » La paume des mains bien en avant, il parvint ensuite à attirer l'attention de la bête qui leva les crocs dans sa direction et marqua un temps d'arrêt. Dans la boucherie, la batte de base-ball s'était soulevée de la ceinture du skin. Elle apparaissait par un pan déchiré de son bombers. Il songea à s'en emparer pour garroter le rottweiler par-derrière, jusqu'à lui briser la nuque. Très lentement, Gabriel parvint à saisir la matraque. Kaiser s'immobilisa, fixant le bout de bois. Gueule en avant, il bondit sur le gourdin, mouvement qui permit de l'éloigner du skin. Se protégeant toujours le visage de la main gauche, Gabriel n'avait absolument aucune idée de la suite : peut-être fallait-il chevaucher l'animal, l'empoigner par la nuque pour l'immobiliser ?

— Poussez-vous ! trancha une voix essoufflée.

Un vigile du musée accourait dans leur direction, armé d'une bombe lacrymogène. Il aspergea instantanément les yeux de Kaiser d'un jet puissant de gel poivre, et la brûlure fut telle que le chien courut dans tous les sens sur la pelouse en couinant. Gabriel se tourna vers le corps inerte et ensanglanté du skin. Au même moment, les premiers secours débarquaient d'un véhicule du SAMU.

— Fiston, réveille-toi. Tu m'entends ? murmura un médecin urgentiste.

Le skin ne bronchait pas. Ils se mirent à deux pour tenter de le réanimer, panser ses plaies, parer au plus pressé. L'aspect monstrueux des blessures ne lui laissait guère de chance de survie. L'une des deux silhouettes, vêtue d'un blouson canari, fit un signe à son confrère. Pas une minute à perdre, on filait à l'hôpital.

Pâle comme une morte, Ariane ne bougeait plus. Elle contemplait le rythme lent de la mer, l'eau lisse comme un miroir, à se dire qu'il fallait ramasser les babioles de son sac dispersées près du banc, une tentative comme une autre pour réinvestir la réalité. Gabriel retardait lui aussi tout mouvement. L'adrénaline affluait. Accroché aux gigantesques cuves de pétrole du port industriel, son esprit suivait un mécanisme de survie. Pour s'extraire du chaos, il fallait penser à autre chose. Il songeait aux copains de la Compagnie maritime industrielle qui bloquaient si souvent les terminaux. De vrais casse-couilles – l'oléoduc du Havre alimentant pas loin de la moitié de la consommation française… Il balaya ensuite l'horizon du regard. Des mouettes et des goélands survolaient la baie. Dans l'air surchargé d'iode, la sirène du SAMU se fit à nouveau entendre, et le gyrophare lança ses éclairs bleutés sur les frontons du musée. Les premiers agents établissaient un périmètre d'opération autour du banc. La police scientifique arriverait bientôt en renfort avec photographies des lieux, traque des indices, traces et empreintes. Sans oublier les journalistes…

Gabriel hésita une seconde avant de rejoindre Ariane. Il put ainsi l'observer encore un peu. Doux Jésus, qu'elle était belle. D'abord, les nuances dorées et cuivrées de sa chevelure, très Renaissance italienne – une couleur de caractère que l'on appelle blond vénitien, apprendrait-il plus tard –, puis son nez bien profilé, ses pommettes hautes, son visage lumineux, dominé par des yeux verts. Elle était toujours en état de choc, ses lèvres tremblaient.

Gabriel se demanda s'il allait se faire jeter. Après tout, elle ne s'était pas rendue à leur rendez-vous, elle l'avait fui avant ça. Mais peut-être avait-elle changé d'avis ? S'était-elle sentie protégée ? Et s'il réussissait enfin ? Personne ne pouvait imaginer ce qu'il avait enduré avec Véro. Il valait mieux la chasser de son esprit une fois pour toutes.

— Je peux vous aider ? À ramasser votre sac, je veux dire, marmonna-t-il.

— Quoi ?

— Votre sac, à côté du banc, il faut le récupérer. Quand les policiers auront tous rappliqué, je crains que ça devienne plus compliqué.

Il y eut un court silence et quelque chose comme

le ricanement d'une mouette. Ariane prit une légère inspiration.

— Je l'ai poussé, c'est de ma faute ! s'écria-t-elle.

— Mais non, j'ai tout vu de là-haut.

— Vous l'avez sauvé ! Vous croyez qu'il a perdu beaucoup de sang ?

— Difficile à dire. Je n'ai pas eu le temps de saisir l'étendue des dégâts, mais j'ai quand même l'impression qu'il est sérieusement amoché.

Gabriel posa une main sur son épaule. Il l'aida à ramasser ses affaires. Son visage calme et rassurant constituait sa carte maîtresse. C'était tout l'opposé du chaos que vivait Ariane. Avec lui, le monde se réorganisait.

Dans l'herbe, Gabriel récupéra un Nokia rouge, un chargeur, un trousseau de clefs, une Carte orange, un paquet de mouchoirs, une brosse à cheveux, du paracétamol, deux sachets de thé, un stylo, des pansements, un miroir de poche… Ce faisant, d'autres objets attisèrent sa curiosité : un rouge à lèvres, un carnet de notes, un agenda Moleskine, une ordonnance et un flacon de parfum. Ils procédèrent rapidement, ne prêtant aucune attention l'un à l'autre. Quand ils se relevèrent, une jeune femme en blouson bombardier se dressait devant eux.

— Ce sac vous appartient ?

Cheveux courts, figure émaciée, l'inspectrice Audrey Chemin interrogeait Ariane, bien que la réponse fût évidente. Celle ci hocha la tête et se lança spontanément dans le récit des événements. Audrey Chemin s'attendait à une histoire tortueuse ou au contraire à une vibrante proclamation d'innocence.

Les suspects se comportaient toujours ainsi, elle en avait l'habitude. Mais au lieu de cela, Ariane se désigna spontanément comme la responsable du drame. Elle n'employa jamais le mot « accident ». Elle raconta qu'elle avait été insultée en sortant du musée, qu'elle ne savait pas pourquoi mais qu'elle avait répondu à l'agressivité par l'agressivité en bousculant le type, qu'elle mesurait la gravité des faits, qu'il n'y avait pas d'enquête à mener, c'était elle la coupable, un point c'est tout. Elle prendrait dès demain un avocat, concluait-elle sur un ton dénué d'émotion. En réponse, Audrey Chemin soupira dans un léger sourire. Elle sortit son carnet pour noter la date et l'heure des événements. Difficile à dire si sa stupéfaction venait de cette enquête résolue en un temps record ou de la fable de l'arroseur arrosé, du dresseur dévoré. Une nouvelle fois, Ariane dut tout répéter, mais plus calmement. À la fin, elle donna son adresse, rue du Pré-aux-Clercs à Paris, le nom du collège où elle travaillait, son numéro de portable, et précisa son agenda dans les jours à venir si on voulait la convoquer. Gabriel apparut assez vite comme l'homme de la situation, le type qui avait maîtrisé le rottweiler. On ferait signe aussi au héros, en temps voulu. L'inspectrice indiqua alors qu'elle ne devait pas traîner, qu'elle avait de la paperasse à remplir.

— Vous savez comment c'est… souffla-t-elle.

Lorsqu'elle tourna les talons, Ariane et Gabriel se retrouvèrent de nouveau face à face.

— Je dois partir, dit Ariane, dont les joues s'empourprèrent légèrement. Mon mari m'attend.

— Bien sûr, mais ça va aller ? Vous pouvez conduire ? Je vous raccompagne, sinon…

Les yeux embués, Ariane fixait un point au loin pour ne pas pleurer. Gabriel se demandait par quel moyen il pourrait la revoir. Devait-il compter sur une convocation commune ? Pas très engageant, un rendez-vous chez les flics…

— Merci, mais ça va, je vous assure. Pas besoin de me raccompagner, ce n'est vraiment pas nécessaire.

Gabriel courba les épaules.

— Alors, point final ? fit-il, l'espoir enfoui au fond de lui.

Il ne l'avait pas fait exprès. En Argentine, c'était par cette formule que l'on nommait la loi permettant aux militaires et policiers d'échapper aux crimes de la dictature. Ariane, bien sûr, ne releva pas. Elle partait, oui, et se pencha vers lui. Elle aurait pu l'embrasser, mais choisit de lui effleurer la joue :

— Merci, chuchota-t-elle.

2

Le dimanche d'avant

Bertrand lisait *Le Figaro*, l'édition du week-end. La France était en deuil – une avalanche venait d'emporter des enfants dans une station des Hautes-Alpes –, mais s'il tremblait, c'était à la lecture d'un texte dédié aux trente mille disparus de la junte militaire argentine.

— Les enquêtes reprennent autour des militaires, murmura-t-il. Les procès vont recommencer, ça va tourner à la catastrophe.

— Qu'est-ce que tu racontes ? réagit aussitôt Ariane. Les responsables du *Proceso* doivent être jugés. Il était temps !

— Bien sûr, mais à quoi ça rime, vingt ans après ? Tu peux me le dire ? C'est une horreur, ce qui s'est passé, d'accord, mais tu sais bien que tout le monde était pieds et poings liés. Même nous, à l'ambassade ! Où commence la complicité avec Videla, hein ? Il fallait faire des affaires. Le business avant tout ! La France était le deuxième fournisseur d'armes du pays après les États-Unis. La diplomatie économique ne date pas d'hier.

L'homme impossible à prendre en défaut semblait pour une fois terrifié. Bertrand referma son journal brusquement. Dans le mouvement, sa main fit valdinguer son petit déjeuner. Le vol plané d'une assiette causa un violent juron, puis un instant de sidération. Ariane se moquait éperdument qu'il manque une pièce ou deux à son service de porcelaine. C'étaient les yeux vides de son mari qui lui faisaient peur.

Bertrand se leva et ramassa les débris en silence.

— Je vais courir, annonça-t-il.

Interloquée, Ariane sentait qu'il ne pouvait rester une minute de plus en sa présence. Elle l'entendit farfouiller dans son dressing et se diriger vers la porte d'entrée. Elle le laissa partir sans réagir.

Quand la porte claqua, elle éprouva un soulagement immédiat. L'appartement lui revenait. Elle se retrouvait rarement seule. Elle souffla un instant, tourna la tête dans tous les sens et se planta devant la fenêtre de la cuisine. Dehors, le ciel passait du gris foncé au gris clair. Dans la cour luisante de givre, des branches d'arbre squelettiques ondulaient au vent d'hiver. La vieille ampoule qui éclairait le petit parc à vélos restait allumée.

Mais qu'avait Bertrand ? C'était un mari aimant, attentif et présent avec leur fille Clara. À ses côtés, elle n'avait pas vu le temps passer. Homme brillant, sûr de sa force, il se montrait partout fier de leur couple. Il n'y avait jamais eu de problème d'argent ni de tromperies entre eux, les voyages s'étaient enchaînés, souvent on les enviait, chacun à sa façon réussissait, elle dans une épanouissante carrière de professeur d'arts plastiques, lui de plus en plus haut dans les ambassades. Enfants du 7e arrondissement de Paris, ils s'étaient connus sur les bancs du lycée Duruy. Entre eux, tout s'était fait si vite : les rallyes, les fiançailles, un mariage dans le somptueux jardin de l'Interalliée, puis, ni une ni deux, une première expatriation de trois ans à Buenos Aires. Là-bas, la réussite de Bertrand tenait à de multiples partenariats signés entre grandes entreprises françaises et argentines. Pour un premier poste, c'était une aubaine. On l'écoutait, les projets se succédaient les uns aux autres, il rayonnait. Avant ses trente ans, on lui proposait un poste à la Mission économique de Washington. Puis, direction l'Inde, Hong Kong et l'Afrique du Sud. Pendant vingt ans, cette vie les avait rassurés. En tant qu'expatriés, ils n'avaient de comptes à rendre à personne, et vivaient à chaque fois les soubresauts de leur pays d'accueil. Un certain rejet de la France habitait les uns et les autres. On se disait patriote, mais on glosait à l'infini sur les grèves, les fonctionnaires, tous ces blocages… Et puis à force de sentir qu'ils n'étaient ni de France ni d'ailleurs, qu'ils n'étaient ancrés nulle part, voilà qu'ils en avaient eu marre. Ils ne bourlinguaient pas, vraiment pas, mais Ariane ne supportait plus cette course autour du monde. Bertrand non plus d'ailleurs. Peut-être était-il temps pour lui de s'engager en politique, d'autant que son camp avait besoin de sang neuf. L'entrée de Clara en hypokhâgne, à Fénelon, avait accéléré les choses. Par chance, un poste s'était libéré en classe de 6e au collège Montaigne. De son côté, Bertrand lorgnait une mission au Quai d'Orsay. Le retour s'était un peu précipité, mais ils s'y prenaient plutôt bien, tous les trois. Une sorte de rajeunissement s'opérait. Paris n'avait pas changé tant que ça, et eux non plus. Assez joyeusement, les jours défilaient dans leur appartement de la rue du Pré-aux-Clercs. Ce bonheur était en définitive une belle surprise. Mais il fallait faire face à l'abandon de cette fameuse « qualité de vie » dont se rebattent les expats. Ici, les semaines leur semblaient incroyablement plus difficiles et épuisantes. Les gens se montraient intraitables. Il y avait tant de compétition, de tension, de sollicitations… Heureusement, l'automne était arrivé sans désagrément majeur, puis l'anniversaire de Clara, le 22 décembre, et Noël, le nouvel an.

Jusqu'à cette image d'un Bertrand décomposé, titubant comme un blessé sur un champ de bataille.

La bouilloire se mit à siffler. Ariane rallongea le thé d'eau bouillante et poursuivit son petit déjeuner. Clara dormait chez une copine. Elle avait un peu de temps pour faire du rangement, l'ordinaire d'un dimanche matin. Elle ne regrettait pas du tout de ne plus avoir sa femme de ménage à la maison. Entre Français de l'étranger, songeait-elle souvent, le rapport au personnel est particulier. Certains se comportaient en esclavagistes, enchantés de trouver là ce que la terre natale ne pouvait leur offrir. Mais c'était loin d'être la règle. Chacun témoignait plutôt d'une affection sincère, fermant les yeux sur la malhonnêteté d'une relation inégalitaire, les effusions et les salaires généreux rachetant à peu de frais la culpabilité générale. Elle-même n'avait pas échappé au dilemme. Donc oui, c'était plus simple de retrouver des gestes de bonne ménagère. Transformée en fée du logis ce matin, elle enchaîna les corvées, égalant au moins en musculation et transpiration les cours de gym auxquels sacrifiaient presque toutes les autres épouses exemplaires qu'elle fréquentait, une fantaisie pour meubler ces journées à l'autre bout du monde, pour conjurer l'ennui tandis que ces messieurs réalisaient leur rêve de gosse. Pour les femmes d'expat, la vie se résumait à cela : yoga, soirées mondaines, « sois belle et tais-toi ». Somme toute, un mode de vie furieusement sexiste.

Du salon aux chambres à coucher, l'aspirateur la conduisit jusqu'au fond de l'appartement. Dans un espace fourre-tout au bout du long couloir s'entassaient des antiquités que nul dans la maison n'avait cœur à jeter. Parmi les livres, souvenirs, dossiers, vieilles balles et raquettes de tennis, les archives de la famille encombraient tout le pan d'un secrétaire qui les suivait d'un continent à l'autre. Le hasard voulut que traîne sur le plateau un calcul de points de retraite appartenant à Bertrand. Il classait scrupuleusement ses relevés de caisse, mais celui-là, pour une raison inexplicable, était resté là. C'était comme s'il lui faisait signe.

Ariane savait où le ranger, premier tiroir à droite. Juste en dessous, second tiroir, son mari regroupait ses agendas depuis la nuit des temps. Il s'en fallut de peu pour qu'elle ne range le feuillet « retraite » à sa place, quitte la pièce, mais la mine décomposée de Bertrand la hantait, et tout à coup elle voulut en avoir le cœur net. Il avait mentionné l'Argentine. Et s'il lui cachait quelque chose à propos de leur séjour ?

Ariane ne comprenait pas vraiment ces histoires de disparus. Elles lui semblaient totalement irréelles. Bertrand et elle étaient pourtant en Argentine, à l'époque du sinistre *Proceso.* Mais ils n'avaient rien vu, rien entendu. On parlait de trente mille victimes sous la dictature, mais eux ne gardaient de Buenos Aires que de jolis souvenirs. Washington, Bombay, Hong Kong, Cape Town : ils avaient ensuite vécu loin de tout cela. Dans sa mémoire, il n'y avait pas trace d'une seule conversation autour de ces horreurs, pas même un silence tendu.

Tout à l'heure, alors que Bertrand dormait encore, elle aussi avait lu cet article du *Figaro.* En septembre, une émission de radio l'avait bouleversée. « Là-bas si j'y suis », le rendez-vous de France Inter portait bien son nom. Ce « là-bas » de sa jeunesse, décor béni de sa nouvelle maternité, se révélait un enfer dont elle n'avait pas eu idée : enlèvements, séquestrations, agonies sous la gégène, appelée *picana*, viols à répétition. Plus retors et sanguinaire que le Chilien Pinochet, le général Videla avait accordé à la guérilla une importance qu'elle n'avait pas [1]. Les sbires du *Proceso* agissaient dans les ténèbres de centaines de camps de la mort répartis à travers le pays, des geôles clandestines comme l'Escuela Superior de Mecánica de la Armada,

1. À leur apogée en 1974-1975, les mouvements révolutionnaires armés ne comptaient que quelques milliers de membres. Et quelques mois après le coup d'État, le leader montonero Rodolfo Walsh appelait ses *compañeros* à accepter la défaite.

établie en plein cœur de l'Esma, quartier résidentiel de Buenos Aires, où les «subversifs» disparaissaient pour toujours, jetés vivants du haut d'un avion à trois mille mètres d'altitude, enfouis dans un coin désertique, fusillés, coulés dans le béton, pulvérisés à la dynamite – autant de fantômes impossibles à localiser. Tous, ou presque, avaient moins de trente ans, et parmi eux, il y avait un tiers de femmes. La communauté internationale s'enfoncerait longtemps dans le déni avant de se réveiller.

Ariane ne savait pas encore ce qu'elle cherchait dans la pièce du fond. Son instinct lui commandait juste de lever un doute. De comprendre cette mine dévastée de Bertrand.

Chaque 31 décembre, il ôtait la recharge calendaire de l'année écoulée et la remplaçait par une autre. Fébrile, Ariane se saisit des trois années reliées à Buenos Aires. Elle tourna les pages à vive allure tout en mémorisant les noms, les lieux. 1975, 1976, arrivée de la junte au pouvoir: rien d'étonnant. Puis, elle se jeta sur 1977. Bertrand apparaissait principalement attaché à défendre les intérêts des constructeurs automobiles Renault et Peugeot. Il y avait de nombreux rendez-vous dans une usine en banlieue, à El Palomar. On y planifiait la création d'une *joint-venture* avec Fiat. Ariane se souvenait à peu près de ces manœuvres. Ils étaient si nombreux, les amateurs de voitures françaises, en Argentine, dans les années 1970… Elle tourna encore les pages, et fut interpellée par un nom qui apparaissait souvent, parfois souligné d'un trait ténu. Elle revint en arrière et compta: de juillet à décembre, Bertrand avait vu un dénommé

Eduardo Sacco six fois. Le premier rendez-vous avait eu lieu en juillet, et le dernier le 22 décembre, jour de la naissance de Clara. À cette date, l'adresse avait été griffée d'une écriture nerveuse : Campo de Mayo.

Ariane se figea.

Par la force des choses, la maternité n'avait d'abord été pour elle qu'un « lien de droit entre une mère et son enfant », une notion juridique. Clara venait d'un orphelinat, elle n'avait pas grandi dans son utérus, mais Ariane avait pourtant la certitude de ressentir les mêmes émotions et les mêmes angoisses que sa fille adoptive. Elles étaient connectées, toutes les deux. Comme si Ariane avait été sa *vraie* mère.

Son certificat d'adoption n'était aujourd'hui qu'un document parmi d'autres, enseveli sous la paperasse. Ariane savait ce qu'elle allait trouver sur ce vieux feuillet rédigé en espagnol concernant son lieu de naissance : Villa Lugano et non Campo de Mayo, la garnison militaire la plus importante d'Argentine, située précisément à douze kilomètres d'El Palomar. Elle fouilla un autre tiroir et, après vérification, c'était bien l'adresse d'un orphelinat d'un quartier misérable de Buenos Aires qui était retranscrite.

Vingt ans pour se réveiller ! Vingt ans pour commencer à se poser des questions ! Car c'était ça, le plus étrange. Derrière l'excuse de sa stérilité, Ariane ne s'était jamais interrogée sur l'identité de la mère biologique. L'histoire de cette pauvre femme d'une *villa miseria*[1], incapable d'élever sa progéniture, ne

1. Bidonville.

la concernait pas. Et l'existence de ce feuillet ne lui a jamais traversé l'esprit. Il sommeillait là, quelque part.

C'était peut-être un mécanisme de protection, d'effacer la naissance de Clara. Il n'y avait pas de secret de famille. Quand sa fille avait quatre ans, Ariane lui avait confié qu'elle s'était développée dans le ventre d'une dame qui ne pouvait pas la garder, elle n'était donc pas sa « maman de ventre », mais Clara était bel et bien son enfant. « Notre enfant avec papa », n'avait-elle cessé de répéter. L'adoption n'était pas un sujet qu'ils aimaient aborder, il ne restait aucune trace des parents biologiques, les affaires familiales étaient donc en ordre. Clara glissait sur le fleuve serein de sa lignée. L'explication des origines s'était faite sans accroc. Dans la bouche de l'enfant, les mots « père » et « mère » avaient supplanté « orphelin » et « abandon ». Alors comment interpréter l'attitude de Bertrand ?

Ariane eut soudain la pire des intuitions : et si Clara avait été volée à ses parents naturels ? Cette femme et cet homme figuraient au nombre des trente mille disparus de la dictature. Bertrand lui avait menti depuis le début. Elle revoyait son air absent au retour de « l'orphelinat », elle revoyait cette distance. Elle se souvenait du jour de l'arrivée de sa fille dans les moindres détails, et des mains de son mari, posées sur le petit berceau en osier, mais les journées précédentes s'enveloppaient d'un brouillard déroutant. Qu'était-il arrivé pour que ses souvenirs soient aussi confus ? Ariane s'était reposée sur Bertrand. Depuis l'annonce de sa stérilité, elle lui avait fait confiance. Arguant qu'elle parlait mal l'espagnol, son mari l'avait tenue à l'écart des procédures administratives. Et passivement, elle avait accepté ce « cadeau ».

Elle se souvint de cette nuit où elle l'avait attendu chez eux, dans un mélange de joie et de peur. Il était resté en retrait, tendu, indécis. Le lendemain, il avait eu cette remarque idiote : « On peut faire comme si c'était vraiment la nôtre, sans réelle procédure d'adoption. Ce serait peut-être plus facile. Je peux m'arranger au consulat. » Il voulait lui épargner les difficultés. Seule comptait l'arrivée de cette petite fille, deux jours après l'accouchement, comme si elle était née dans leur propre maison.

Elle l'avait regardé avec stupéfaction.

Il plaisantait, n'est-ce pas ?

Ne sachant plus quoi faire, elle rangea l'agenda et le certificat de naissance à leur place et se rua sur l'ordinateur de la chambre. Bertrand allait bientôt revenir, essoufflé, transpirant. Viendrait le tour de Clara pour le déjeuner. Vite ! PC et modem se mirent laborieusement en route. Sa panique s'atténua peu à peu.

C'était bien de s'interroger sur la génitrice de Clara, peut-être même que plus tard elle voudrait en savoir davantage, mais y avait-il vraiment un lien entre les notes de Bertrand et l'adoption de sa fille ? Il avait pu se rendre au camp militaire de Campo de Mayo le 22 décembre pour d'autres raisons. Tout cela n'était-il au fond que le fruit de sa paranoïa ? Cherchait-elle un crime là où il n'y avait qu'une série de coïncidences ?

Le moteur de recherche Alta Vista la propulsa dans une galerie de cruauté. Campo de Mayo cachait dans sa forêt un centre clandestin baptisé *campito*. Ceux qui suivaient le dossier argentin connaissaient l'Esma, considéré comme le camp le plus meurtrier d'Amérique du Sud avec ses cinq mille victimes. Le *campito* restait dans l'oubli, pourtant autant de personnes y avaient « disparu », torturées, victimes des coups, de la *picana* placée aux gencives et au bout des seins, des cigarettes écrasées sur la peau, des rires des tortionnaires, du supplice du « sous-marin », quand la tête est enroulée dans un sac plastique et plongée dans la baignoire, aux simulacres d'exécution, une horreur qui n'en finissait pas, jusqu'aux survivants – ils n'étaient que dix-sept ! –, qui jamais n'oublieraient la puanteur sur le tissu de la cagoule durci par le sang séché, car tous se déchiraient la langue sous la douleur. Saisie d'effroi, Ariane découvrit l'existence d'une maternité clandestine dite « pavillon des subversives », accolée à l'hôpital militaire. Les malheureuses y donnaient la vie sous les mitraillettes, menottées, les yeux bandés. Juste après, on les balançait à la mer. Les quelque deux cents bébés venus au monde dans cet enfer avaient été donnés ou vendus à des proches des militaires, butins de guerre comme un autre.

Une autre pierre dans le puits de la bestialité, songea-t-elle.

« Eduardo Sacco Buenos Aires », pianota-t-elle sur le clavier. En tête des résultats, apparut le trombinoscope d'une clinique privée. L'homme officiait comme gynécologue-obstétricien : avant de rejoindre le privé, il avait longuement servi comme médecin militaire dans la marine argentine. Cette fois, elle avait le cœur brisé, de façon nette, sans contestation possible. Bertrand avait vendu son âme au diable. Elle n'en revint pas de la façon dont s'imposait sa certitude, là, d'un seul coup.

Il est des moments dans l'existence où la tragédie peut surgir violemment. Ariane avait lu ce genre d'histoires dans les livres, ou les avait vues au cinéma, sans jamais les vivre – des histoires où le malheur rôde depuis longtemps, des traversées du miroir, où les personnages ne comprennent rien à ce qui leur arrive, où ils ont toujours un temps de retard sur les événements.

Il lui fallut quelques minutes pour se souvenir du visage de Sacco. Le sol se déroba alors sous ses pieds. C'était lui, n'est-ce pas, ce type froid et dur qu'elle avait salué à la réception du 14 juillet 1977 ?

Avec sa coupole, ses corniches et ses balcons finement ouvragés, l'ambassade de France à Buenos Aires est l'un des édifices les plus distingués de la ville. Sous la dictature, pas moins de huit cents personnes franchissaient chaque année la grille d'enceinte en fer forgé pour goûter aux bulles douces et amères du champagne officiel, Moët & Chandon. Le protocole n'oubliait jamais les commandements des trois forces armées argentines, la fine fleur des officiers et les principaux responsables des entreprises d'État. Les contrats militaires s'envolaient entre les deux nations, ceux de l'armée de l'air surtout qui multipliait par vingt ses achats d'avions, hélicoptères et missiles. Le ministre du Budget de Valéry Giscard d'Estaing était allé de son coup de pouce, un baiser au fascisme argentin qui empesterait sa pastille Vichy. Quel choc de voir Maurice Papon et Videla ensemble dans le palais présidentiel !

Et puis ces quelques kilomètres entre l'usine d'El Palomar et le camp de militaire de Campo de Mayo. Ariane chercha encore sur le Web. Jamais ce docteur n'avait été inquiété par la justice de son pays.

Ce que son mari lui avait fait, c'était pire qu'une trahison. Maintenant qu'elle était au courant, qu'adviendrait-il de sa fille ? Ariane éprouvait pour Clara un amour inconditionnel, un attachement indestructible… Et si elle la perdait ?

Comment réussit-elle à tenir le choc tout ce dimanche, face à eux ? Prétendument épuisée, elle les évita. Son visage portait les marques d'un désespoir absolu. Toute la journée, ses réponses furent mécaniques. Elle ne se souviendrait jamais vraiment de ce qui avait pu se passer jusqu'à son coucher. Pour s'endormir, elle s'aida d'un puissant somnifère. Et juste avant de perdre connaissance, elle adjura silencieusement :

« Clara. Née sous les barbelés. La mitraillette est là pour t'accueillir. Comme un doigt pointé, mon ange. Il y a tes cris, un instant de paix sur le ventre de ta mère. Vite, on coupe le cordon. On t'arrache, te déracine, te déplante. Tu vois son pâle sourire ? Ta mère a tenu bon jusque-là. Sa vie n'a plus le moindre sens, la moindre importance. Elle implose. Elle ne sent plus les chaînes. Prières pour que le bandeau se lève, même une seconde, avant que le noir ne l'envahisse, enfin, définitivement. On te conduit à la pouponnière. Elle ? Plus rien. Plus rien n'est sacré. »

3

La pendule du four indiquait 9 heures. À tour de rôle, Bertrand et Clara avaient quitté l'appartement. Ariane n'était pas pressée. Elle appellerait bientôt.

Son cerveau se remettait doucement en marche sous l'effet de la théine. Malgré une nuit complète, le somnifère semblait encore agir. Une sensation de creux à l'estomac se doublait d'une léthargie coriace. Il lui fallut près d'une demi-heure pour qu'elle sorte enfin de son abattement. Elle voulut soudain regrouper les deux documents qui l'obsédaient, les voir côte à côte. Tant pis s'ils s'offraient comme deux mains prêtes à l'étrangler.

Elle effectua un aller-retour dans la pièce du fond et revint se poser à table, face à la théière. Ses doigts rassemblèrent quelques miettes qu'elle envoya valser sur le parquet. Elle pouvait maintenant placer le certificat de naissance d'un côté, la recharge calendaire annuelle de l'autre. Ces fardeaux jaunis par les décennies.

Sur l'acte de naissance, il était écrit en espagnol : « Enfant né le 22 décembre 1977 à Buenos Aires, Villa Lugano, Argentine. Sexe : féminin. Père : inconnu. Mère : inconnue. »

Elle ferma les yeux, prit une profonde inspiration et alla se verser un verre d'alcool. Il lui fallait un sérieux remontant. Elle opta pour de la vodka et resta un long moment assise à se dire qu'elle picolait alors qu'il n'était pas 10 heures, qu'elle aurait beau retourner dans tous les sens l'agenda de 1977, il ne lui livrerait pas d'autres secrets. L'alcool lui brûla la gorge, puis l'estomac, et lui donna une sensation d'apaisement.

Depuis hier, elle n'avait plus qu'une certitude : mieux valait chercher la vérité de son côté. Cette fois-ci, impossible d'appeler Bertrand. Il mentirait. Elle savait que ça ne servirait à rien de l'attaquer sans preuve, car il aurait le dernier mot :

« Ariane, tu délires complètement », répliquerait-il. Il la traiterait de cinglée et répéterait la fable de l'orphelinat. Et puis elle ne disposait d'aucune preuve, juste quelques notes griffonnées dans un agenda. Il affirmerait ensuite qu'il ne se souvenait ni de Campo de Mayo ni de Sacco, puisqu'il était allé chercher Clara à l'orphelinat de Villa Lugano. Il ajouterait : « Tu as une intuition. Et c'est suffisant, une intuition, pour foutre notre vie en l'air ? » Oui, elle devait garder le silence car il mettrait sa parole en doute, il lui ficherait la trouille. Il lui interdirait de comparer l'ADN de Clara aux données génétiques de parents et grands-parents de disparus conservées dans un hôpital de Buenos Aires.

Exactement ce qu'elle s'apprêtait à faire.

Le numéro était enregistré dans son Nokia, elle l'avait trouvé la veille sur Internet. À 10 heures, elle appuya sur la touche automatique. Par chance, une femme décrocha à la première sonnerie.

— Allô, bonjour. Je peux vous aider ?

Sa voix était d'une incroyable douceur. En quelques mots, remontait aussi l'accent argentin, dit espagnol *rioplatense*, avec ses « s » légèrement soufflés, ses sonorités en « ch », et ses intonations très italiennes.

— Je suis à l'Association pour la mémoire ? Vous travaillez bien avec les Grands-mères de la place de Mai ? demanda Ariane, la respiration haletante.

— Oui, je les représente en France. Qu'est-ce qui vous amène ?

Adossée à sa chaise, Ariane était figée.

— J'aimerais vous voir, lança-t-elle. Assez vite, si possible... À propos d'un bébé volé.

La femme au bout du fil marqua un temps. À l'évidence, elle aussi avait besoin de reprendre son souffle.

— Ici, en France ? Vous parlez sérieusement ?

— Oui, je peux tout vous expliquer, répliqua Ariane d'un ton résigné. Je dois vous montrer quelque chose.

— Nous ne sommes pas à Paris. Vous pouvez vous déplacer ?

— Bien sûr, où ?

— Vous prenez le RER A et vous descendez à la station Val-de-Fontenay. Je vous attendrai à l'arrêt des bus, et on fera le reste du chemin à pied. Je procède toujours comme ça avec nos visiteurs. Midi, ça vous va ?

— C'est possible. Comme ça, tout de suite ?

— Vous pensez que les Grands-mères ont le temps d'attendre ?

— Non, bien sûr ! Merci, chère madame. À tout de suite alors.

— Paula, fit-elle affectueusement. Et vous ?

— Ariane. Mais comment saurai-je qui vous êtes ?

— Il n'y a personne dans les parages à ce moment de la journée. Ne vous inquiétez pas.

Ariane raccrocha et se resservit aussitôt de la vodka pour noyer son impatience. Verre à la main, elle se posta à la fenêtre et regarda le ciel gagné par les nuages. Ne tenant pas en place, elle partit à la recherche de son sac, dans lequel se trouvait son répertoire rouge des rues parisiennes. Val-de-Fontenay se situait derrière Vincennes. L'Est parisien lui était totalement inconnu. Sa connaissance de la banlieue se résumait à quelques coins dans l'Ouest parisien, et encore. Et si elle marchait jusqu'aux Halles, avant de prendre le RER ? Au moins le temps passerait plus vite…

Lavée, coiffée, habillée de façon la plus neutre possible, pantalon noir et chemisier défraîchi, elle quitta la rue du Pré-aux-Clercs et fila droit sur le pont des Arts par la rue des Saints-Pères et le quai Malaquais. Les vendeurs à la sauvette l'épargnant – cet air suffisant de Parisienne valait bouclier –, elle pressa le pas en direction de la rue du Louvre, le dos voûté pour lutter contre de puissantes bourrasques.

Elle associait le quartier des Halles à la rue du Jour et à la boutique Agnès B. C'était complètement déplacé d'y penser à ce moment-là, certes, mais sa proximité lui donna envie d'y faire un tour. Le magasin avait ouvert ses portes juste avant son départ pour

Buenos Aires. De retour à Paris pour les vacances à l'été 1979, elle s'était précipitée sur un cardigan rose pâle aux treize boutons à pression nacrés, la petite touche glamour. Plus tard, Clara avait eu droit elle aussi à un gilet de la marque, de couleur rouge. En pensant à sa fille, Ariane fondit en larmes. Face à l'église Saint-Eustache, elle pleurait doucement, le chagrin irisant de perles claires son visage épuisé.

La complicité avec Clara s'était faite naturellement, depuis ce jour où leurs regards s'étaient croisés pour la première fois et ne se quittaient pas, où la voix d'Ariane calmait les sanglots du bébé, son petit doigt agrippant le sien… La prédestination de leur rencontre ne faisait aucun doute. Ariane l'avait habillée d'une robe blanche en tricot. Elle avait transformé la chambre en un espace béni, dédié aux biberons, aux berceuses et aux silences magiques, interrompus uniquement par la respiration du nourrisson. Dès le début, elle avait assumé pleinement cette adoption. Et dans les moments de doute, elle se répétait en boucle les mots de Françoise Doltoà son disciple Nazir Hamad : « Une femme assure une fonction maternelle à partir du moment où elle sait s'adresser à l'enfant, lui parler, lui raconter une histoire, lui chanter une berceuse ou encore se signaler à lui grâce à sa présence singulière. Du moment où l'enfant la cherche des yeux, l'écoute, cesse de pleurer ou lui sourit, on peut dire sans se tromper qu'une rencontre a eu lieu et que la femme et le bébé se sont autorisés à faire un pas vers l'adoption mutuelle. »

Ariane trouvait ce manifeste assez sec, rédigé avec des mots forts. Des mots qui occultaient l'autre femme. Des mots qui lui avaient permis de ne pas laisser le champ libre à la gamberge, à la culpabilité d'avoir « pris » cet enfant. Au fil des années, Ariane s'était persuadée qu'elle avait sauvé Clara d'une vie misérable. C'était ça ou la pouponnière. Elle s'était convaincue que cette adoption était un miracle, une chance pour toute la famille. Clara, quant à elle, ne ressentait pas la moindre angoisse à ce sujet. Elle n'avait pas remis en question son identité. Grandir dans une *villa miseria* lui semblait inconcevable. Au fond, ses parents biologiques lui avaient sauvé la vie. Clara savait très bien qu'elle avait de la chance d'être jolie et en bonne santé. Elle savait aussi qu'il n'est pas donné à tout le monde de dormir avec un toit au-dessus de la tête, de voyager, de faire de belles études.

— Madame, ça va ?

Un jeune homme se penchait sur elle. Flottant tel un bois mort au milieu d'une mer démontée, Ariane essuya les larmes qui glissaient sur ses joues et leva ses yeux vers l'inconnu.

— Merci, dit-elle les lèvres pincées. Ne vous inquiétez pas, ça va aller, j'ai besoin…

Sous la lumière cendreuse, une pluie glacée se mit à tomber. Pas de visite chez Agnès B. Elle remercia l'inconnu et marcha en direction de la porte Lescot. La tête lui tourna jusqu'à l'escalator géant qui reliait la surface au troisième sous-sol, surnommé « le tube ».

On peut établir une géographie des odeurs dans le métro parisien, celle des Halles n'est pas sans rappeler celle de l'hydrogène sulfuré, mais cela ne gênait pas Ariane. Elle fut tout aussi insensible aux néons glauques et aux bruits stridents des wagons. À ce moment-là, plus rien n'existait autour d'elle. Sur le quai, son regard s'attarda un instant sur un panneau d'affichage. Il ne fallait pas se tromper, la ligne partait dans tous les sens. Direction Marne-la-Vallée, avait précisé Paula.

Le train se présenta assez vite. À l'intérieur, elle s'assit dans le sens de la marche, sur un carré vide. Elle jeta instinctivement un œil à son sac. Pourquoi s'était-elle encombrée de l'agenda et de l'acte de naissance ? Elle prenait le risque de les perdre. Elle commençait à faire n'importe quoi.

Une lumière aveuglante signala l'entrée du tunnel dans lequel le wagon s'engouffra. Le visage d'Ariane se reflétait sur la vitre. Après toutes ces années, elle n'avait pas changé. Ses lèvres pleines, ses cheveux blond vénitien, son nez effilé. Elle était restée la même, à l'exception peut-être de quelques varices qui apparaissaient ici et là sur ses jambes, et quelques taches sur les mains, mais sa peau demeurait ferme, tout comme ses seins, qui ne tombaient pas. C'était absurde de songer à tout cela, mais elle éprouvait un terrible sentiment d'injustice. Il lui arrivait cette catastrophe alors qu'elle se sentait, à quarante-cinq ans, dans la période idéale de son existence. Depuis son retour, elle voyait bien qu'elle ne laissait pas les hommes indifférents, qu'elle pouvait encore séduire. Parmi les expats, ce n'était pas la même chose. Ils se ressemblaient tous un peu, les sportifs d'un côté, les diplomates et les entrepreneurs de l'autre. Avec eux, se mettre en valeur ne lui serait jamais venu à l'esprit… Vivre son « plus bel âge » dans ces circonstances, à quoi bon ? Quel immense gâchis, se disait-elle.

Tandis que le chauffage pulsé le long de la vitre balayait ses joues – un air putride, farci de bactéries –, elle en vint même à se dire qu'elle aurait préféré être clouée au lit avec un vilain rhume.

Gare-de-Lyon, Nation, Vincennes : les portes s'ouvraient et se refermaient dans un bruyant ballet mécanique. La station Val-de-Fontenay s'annonça en lettres blanches sur fond bleu.

Ariane se leva d'un bond. Depuis le quai, elle n'eut aucune difficulté à trouver la sortie des bus. Il fallut que le 301 quitte le secteur pour que Paula apparaisse sur le trottoir face à elle. Les deux femmes se jaugèrent un court instant avant de se reconnaître. Ariane traversa la rue et reçut sans s'y attendre une bise sur la joue, à l'argentine.

4

— Tu as fait bon voyage ? plaisanta Paula.

— On n'imagine pas, Paris est juste à côté.

— Viens, il y a cinq minutes de marche jusqu'au local.

L'endroit se présentait comme un ensemble de résidences HLM bien tenues. Rien à voir avec l'image véhiculée par les médias, réduisant la banlieue à une terre étrangère hantée par des jeunes gens en capuche et des femmes voilées. Il y avait partout des écoles, des crèches et des pâtés d'immeubles au gazon fraîchement tondu. Pas de carcasses rouillées, mais des voitures neuves garées sur l'asphalte. Et une coquette galerie marchande, dans laquelle on trouvait une pharmacie, une superette et un bureau de tabac.

— Tu habites ici depuis longtemps ? dit Ariane en s'efforçant de la tutoyer.

— Fontenay m'a accueillie en 1978. Les réfugiés latinos avaient un ange gardien : le prêtre ouvrier Jacques Damiani. Il trouvait à chacun des vêtements, des meubles, du travail. À nous, les Argentins, mais aussi aux camarades chiliens, uruguayens… En tout, près de huit cents exilés se sont installés ici. Jacques avait été déporté comme communiste pendant la guerre, et il nous répétait sans cesse qu'il ne faisait que son devoir en prenant soin de nous, que c'était grâce à la solidarité qu'il était sorti des camps nazis.

— Tu es arrivée seule ?

— Les *milicos* – c'est ainsi que l'on appelle les militaires et les policiers qui ont soutenu la dictature – ont assassiné mon mari. J'ai vécu deux années dans la clandestinité avec mes enfants. À Buenos Aires, nous changions sans cesse de maison, et un jour, c'est devenu trop dangereux. J'étais institutrice. Ils sont venus me chercher à l'école, mais heureusement mes collègues m'avaient prévenue. J'ai fui au Brésil aussitôt, faisant croire à mes petits que nous partions en vacances. À Rio, j'ai attendu six mois que la France nous ouvre ses portes. Vingt ans plus tard, je suis encore dans mon joli HLM. Je ne me plains pas. J'ai survécu. Mon cœur saigne encore, mais j'arrive à être heureuse.

— En fait, tu es comme le père Damiani, déduisit Ariane. Toi aussi, tu ne fais que ton devoir ?

Un faible sourire s'épanouit sur le visage de Paula.

— Eh bien, à toi de me le dire. Les mauvaises langues racontent que ce n'est qu'un fonds de commerce. Que je pourrais passer à autre chose. Mais ce combat, c'est toute ma vie, tu comprends ? Je le fais pour les victimes, pour préserver leur mémoire, et je le fais pour moi aussi.

Silhouette menue, Paula marchait assez vite. Ariane ne trouva rien à répondre à cette terrible lucidité.

— On est arrivées, dit Paula. Le « local » était

une large pièce prêtée depuis des lustres par la mairie. Là aussi, à rebours des clichés, son architecture témoignait d'une ville à taille humaine, d'une envie de rompre avec le modèle des cités dortoirs tel que l'avaient voulu le maire et sa liste d'union de la gauche dans les années 1970. La porte s'ouvrit sur un intérieur studieux et chaleureux, tapissé de tracts, de posters et de photographies, parmi lesquelles sautaient aux yeux des portraits des Grands-mères et leur lange de bébé sur la tête – ce *pañuelo* symbolique de la maternité, en guise de mantille.

Ariane reconnut le visage de l'actrice Norma Aleandro, sur l'affiche du film *L'Histoire officielle.* Face aux livres, aux piles de dossiers hurlant d'injustice, elle ne savait plus très bien où elle était ni à quelle période elle se trouvait. Elle perdait la notion du temps. Oubli et mémoire se cognaient l'un contre l'autre. Personne ne pouvait dire quand, ni de quel côté, pencherait la balance. Obtenir justice semblait tellement utopique. Ses yeux se posèrent alors sur la déclaration d'une juge pour mineurs s'adressant aux Grands-mères. On était en 1978. Cette hyène s'appelait Delia Pons : « Je suis convaincue que vos enfants étaient des terroristes, et terroriste est synonyme d'assassinat. Aux assassins, je ne pense pas rendre leurs enfants, parce qu'il ne serait pas juste de le faire. Ils n'ont aucun droit de les élever. Je ne vais pas non plus me prononcer en faveur d'un retour des enfants à vos côtés. Il est illogique de perturber ces petits qui sont désormais entre les mains de familles décentes qui sauront les éduquer comme n'auraient pas su le faire vos enfants. Ce n'est qu'en passant sur mon cadavre que vous pourrez obtenir la garde de ces enfants[1]. »

— Elle a vraiment dit ça ? demanda Ariane en slalomant entre les chaises.

— Comme dans toutes les dictatures, l'armée n'est pas la seule responsable. La société tout entière a largement disposé des vies humaines.

La plaque de la Melitta réchauffait un moka à l'odeur aigre, filtré depuis des heures. Paula tendit une tasse à Ariane. Assise au bord d'une longue table en mélamine, celle-ci balaya la pièce du regard et avala sa salive. C'était à elle de faire le premier pas. Elle devait déjà admettre son ignorance. À la chute de la junte, la Commission nationale sur la disparition de personnes[2], présidée par l'écrivain Ernesto Sábato, avait dévoilé l'ampleur des atrocités commises par les militaires et recensé les camps illégaux de détention dans toute l'Argentine. Ces révélations lui avaient complètement échappé. Repartis de Washington à cette époque, ils vivaient à Bombay. Les années d'après, Videla et les plus hauts responsables militaires avaient été condamnés à perpétuité, puis relâchés. Des rébellions, la pression conjuguée de l'Église et des députés conservateurs avaient suffi à abattre toute idée de justice. Les lois dites du « Point final » et du « Devoir d'obéissance » amnistiaient les tortionnaires

1. *Chicha, la fundadora de Abuelas de Plaza de Mayo*, de Juan Martín Ramos Padilla, Buenos Aires, Editorial Dunken, 2006, p. 161.

2. Comisión Nacional sobre la Desaparición de Personas (Conadep).

du *Proceso.* Un déni de justice au nom de la concorde nationale.

— Je n'imaginais pas une seconde que les tortionnaires couraient encore les rues… admit Ariane. J'ai compris le drame des bébés volés en retrouvant sur Internet une émission diffusée à la télévision argentine : grâce aux Grands-mères, un jeune homme a retrouvé sa famille. Elles procèdent toujours comme ça ?

— Elles mettent à disposition une ligne téléphonique gratuite. Les jeunes gens qui ont des doutes sur leur identité les appellent directement. Sinon, chacun est libre de consulter leur site web. Les dossiers accessibles sont précis : à la rubrique *Niños nacidos en cautiverio* figurent le nom et la photo des femmes enceintes enlevées, leur âge, la date et lieux de leur disparition, le mois de grossesse au moment du kidnapping… Il y a ainsi une estimation de la date de naissance : *Niño/a que debió nacer en…* Ces malheureuses ont parfois été embarquées avec leur compagnon, mais pas toujours. Est indiqué au cas échéant si lui aussi est un disparu, ou s'il a miraculeusement survécu.

Paula parlait d'une voix très calme. Quotidiennement, ou presque, elle racontait les années noires de l'Argentine à des collégiens, des lycéens et des journalistes. La peine infinie des Mères et Grands-mères de la place de Mai surgissait forcément à un moment ou à un autre. Sans la moindre lassitude, elle savait trouver les mots pour décrire le cauchemar vécu par ces femmes courageuses, plongées dans la disparition de leur enfant, condamnées au supplice de ne pas savoir ce qui leur était reproché, s'il était mort ou vivant, ni qui pouvait répondre à ces questions. En 1977, lorsque les Mères marchaient chaque jeudi autour de la place de Mai, le mot « disparu » n'avait pas encore été prononcé en Argentine. On parlait d'un *secuestro*, un enlèvement, au singulier. On était loin d'imaginer alors que la liste des victimes s'élèverait à trente mille personnes. Pacifiquement, elles exigeaient du gouvernement militaire la vérité sur le sort de leurs enfants. Il leur avait fallu un peu de temps pour admettre cette horreur absolue, pour imaginer que parmi elles il y avait des Grands-mères, que des bébés étaient nés en captivité. Lors d'une de ces rondes, quelqu'un s'était soudain écarté pour crier : « Qui cherche à retrouver son petit-enfant ? Qui a une fille ou une belle-fille qui était enceinte au moment de sa disparition ? » Une dizaine de manifestantes l'avait rejointe, et ce fut le début des *Abuelas de la Plaza de Mayo*, les Grands-mères de la place de Mai. Des témoignages de grossesses avaient rapidement circulé parmi les quelques survivants relâchés par miracle. En réalité, des centaines de femmes avaient été enceintes à ce moment-là.

Une belle expression espagnole dit qu'une femme sur le point d'accoucher « donne la lumière ». Ariane n'avait pu rester que quelques minutes sur le site des Grands-mères. Trop de larmes dans ses yeux, trop de poids sur son ventre. C'était insupportable, ces centaines de visages dans l'éclat de leur jeunesse. Jamais Ariane n'avait été autant ébranlée.

À Buenos Aires, comment avait-elle pu être indifférente à toute cette souffrance ? Comment avait-elle pu être cette jeune fille insouciante ? Clara n'avait pas six mois quand ils déménageaient à Washington. Ou plutôt, ils décampaient ! Bertrand établissait une bonne distance avec son crime, un périmètre de sécurité, de sorte que la fable dure vingt ans, qu'année après année se renforce cette immense fiction que le père et la mère biologiques de Clara étaient des êtres incapables, misérables. À croire que les mensonges que l'on se dit à soi-même sont les plus insidieux.

— J'ai regardé, moi aussi, confia-t-elle, la voix un peu tremblante. Je cherchais bien sûr des ressemblances avec Clara. Mais j'ai vite arrêté, je n'ai pas eu la force. C'est tellement bouleversant. Mais toi, Paula, comment fais-tu ? Tu tiens toujours le coup ?

— On se sent porté par quelque chose de plus grand que soi. Pour les *nietos* disparus, je me dis que derrière chaque identité retrouvée, la vie reprend son sens. Chaque histoire, chaque destin, est un livre à écrire. Les Grands-mères évaluent à cinq cents le nombre de *nietos* nés dans les centres de tortures. Mais en 1981, elles les estimaient à plus de sept cents. Il se peut très bien que les proches d'une future maman n'aient pas été au courant de sa grossesse. Beaucoup vivaient dans la clandestinité. Alors si autour d'elle, tous ont disparu, comment savoir ? Des survivants nous disent aussi que des femmes enceintes ont été assassinées. Sans doute que des bébés portés disparus n'ont en réalité jamais été mis au monde… Au fond, tu sais pourquoi l'affaire des bébés volés est si importante ? Je veux dire, d'un point de vue historique, au-delà du chagrin infini des familles ?

Ariane fit non de la tête.

— *Bueno…* Ces nourrissons ont été confiés à ce que nous nommons *los apropiadores*, les parents ravisseurs, généralement des *milicos* ou des proches de la junte. Confier la victime au *represor*[1] ne reflète pas seulement une absence totale d'humanité, ou un sadisme absolu… Non, c'est la preuve d'un système organisé par Videla. Il y avait des listes, des ordres, comme pour n'importe quel autre butin de guerre. En retrouvant les bébés séquestrés, les Grands-mères ont l'opportunité de dénoncer cette *inmundicia* et toute sa clique d'illuminés : les délits d'enlèvements, recels d'enfants et falsification d'identités restent des crimes imprescriptibles. Ils échappent à l'*indulto*, l'absolution générale offerte aux *milicos. Ni olvido, ni perdón, verdad y justicia.* C'est notre slogan. Tu comprends ? Qu'importent les intimidations, les menaces de mort, les Mères et les Grands-mères chasseront sans relâche les criminels.

Depuis leur *casa* de l'Avenida Corrientes, entourées d'enquêteurs, d'avocats, de psychologues, d'informaticiens, une vingtaine de personnes en tout, les Grands-mères avaient perfectionné au fil du temps leur machine de guerre. On recoupait les données, on croisait les noms des médecins militaires qui signaient les actes de naissance – toujours les mêmes types, comme par hasard –, les opérations, les juridictions des forces armées, les orphelinats… Pas un jour sans tenter de réordonner le monde. Les Grands-mères harcelaient les juges, les politiciens, les militaires et les policiers à la retraite. Même quand elles touchaient au but, les *apropiadores* trichaient sur les dates de naissance, le

1. Celui qui conduit la répression, *represores* par extension désigne les bourreaux en Argentine.

sexe, l'état civil des nourrissons arrachés à leur mère. Alors elles s'obstinaient. Et si au début les restitutions s'étaient faites *al tuntún*, au hasard, comme elles disaient, elles pouvaient maintenant compter sur une preuve irréfutable.

— Les *Abuelas* ont identifié trois cent trente-deux femmes enceintes parmi celles qui ont été assassinées, poursuivit Paula d'un ton didactique. Il reste encore quelques zones d'ombre car certaines grossesses étaient ignorées des proches. Ensuite, les parents de ces victimes ont déposé leur sang à l'hôpital Carlos-Durand. Des généticiens – associés à l'équipe d'un professeur américain connu pour avoir autopsié Kennedy – ont bataillé pendant dix ans pour obtenir une formule d'*abuelita*, un indice de grand-parentalité qui permet de retracer la filiation génétique entre un petit-enfant et ses grands-parents à 99,99 %. Cette découverte a tout changé. La preuve hématique a relancé la quête des Grands-mères. Sans elle, leur quête était perdue d'avance.

— Alors il suffit d'avoir un doute, de téléphoner… et l'enquête est lancée ?

— Pas tout à fait, modéra Paula en reprenant son sourire mélancolique. Les *Abuelas* font le plus gros boulot, mais officiellement, elles n'ont pas le droit d'enquêter. Depuis 1992, c'est la Commission nationale pour le droit à l'identité, *alias* Conadi, une institution officielle créée à leur demande, qui est habilitée à le faire pour aider les enfants de disparus dans leur recherche d'identité. Ils peuvent bénéficier d'une analyse ADN sans passer par un juge. Au départ, les *Abuelas* doivent souvent se contenter de peu : leurs dossiers ne contiennent généralement qu'une feuille, deux portraits des parents, leur état civil, la date de leur disparition et de la naissance présumée de leur *nieto.* Heureusement, des avocats se chargent aussi de réunir des preuves. Parfois, ils lancent une demande d'ouverture d'information judiciaire. Tu connais les chrétiens de l'ACAT ? C'est une association française contre la torture qui nous aide aussi. Il arrive que tout démarre de la photo d'un disparu publiée dans la presse. Soudain, une jeune fille ou un jeune homme se reconnaît dans le portrait. C'est souvent à la suite d'un simple doute, d'une dénonciation, qu'est lancée l'analyse ADN. Tu as entendu parler du juge Roberto Marquevitch ?

— Non, réagit Ariane, paniquée à l'idée que Clara ne lui échappe, que son adoption ne fût remise en question par les Grands-mères, par l'irruption d'un juge, d'une liste, d'une lettre ou par l'appel d'un inconnu.

— Marquevitch est une anomalie car neuf dixièmes des juges ayant exercé sous la dictature sont toujours en poste. Ça ne l'empêche pas de travailler d'arrache-pied sur le dossier des bébés séquestrés. Tu dois bien comprendre qu'il n'y a pas de documents officiels. La junte a détruit ses archives avant de céder le pouvoir, et la police fédérale a brûlé le reste quelques jours avant l'élection d'Alfonsin. Il faut dire que les *milicos* sont des gens très méticuleux… Marquevitch retrouve les témoins et les exécutants. On ne sait pas tout encore, mais il y a un témoignage prouvant qu'il existait bel et bien des ordres oraux et écrits pour ne pas enregistrer les naissances au pavillon des « subversives » de Campo de Mayo, une chaîne de commandement qui remontait au sommet de l'État. Et si tel est le cas, cet *infeliz* de Videla est cuit, tu comprends ? C'est un revirement complet : on peut l'envoyer crever au cachot.

Comme lointaine, la voix de Paula s'assourdissait, parvenant au cerveau d'Ariane enveloppée de brume. Et les autres, ces *apropiadores* chopés par les Grands-mères, qu'étaient-ils devenus ? Dans le lot, il devait bien y avoir des femmes dans sa situation, des femmes innocentes, n'est-ce pas ? Des « appropriateurs » de bonne foi, ça devait bien exister ?

Le volet pénal de sa situation ne l'effleurait même pas. Pour elle, aucun doute : s'il n'y avait pas eu le rapt de Clara, il n'y aurait pas eu adoption. Sa complicité s'arrêtait là, tout reposait sur un mensonge de Bertrand. C'était à lui de rendre des comptes.

Le monde s'écroulait autour d'Ariane. On la jetait un peu à la mer, elle aussi.

Elle avait besoin de temps. Plutôt que de confronter tout de suite son mari, elle voulait avancer à son rythme, laisser Clara dans l'ombre. Ce matin, quand elle avait appelé l'association, elle se doutait bien qu'il ne fallait pas se présenter la bouche en cœur, prétendre que sa fille adoptive venait de Campo de Mayo. Non, plutôt mentir, affirmer qu'elle représentait une jeune fille qui doutait de son identité, mais qui n'avait pas le courage de faire le premier pas.

— Ariane, tout ce qui touche aux bébés peut faire tomber Videla, ajouta Paula. C'est pourquoi j'ai voulu te voir si vite. À ce jour, seulement une soixantaine de jeunes gens ont retrouvé leur identité… Nous nous acharnons à prouver qu'il s'agit d'un plan de vol systématique. Dans le monde, il n'y a pas d'autres exemples de bébés prisonniers politiques, puisque c'est bien ce qu'ils sont, n'est-ce pas ? Des êtres dont l'identité est toujours séquestrée. Alors, qu'as-tu à me dire ?

Ni olvido, ni perdón, verdad y justicia.

Ariane n'espérait pas passer entre les gouttes. Elle s'associait entièrement à la quête des Grands-mères. Mais encore une fois, comment protéger Clara ? Comment agir pour son bien ?

En Argentine, on parlait déjà de jeunes gens qui préféraient le confort de l'oubli au fardeau du sang versé. Les Grands-mères, prétendaient-ils, racontaient une histoire qui n'était pas la leur. Ils n'avaient pas manqué d'amour dans leur foyer de criminels. Certains prétendaient même qu'ils ne disposaient pas d'assez d'éléments pour condamner la junte. Après tout, la subversion devait être combattue, n'est-ce pas ? Une chose impensable se passait : des enfants de disparus préféraient vivre avec leurs ravisseurs. Pour leur venir en aide, les Grands-mères s'aidaient de psychologues. Lors d'une conférence de presse leur présidente, Estela de Carlotto, avait déclaré : « Malgré la fidélité qu'ils peuvent ressentir envers ceux qui les ont élevés, que personne ne peut nier, ils ont le droit de savoir qui ils sont. Nous, les *Abuelas*, avons le droit de les retrouver. Et la société tout entière en a aussi le droit. Nous considérons que ces *nietos* ne sont pas seulement ceux des *Abuelas*, mais ceux de tout le pays. Ce sont des disparus vivants qui attendent leur liberté. »

Des « disparus vivants »...

Sans l'exprimer aussi clairement, Ariane exigeait

la vérité sur l'adoption de Clara. À vingt ans, sa fille ne témoignait d'aucune angoisse identitaire. Mais qu'en serait-il plus tard ? Les secrets de famille refont souvent surface à la première grossesse. Avec l'imminence de la maternité, beaucoup de jeunes femmes s'interrogent, ressentent comme un vacillement. Se met alors en place une sorte de quadrillage temporel, une volonté de savoir d'où l'on vient, avant de soi-même donner la vie. Comment Clara pourrait-elle mettre un jour un enfant au monde sans savoir qui elle était vraiment ? Du mieux qu'elle le pouvait, Ariane ancrerait leur amour dans la vérité. La filiation biologique de sa fille devait être établie à 99,9 %. Il n'y avait pas d'autre solution. Il était essentiel qu'elle retrouve sa grand-mère, son *abuelita*, son identité et son pays. Peut-être alors que Clara lui pardonnerait. Peut-être qu'elle demeurerait *son* enfant malgré tout.

Ariane comprit qu'elle ne pouvait plus se dérober. Qu'elle n'avait d'autre choix que de prélever le sang de Clara et de l'envoyer à Buenos Aires. Pendant plusieurs secondes, elle dévisagea Paula sans rien dire. Ce visage bienveillant invitait lui aussi à la sincérité. Elle ravala ses mensonges et fila droit au but.

— Tu me promets d'attendre que je sois prête ? De ne rien entreprendre sans moi ?

— Juré ! Dis-moi, Ariane, dis-moi.

— Ma fille est un bébé volé…

Les mots se télescopaient, déconcertants, sans réserve. Ariane se trompait parfois dans son récit, revenait sur les dates, tenait à un maximum de précision, peut-être pour soulager sa culpabilité, peut-être pour souligner combien elle avait été bernée.

À l'époque de l'adoption, la vie suivait son cours en apparence. Paula connaissait la situation mieux que quiconque, mais il n'est pire sourd que celui qui ne veut pas entendre, n'est-ce pas ? Tout paraissait normal à Buenos Aires. Dans un silence bien orchestré, son milieu d'expats faisait des affaires, s'excitait pour du polo, du tango. C'était ça, le quotidien, sous la dictature, jusqu'à atteindre cette ignominie juste avant son départ : moins de deux kilomètres séparaient le stade où se jouait la finale de la Coupe du monde de football de l'Escuela Superior de Mecánica de la Armada, cette Esma de tous les supplices. Ariane se souvenait très bien de la fête qui avait suivi la victoire de l'équipe d'Argentine. À présent, elle en tremblait de rage. Les larmes aux yeux, elle se demandait comment elle avait pu ignorer les proches des disparus qui couraient en vain de commissariats en églises, d'ambassades en hôpitaux. Elle avait été si naïve. Des heures de lecture lui avaient appris comment des hommes de main chassaient leur proie, kidnappaient à domicile, de nuit ou au petit matin. Leurs Ford Falcon vertes n'étaient pas immatriculées. Ces brutes dépendaient d'un bureau secret de coordination, installé au ministère de l'Intérieur. D'une efficacité redoutable, ses membres traitaient les informations transmises à la fois par la police et les services de renseignement des trois corps d'armée. C'était à qui chopait le plus de « subversifs », l'armée de terre, les forces navales, les forces aériennes. Les officiers n'avaient qu'à piocher dans une liste exhaustive de suspects. Ceux-là disparaissaient tout simplement, regroupés dans les centres clandestins de détention, où ils croupissaient plusieurs années après le coup d'État, bien qu'officiellement, toutes les guérillas avaient été anéanties. C'était une machine sophistiquée et bien huilée. L'aventure était même quasi messianique. « Dieu est avec nous », répétaient les bourreaux à l'unisson. C'était donc bien des démons qui avaient arraché Clara à sa mère.

— Et maintenant, me voilà, conclut Ariane, les mâchoires serrées. C'est incroyable, le destin. Tu ne trouves pas ?

Paula soutint son regard, jusqu'à ce qu'Ariane fondît en larmes.

— *Querida*, dit-elle, je suis sincèrement désolée. Les gens sont capables du pire. Peut-être que ton mari n'a pas mesuré la gravité de son acte. Au fil du temps, il a sans doute fini par croire à ses propres mensonges, à l'adoption d'une orpheline de Villa Lugano.

Les deux femmes se turent à nouveau pour mieux se regarder et se comprendre. Cette fois, Ariane sentit que le regard de Paula avait changé – à peine, mais il avait changé. Elle lisait dans ses yeux à la fois de l'empathie et un petit air de triomphe, d'autosatisfaction. Elle se voyait déjà prendre son téléphone, composer le numéro d'Estela de Carlotto, ordonner les pièces du puzzle, alourdir encore le dossier Videla. Tout pouvait aller très vite. Mais Ariane avait besoin de reprendre ses esprits. Elle insista.

— Tu m'as promis de ne rien dire avant que je te donne le feu vert, on est d'accord ? Paula, je te fais confiance. Je veux amener Clara doucement à la vérité. J'ai besoin de prendre toutes mes dispositions avec Bertrand.

— Je t'ai donné ma parole, Ariane. Mais il y a une

chose à faire sans tarder. L'interlocuteur de ton mari, ce *doctor* Eduardo Sacco, je ne le connais pas. S'il apparaissait dans d'autres dossiers de bébés volés, je m'en souviendrais. C'est certain.

— Celui-là s'est montré encore plus malin que les autres, c'est sans doute l'explication.

— Tu dis qu'il apparaît sur le Web comme docteur, gynéco-obstétricien dans une clinique privée. Je peux au moins me renseigner sur lui ?

— Discrètement, oui, concéda Ariane.

— Je comprends que tu prennes tes précautions, mais notre seule chance, c'est l'agenda de ton mari. Tu dois le photocopier. Il nous faut une preuve, c'est très important.

Ariane jeta un œil timide à son sac. Elle était là, cette recharge calendaire, mais elle ne voulait rien laisser *à l'association*. Pas encore.

— C'est assez simple, expliqua-t-elle. Clara est née en décembre, sa mère se trouve donc forcément parmi les femmes enceintes qui ont disparu à partir du mois d'avril 1977. Je ne crois pas que l'équipe médicale de Campo de Mayo ait pu tricher sur sa date de naissance. Clara était à terme, pas du tout prématurée.

— La liste des mères enfermées à ces dates ne contient qu'une dizaine de noms, pas plus, rappela Paula. On peut vérifier, mais je la connais déjà par cœur…

— Non ! la coupa Ariane. Pour le moment je ne veux pas un nom, pas un visage.

Ariane étouffait.

— Le mieux serait que tu réfléchisses pendant quelques jours. Qu'en dis-tu ? proposa Paula.

Ariane acquiesça, tentant de chasser de son esprit ce test pour la Banque nationale des données génétiques argentines. Comment allait-elle s'y prendre pour parler à Bertrand ? Et quand le ferait-elle ? Elle n'en avait pas la moindre idée. Tout ce qu'elle savait, c'était qu'il était temps de quitter Paula. Le lundi, elle avait cours en milieu d'après-midi. Elle n'allait pas être en retard pour la rentrée de janvier.

5

Elle n'arrivait pas à se décider. La semaine était passée en vaines digressions, jusqu'à manquer d'air et vouloir bouger, fuir, comme si sa vie en dépendait.

Par hasard, elle était tombée sur l'affiche d'une exposition de peinture au Havre, un but comme un autre. Le train quittait la gare Saint-Lazare le dimanche matin et un autre revenait en fin d'après-midi. Suivant son impulsion, elle avait filé là-bas, un vrai bouquet de nerfs, avec les pires scénarios qui se bousculaient dans sa tête. Il ne fallait vraiment pas la contrarier. Alors quand ce skin l'avait insultée, elle n'avait pas su se maîtriser... Sa soudaine agressivité ne la troublait pas plus que ça. Ce carnage n'était au fond qu'une conséquence mineure. Le jeune homme allait sans doute s'en tirer. Cela avait été pénible à observer, certes, mais elle oublierait l'épisode facilement.

Et puis il y avait eu cet homme, Gabriel.

On était de nouveau lundi matin. La voix de Pierre Bouteiller retentissait toujours dans la cuisine. Mais elle ne l'écoutait pas, elle revoyait le sourire de ce bel inconnu et la gentillesse dans ses yeux. À son contact, près du tableau, elle avait éprouvé un bref sentiment de paix. C'est la raison pour laquelle elle avait accepté le rendez-vous à la cafeteria avant de se raviser. En plus, il était Argentin – l'accent ne trompait pas. C'était peut-être un signe… Seulement voilà, elle avait fui. Pour le retrouver face au skin et au chien. Il était alors apparu solide, invincible, avec une confiance en lui qui l'avait rassurée.

Ce matin, elle buvait un café après l'autre et enchaînait les exercices de respiration à travers l'appartement. Dehors, il faisait beau. Un temps glacial et ensoleillé. Elle devait faire les courses, s'occuper à tout prix pour ne pas devenir folle. Elle s'offrirait bien un verre matinal de vodka, doublé d'une ration de Nutella – que Clara conservait jalousement dans sa chambre. Elle racla le fond et les parois avec sa cuillère, se gava comme une ado après son premier joint. À deux doigts de la crise de foie, elle laissa ses yeux traîner par la fenêtre un long moment, et resta comme ça, suspendue, la cuillère dans la bouche et l'estomac retourné. Sans réponse aux questions qui la tourmentaient, elle se dirigea vers la salle de bains. Elle trembla comme une feuille sous la douche et s'aspergea d'un peu trop de parfum en sortant.

Puis elle tenta de prendre des nouvelles du skin. À l'hôpital, on la balada de service en service, sous prétexte qu'elle n'était pas de la famille. Au commissariat, elle ne parvint pas non plus à glaner la moindre information. Impossible de joindre l'inspectrice Audrey Chemin. Et si elle appelait un avocat ? Les bons conseils ne manquaient pas dans leur cercle d'amis. Bertrand lui avait laissé le numéro d'un cabinet de confiance, au cas où. Mais elle différa ce coup de fil.

Lorsque Ariane avait raconté l'incident à Bertrand, la réaction de son mari l'avait surprise. Comme s'il s'attendait à quelque chose, il n'avait pas semblé très étonné. Elle trouvait même qu'il la regardait avec une certaine crainte. Il devinait sa femme à cran, prête à toutes les folies. Pas un instant n'imaginait-il qu'elle était passée du doute à la certitude. Les événements à Buenos Aires, lui faisaient craindre – et à juste titre – l'arrestation d'Eduardo Sacco. Pour autant, se dénoncerait-il, lui et ses complices ? Pas sûr du tout. Bertrand comptait sans doute sur son silence. Peut-être même qu'entre salopards ils se parlaient et cherchaient à se protéger l'un l'autre. Ariane en frissonna encore davantage.

Après les courses, elle se rendit à pied au travail. Ils vivaient dans les beaux quartiers, à dix minutes du collège Montaigne. Ce premier cours à 15 heures le lundi lui permettait de flâner un peu au jardin du Luxembourg, même en hiver – les chaises disposées près des serres offrant un bain de soleil à l'abri du vent. Chez elle, c'était toujours la peur qui dominait, mais Paris la rassurait. L'idée de retrouver sa classe de sixième l'apaisait également. À rebours de tout ce que l'on pouvait lire ou entendre, ses élèves s'illustraient par leur calme et leur intérêt pour sa matière. Il y avait juste l'épreuve de la salle des profs, le ton faussement jovial des collègues, pour qui « le dessin, ça sert à rien », puis les couloirs à traverser, les cris, les sacs qui volaient dans tous les sens. Mais quand la porte se refermait sur ce fracas, suivait généralement une heure de curiosité. Ça tenait à leur âge, à leur petit gabarit. Jusqu'en quatrième, il n'y avait pas besoin de trop les reprendre. Peu d'entre eux faisaient les malins, et elle savait ne pas réagir à la provocation. Elle avait le don de les motiver. Et puis c'était vraiment joli de voir avec quelle intensité l'enfance s'obstinait en eux.

À chaque fois qu'elle entrait dans l'établissement, elle admirait la façade néoclassique de Montaigne. Ce jour-là, elle passa devant la loge, sourit au concierge toujours un peu sur la défensive, puis grimpa la volée d'escaliers située face au jardin d'hiver. Elle se dirigea vers la salle de classe en empruntant l'immense cour éclaboussée de lumière. Très concentrée sur son enseignement, elle enchaîna deux classes sans pause. À 17 heures, elle rangea un paquet de copies dans son sac, et une fois encore elle s'abstint d'un détour par la salle des profs. D'un côté, elle voulait rentrer chez elle au plus vite. De l'autre, elle redoutait de tomber sur Clara, et de s'effondrer en la voyant.

Dehors, la journée se terminait déjà. Il faisait trop froid pour envisager une longue marche dans Paris. Elle n'irait pas non plus faire du lèche-vitrines. Sous le soleil qui déclinait, son sac placé sur la poitrine comme pour se protéger, elle se demandait quelle direction elle allait prendre. Et soudain, une sensation de vertige.

Face à elle, adossé aux grilles du jardin, elle reconnut Gabriel. Elle leva les yeux au ciel pour se dire qu'elle rêvait. Non, ce n'était pas possible. Puis elle se rappela qu'elle lui avait dit qu'elle enseignait au collège Montaigne. Avec certitude, alors, elle sut qu'il l'attendait.

Il est parfois des êtres qui sont poussés l'un vers

l'autre. Ils se reconnaissent d'instinct et rien n'est plus comme avant. Elle le revit face au chien, sur le parvis du musée. Elle se remémora la scène. Avec aplomb, il était parvenu à tout arranger, à la placer en sécurité. D'ordinaire, elle se moquait bien des augures. Mais alors qu'elle se sentait plus seule que jamais, il était encore là, cet Argentin.

6

Même jour, le matin

La lumière qui entrait par le Velux l'arracha au sommeil. L'aube pointait, et avec elle la marée haute qui gagnait jusqu'au muret. Il se leva et se planta face à la baie vitrée. Son visage se détendit dans un sourire. C'était son moment préféré. Sur cette côte dite de Nacre, l'horizon se dégageait jusqu'au sud de l'Angleterre, la Normandie se dérobait complètement, à croire qu'il vivait dans une contrée farouche.

Gabriel s'était endormi très tard, après quelques verres partagés à l'Hôtel de la Plage. Aux copains, il avait donné un récit circonstancié de l'attaque du skin. Personne n'avait vraiment été étonné par son courage. Gabriel avait une part d'ombre. C'était un type solide, quelqu'un de bien, mais il avait des comptes à régler. Malgré son flegme, on sentait qu'il était toujours à deux doigts de péter les plombs. Personne, pas même Lisa, sa copine, ne savait s'il avait été emprisonné comme détenu politique ou s'il avait tout quitté pour échapper à ses bourreaux. Au village, le mot était passé. Les regards complices se disaient que ça lui faisait du mal, à Gabriel Vasky, d'évoquer l'Argentine, sa famille, son enfance. Après un court exil à Cuba et quelques années à Paris, Langrune-sur-Mer était un point de non-retour. Cette petite station balnéaire s'était présentée à lui par hasard. Une ligne droite qui débouchait sur la promenade, les immenses plages du débarquement dignes de sa mélancolie, Léo Ferré chantant le malheur dans les enceintes de son break 504, une minuscule agence immobilière ouverte pour lui proposer un deux pièces pas cher face à la mer, le fantôme de Patrick Dewaere – on avait tourné par ici *Les Valseuses* –, la perspective de longues séances de paddle, un ennui salvateur... Gabriel avait tout de suite compris que se trouvait là son paradis. Et dix années s'étaient écoulées.

D'habitude, il commençait la semaine par une visite au Comptoir des Matériaux. Il tâchait de tout récupérer en une fois, travaillait sans relâche sur son chantier du moment. Gabriel était un homme à tout faire : électricité, menuiserie, plomberie, jusqu'aux huisseries et sols en béton. Tout sauf la peinture. Depuis son arrivée, il s'était constitué une belle clientèle, des gens très différents, mais tous animés par la passion de leur petit nid. Qu'ils disposent de revenus modestes ou d'un maximum de pognon, ils avaient un seul et même rêve : échapper à la ville et vivre au bord de la mer, dans leur résidence secondaire, le temps d'un week-end. Ça se passait généralement très bien avec eux, le bouche à oreille fonctionnait à merveille.

À la place, il aurait pu travailler sur les marchés, comme manutentionnaire dans les coulisses d'un supermarché, au sud de Caen, sur le site PSA dédié aux pièces de transmission. Ou dans le BTP, n'importe où, pourvu que l'on bosse sans trop se poser de questions. Quelques travaux chez les uns et les autres, puis quelque chose avait fait tilt. Le boulot était la dernière chose qui le rattachait au monde des vivants. De fil en aiguille, sa réputation avait grandi dans tout le département. Il s'impliquait, se montrait incroyablement perfectionniste et professionnel. Désormais, il n'avait plus à prospecter. Le client venait à lui. Il pouvait se retrouver désœuvré, mais sans angoisse, car il retombait continuellement sur ses pattes.

Il savourait de plus en plus les moments de tranquillité dans son petit appartement avec vue sur mer – à tel point qu'il en devenait un peu casanier. La maison était divisée en trois parties, et il s'entendait bien avec ses voisins. Gabriel était le genre de type toujours prêt à rendre service. Fabienne, la vieille dame qui occupait l'appartement du rez-de-chaussée, le sollicitait souvent pour bricoler chez elle. Alex et Sylvie, le couple de Parisiens qui venaient un week-end sur deux, habitaient au premier et fixaient leur attention sur l'immense jardin qu'ils partageaient tous. En réalité, c'était Gabriel qui entretenait les arbres fruitiers, le potager et la pelouse. Pour se rattraper, Alex s'occupait de l'apéro sur le muret au coucher du soleil – un rituel entre eux, lorsqu'il faisait beau.

Ce jour-là, Gabriel devait terminer une salle de bains dans le patelin voisin de Luc-sur-Mer. Il fit chauffer une cafetière et but plusieurs tasses à la file en écoutant *OK Computer*, le dernier album de Radiohead. La voix lumineuse de Thom Yorke sur « Karma Police » le transporta mentalement dans le clip réalisé pour l'occasion, une course-poursuite entre une voiture et un homme seul sur une route de campagne – curieusement, les contours d'un cauchemar qu'il faisait souvent. Au café, il accola des céréales, de la pâte à tartiner et une banane. Il s'apprêtait à filer tout droit sur son chantier. Les propriétaires, absents jusqu'au printemps, le laissaient entreposer son matériel et ses fournitures dans leur garage.

Il s'allumerait bien un joint, mais il s'accrochait maintenant à cette promesse de ne fumer que le soir. Il dévala alors les escaliers de la maison et s'arrêta net dans le couloir. Une grande enveloppe dépassait de sa boîte aux lettres. Il reconnut le timbre du pays qui lui avait volé Véro, cette nation de crapules qui refusait d'extrader ses *milicos*, qui les gardait bien au chaud, sans les juger[1]. Cette Argentine de politiciens corrompus et aveugles qui l'avait privé de son père, où sa mère était morte de chagrin, cette terre de tant d'horreurs. Il refusait d'y penser, ne voulait plus rien lire ni entendre à son sujet. L'expo d'hier lui avait bien suffi. *Adios, muchachos !*

Il trembla de colère quand il reconnut l'écriture de son frère.

Qu'est-ce qui m'arrive ? Des années que personne ne m'interroge plus sur l'Argentine, et il a fallu qu'hier je

1. En 1998, au nom du principe de justice universelle, seuls des magistrats allemands, italiens, suisses, américains et espagnols, dont le célèbre juge Garzón, enquêtent sur les crimes des généraux de la junte. En 1990, la France a déjà condamné par contumace à la réclusion à perpétuité le capitaine de l'Esma, Alfredo Astiz, pour l'enlèvement, la torture et la disparition des religieuses Alice Domon et Léonie Duquet.

tombe sur le tableau du vieux. Qu'est-ce qu'une œuvre de Ferdinand Constant foutait là ? Et puis cette femme, Ariane, sa façon de m'aborder comme si elle me connaissait. Aujourd'hui, Julien. Dans son dernier courrier, pour m'annoncer la fin de maman, il avait glissé une photo de la tombe au cimetière d'El Palomar. Et maintenant ? Sans doute des excuses, plus ou moins…

La séparation entre son passé et son présent était-elle aussi mince que ça ? Pas d'hésitation possible : il n'ouvrirait pas l'enveloppe. Il avança en la tenant du bout des doigts, comme on se saisit d'une matière inflammable, prêt à s'en débarrasser. La poubelle qui se trouvait devant sa maison débordait de déchets – les services municipaux ne marchaient pas le week-end. Il haussa les épaules et rangea machinalement la lettre dans la boîte à gants de la 504, ce truc qu'il n'ouvrait jamais, encombré d'un vieux manuel et d'un constat d'assurance. Au volant, il alluma d'une main sa première cigarette de la journée. Il se surprit à penser qu'il se foutait à présent du sort du skin. Il devait reprendre son chemin, aller au travail… Déjà qu'il était à la bourre, en route !

Depuis Langrune, une grande descente battue par les vents précède Luc-sur-Mer. La fin du week-end avait chassé les jolis cœurs, les cerfs-volants, les planches à voile et les chaises pliantes. Sur la plage, les crabes terrés dans le sable recommençaient à gambader librement. Par petits mouvements de tête, Gabriel observait le large. Rouler en bord de mer, que demander de mieux ?

Il avait chassé Ariane de son esprit avant de s'endormir. Ce matin, il ne s'encombrait plus le cerveau avec elle. Et tant pis pour sa passion pour les muralistes argentins. Il n'en saurait pas plus. Ce parfum de fleurs blanches, il irait le renifler ailleurs. Ce joli manteau rose, il tâcherait d'en offrir un à Lisa.

Mais il arrive que certaines présences s'obstinent en nous. Impossible de les faire disparaître. Il freina sec et gara la 504 sur le bas-côté. Une idée le traversa : au lieu de se rendre sur le chantier, il foncerait à Paris et jouerait son va-tout à la sortie du collège Montaigne. Il se souvenait très bien du nom de l'établissement. Il coupa le moteur et baissa la vitre. Le coude posé sur la portière, les tempes frémissantes, il détailla ses vêtements, son jean, son pull, ses vieilles Stan Smith, et sur le siège passager, son sac Freitag en bâche de camion recyclée. Il vivait comme il travaillait, sans élégance mais avec un style bien à lui. Une fois qu'il aurait dépassé Caen sur l'autoroute, il ne pourrait plus reculer. D'un air dégagé, il fit comme s'il prenait la mer à témoin. Non, il n'avait pas peur. Après tout, que risquait-il ?

7

Porte d'Auteuil, Gabriel s'engagea sur le périphérique avant d'emprunter la voie Georges-Pompidou. C'était une belle journée d'hiver, lumineuse et froide. Le soleil scintillait sur la Seine. Comme toujours, la statue de la Liberté lui adressa un salut fraternel. Gabriel était émerveillé par la beauté de Paris. Après la place de la Concorde, il longea le boulevard Saint-Germain en direction d'Odéon, et un large sourire s'épanouit sur son visage. Quelle ville, *por dios*.

Une place de stationnement l'attendait comme par magie rue d'Assas. Décidément, tout lui souriait. Sur le coup de midi, il glissa quelques francs dans l'horodateur et traversa le jardin du Luxembourg. Il avait faim et tenta de retrouver cette petite place qu'il aimait tant, nichée derrière la rue Saint-Jacques. Au bout de quelques minutes, il s'installa au Café de la Nouvelle Mairie. On sentait que s'inventait ici le plaisir de déguster de bons vins, des plats sincères, qu'on voulait en finir avec la prétention ringarde et l'inattention injurieuse des restaurants parisiens. Une génération chassait l'autre, et c'était tant mieux. À table, il parcourut la presse. Il y avait *Charlie Hebdo*, *Libéra-*

tion et *Le Canard enchaîné*. Il les lisait depuis de nombreuses années avec toujours autant de plaisir. Les radiateurs de fonte lui renvoyaient une douce chaleur dont il fit provision. Sans trop savoir pourquoi, il imaginait qu'Ariane finirait sa journée entre 15 heures et 17 heures, à l'heure où les abords du jardin s'enveloppaient peu à peu dans cette humidité caractéristique des soirées hivernales.

Dehors, les bourrasques froides lui rappelèrent la morsure du pampero qui soufflait du sud-ouest depuis le pôle Sud et glaçait Buenos Aires durant l'hiver austral.

Il repartit en direction du Luxembourg et franchit de nouveau les grilles. À hauteur des courts de tennis, il gagna la rue Auguste-Comte par une petite porte. Les environs étaient calmes, l'air incroyablement pur. Gabriel estimait avoir fait son temps à Paris et ne regrettait pas sa décision. Mais il se disait qu'évidemment, quand on a le privilège de vivre dans les beaux quartiers, on voit les choses autrement.

15 heures, première sonnerie. D'ici peu, le soleil disparaîtrait. À battre le pavé, il se dit qu'il pouvait plutôt entrer dans la loge et sonder le gardien d'un air innocent : « Bonjour, je suis le frère d'Ariane Sauvage. J'habite en province et je lui fais une surprise. Vous connaissez ses horaires ? » Mais il risquait de tout foutre en l'air. Cet effet de surprise était son meilleur allié.

Sauvage. Lancé la veille à l'inspectrice, Gabriel ne l'avait pas oublié. Ariane Sauvage, ce nom exprimait un certain tempérament. Ça sonnait bien, on pouvait le scander à l'infini face au miroir, comme Antoine

Doinel dans *Baisers volés.* Ariane Sauvage, Ariane Sauvage, Ariane Sauvage, Ariane Sauvage… Avait-elle conservé son nom de jeune fille ?

Maintenant qu'une vague d'élèves s'était projetée hors de l'établissement, plus rien ne se passerait avant la prochaine heure. Gabriel tua le temps rue de Fleurus au comptoir d'un troquet, et avec l'air d'un grand gamin, reprit sa place à la sonnerie de 16 heures. Il vit d'autres visages adolescents se disperser, des adultes jouer des coudes, pressés de rentrer chez eux, montrant par là qu'ils avaient beaucoup à faire. Et Ariane, toujours introuvable… Peut-être qu'elle ne donnait pas cours le lundi. À quoi tout ça rimait ? se demanda Gabriel. Son raisonnement ne valait pas un clou. Il se donna pourtant une dernière chance. Encore un tour vers l'Observatoire, une phase d'hésitation et un coup d'œil à la Closerie des Lilas, puis retour aux grilles. 17 heures. Un court instant, il prit peur. C'est alors qu'elle surgit de la loge.

Les joues creusées, l'air épuisé, les épaules cambrées, Ariane semblait presque plus petite. Et lorsque leurs yeux se croisèrent, elle se redressa subitement.

Il y avait à peine dix mètres entre eux. Dans un premier temps, elle fit comme si de rien n'était. Allait-elle s'enfuir ? Manifestement, l'étonnement provoquait chez elle autant de joie que de gêne. Quelques mimiques involontaires trahissaient ses états d'âme. Sur l'autoroute, Gabriel avait préparé ce qu'il comptait lui dire : il passait par là, s'était souvenu qu'elle donnait des cours à Montaigne, et voulait en profiter pour la saluer et prendre de ses nouvelles. Peut-être même lui proposer un café.

Ensuite, fallait-il faire le premier pas ? Sans un mot, la prendre par la main et l'embrasser ? Il s'exposerait à un refus… Et alors ? Rien de grave, au fond… Finalement, il s'avança vers Ariane, qui était clouée sur place. Déjà, il rêvait courbes, bouche, seins. Mais ses premiers mots ne reflétèrent absolument pas ses pensées.

— Bonjour Ariane, vous connaissez le musée Zadkine ? Il est à deux pas d'ici. J'avais prévu de m'y rendre aujourd'hui, et passant devant votre collège, eh bien, je me suis dit…

Énorme, mais somme toute assez crédible. Les sculptures sous la lumière des verrières, la cour intérieure, le dialogue muet des œuvres en bois et en pierre – ce monde caché dans Paris renfermait quelque cinquante années de travail en amoureux entre Ossip Zadkine et sa femme Valentine Prax. Le lieu était peu fréquenté, absent des guides étrangers, et miraculeusement inconnu de nombreux Parisiens. Gabriel sentit qu'il marquait un point.

— Dimanche au musée d'Art moderne du Havre, lundi chez Zadkine… Vous passez votre vie dans les expos ? s'amusa Ariane, légère pour la première fois depuis une semaine.

— C'est à peu près tout ce qui me reste de mes études aux Beaux-Arts de Buenos Aires. Vous venez ?

Il avait ajouté ça, Buenos Aires, en insistant volontairement, car il sentait que sa ville natale les soudait l'un à l'autre. Ariane tressaillit. S'il avait parlé du skin, il l'aurait moins touchée.

— Ce n'est pas le jour de fermeture ? se reprit-elle. Mardi pour les établissements nationaux, lundi pour ceux gérés par la Ville de Paris. Attendez, j'ai *L'Officiel*, je vérifie.

C'était donc oui. Elle le suivait. Fermé ou pas, ce projet improvisé tenait la route. De l'autre côté du jardin, rue de Vaugirard, il y avait le musée du Luxembourg, sinon au Grand Palais, La Tour et Delacroix leur tendaient les bras.

Ariane sortit l'hebdomadaire de son sac et le parcourut rapidement.

— Fermé !

— J'aurais juré, mentit Gabriel. Il me semblait pourtant avoir vérifié.

— Et si on prenait un verre ? renchérit Ariane. C'est bien ce qu'on avait prévu hier, n'est-ce pas ? Dans le coin, le mieux, c'est vraiment le Petit Médicis.

Ariane était une enfant du 7e arrondissement. Son père, abonné à l'Odéon, époque Jean-Louis Barrault, aimait l'y retrouver. Elle raffolait de leur fameux millefeuille, et les serveurs la chouchoutaient. Autour d'eux, selon les saisons théâtrales, on s'étripait sur Ionesco, Beckett, Billetdoux et Duras. Quand était venu le tour de Genet et des *Paravents*, les anciens d'Indochine et d'Algérie s'en étaient mêlés jusqu'à en venir aux mains.

Après une marche à vive allure et presque silencieuse – le jardin fermait, les gardiens s'époumonaient sur leur sifflet –, ils prirent place près de la verrière. Ariane s'installa sur la banquette et conserva son manteau. Gabriel interpréta son geste : elle n'était que de passage, cette rencontre l'amusait, mais pas question d'y consacrer toute la fin d'après-midi. Elle s'empressa de faire un signe au serveur. Là encore, Gabriel décela l'envie de ne pas perdre trop de temps. La preuve aussi d'une certaine autorité. Bien qu'il voulût commander un petit remontant, il opta finalement pour un café.

— Il fait très froid, non ? demanda-t-elle, visiblement plus à l'aise.

— C'est le seul point faible de Paris, ce climat. Aucune autre ville au monde ne lui arrive à la cheville. Sauf peut-être New York, dans un autre genre. « Buenos Aires est l'épouse, Paris la maîtresse », disent les Argentins depuis la nuit des temps.

— Et que disent les Argentines ? Elles restent à la maison, c'est ça ?

— Je n'y avais pas pensé, vous avez raison. À l'origine, cette phrase s'applique au tango. Ça parle d'un ménage à trois. On dit même qu'il existe quatre cents tangos consacrés à Paris.

— Vous êtes un bon danseur ?

— Un peu hors-la-loi, tangotiquement incorrect. On pratiquait bien sûr autour de moi quand j'étais enfant, mais dans les années 1970 le tango se faisait oublier, même à Buenos Aires. Et puis surtout, on écoutait d'autres trucs.

D'un mouvement de tête, il fixa un homme face à eux qui parlait fort et se tenait mal. Un bourgeois dont le vernis craquait ou l'un de ces financiers qui s'enrichissaient avec la mondialisation, difficile à savoir. Quoi qu'il en soit, il lui abîmait les yeux.

— Vous enseignez quoi au juste, Ariane ? reprit Gabriel.

— Devinez !

— Le français… Les maths… L'histoire-géo… Vous êtes la proviseure, la principale !

À chaque fois, elle balançait la tête de gauche à droite, déçue qu'il ne l'imagine que dans une matière sérieuse, que son apparence bourgeoise ne laisse transparaître aucune fibre artistique.

— Arts plastiques, le coupa-t-elle.

— D'où le MuMa.

— Eh oui ! D'ailleurs assez dingue cette histoire de collabos.

Le peintre, comment s'appelle-t-il, déjà ?

— Ferdinand Constant.

— Ça ne me dit rien du tout. Vous connaissiez son œuvre, n'est-ce pas ? Vous ne paraissiez pas surpris, à votre façon de tout débiter d'une traite.

Sur la défensive, Gabriel se racla la gorge. Hier, il aurait dû vomir de dégoût en découvrant cette peinture. Au lieu de cela, il avait eu un petit sourire au coin des lèvres, comme pour des retrouvailles inespérées. Dans son bureau de La Boca, Constant avait accroché cette toile en bonne place, juste au-dessus du canapé en cuir réservé aux visiteurs. L'armateur à la tête d'une belle flotte passait sa journée à contempler son chef-d'œuvre, fier de sa technique autant que de ses dockers en cavale. Il leur avait tiré le portrait à tous, même si aucun de ses clients n'était suffisamment attentif pour les reconnaître. Mais qu'ils n'aillent pas faire les malins… Que s'était-il donc passé pour que ce cadre ait quitté les docks de Buenos Aires ? La boîte du vieux avait peut-être coulé. Sinon comment l'expliquer ? Il ne voyait pas « El Jefe » prendre sa retraite dans la maison entourée d'arbres de Belgrano, non loin du collège français. Le tableau aurait été saisi, puis cédé à une galerie ou un musée. À moins qu'il n'ait rejoint la concession achetée au cimetière de la Recoleta. Ferdinand Constant aurait succombé au remords et au chagrin.

Gabriel le rendait responsable de la disparition de sa fille. Avec ses relations, pourquoi n'avait-il pas sorti Véro de l'Esma ? Hier, il avait ressassé ça toute la sainte journée – le sort du skin n'était rien en comparaison –, mais aujourd'hui, dans ce Paris de carte postale, il réussissait à établir un cordon de sécurité entre Ferdinand Constant et lui. Ce n'était qu'une intuition, mais il sentit qu'il pouvait se confier à Ariane, même s'il ne savait rien d'elle.

— Je connais le peintre, mais j'ignore s'il est encore vivant. C'était le père d'une amie.

Personne en France n'avait jamais entendu parler de Véro, pas même Lisa avec laquelle il entretenait depuis longtemps une sorte d'amitié amoureuse – il ne parvenait pas vraiment à définir leur relation. Il se sentait bien avec Lisa, il aimait la retrouver le week-end, faire l'amour avec elle, marcher au bord de l'eau, acheter des fruits de mer à Courseulles, les déguster avec un sauvignon... Et en même temps il ne se livrait qu'à minima. Il n'allait pas recommencer avec cette inconnue.

En plus, il s'embrouillait. Dans la même phrase, il envisageait que Ferdinand Constant fût encore vivant, et juste après il utilisait l'imparfait pour évoquer sa fille. Il arrive que l'on parle au passé de ses amours déçues. Dans son cas, ce n'était pas une figure de style.

Il y eut un instant de flottement. Gabriel leva les yeux au plafond. Ariane hésita. Par politesse, elle devrait passer à autre chose. Mais il était là, cet Argentin, avec ses mystères, et peut-être aussi des réponses à ses questions. Elle lui donnait une quarantaine d'années. Il avait connu la dictature, l'âge concordait. Elle n'en pouvait plus de se sentir seule avec sa tragédie. Après tout, elle s'était laissée aller avec Paula… Pourquoi ne pas se lancer maintenant ? Elle le regardait différemment. Tout à l'heure, elle avait manqué de tomber dans les pommes quand il avait parlé de Buenos Aires. Maintenant elle recouvrait ses forces. S'ils se rapprochaient, peut-être qu'ils pourraient enquêter ensemble sur l'orphelinat, établir la véracité ou non de l'état civil de Clara, chercher des témoins, tirer des fils. Paula était un saut dans l'inconnu, un aller sans retour. Avant de s'adresser aux Grands-mères, elle gagnerait du temps avec Gabriel.

— Cette amie *était* française ? insista-t-elle.

Gabriel conserva une expression de calme absolu. Il frissonna, de froid ou de peur, il ne savait pas. C'était l'heure de prononcer à haute voix le nom de Véro, enfin, vingt ans après.

— Véro était bien plus qu'une amie, nous venions de nous fiancer… Des fascistes l'ont emmenée de force. J'ai fini par savoir qu'elle était enfermée dans le principal centre de détention illégal et de torture de Buenos Aires, l'Esma. Vous connaissez l'élégant boulevard Libertador ? Comment imaginer que se déroulait ici une telle horreur ? Véro n'avait rien fait, elle était innocente. Je ne connais pas la date exacte de sa disparition…

Ça ne voulait rien dire, « elle n'avait rien fait », comme si les autres étaient coupables d'avoir espéré un monde meilleur. À l'évidence, il tenait à présenter Véro comme une parfaite innocente. C'était parmi ses proches à lui, et non de sa fiancée, que se trouvaient les militants, les enragés qui savaient qu'ils partaient pour la mort. Cette blessure était toujours un immense abîme, et Gabriel ne parvenait à s'exprimer qu'avec maladresse. De son côté, Ariane encaissait. Tout ce qu'elle lisait ou entendait depuis septembre se matérialisait sous ses yeux. Gabriel avait perdu son grand amour, et ce peintre avait aussi perdu sa fille. Elle avait le sentiment que Gabriel n'éprouvait aucune empathie pour lui.

Sa panique s'évapora. Elle se mit à regarder Gabriel autrement, comme quelqu'un qui pourrait la délivrer de ce poids. Ils pourraient s'épauler, elle tenterait de chasser cette Véro dont la présence le hantait – elle sentait bien que ce type n'était que l'ombre de lui-même depuis sa disparition. Place aux vivants, songeait Ariane. Quant à lui, s'il l'aidait à surmonter ses peurs…

Elle le fixa droit dans les yeux.

— À cette époque, j'étais à Buenos Aires, moi aussi. Le nom de Ferdinand Constant ne me dit rien. Il fréquentait les soirées de l'ambassade ?

Au musée, elle avait évoqué ses années en Argentine. Mais jamais Gabriel n'aurait imaginé un séjour sous la junte.

Et s'il faisait une connerie ? Il ne savait rien d'elle.

Ariane laissait entendre qu'elle fréquentait la mission diplomatique française. Il y avait de tout, là-dedans. Des hommes qui s'étaient remarquablement conduits, rendus fous de rage par la disparition d'une bonne trentaine de leurs compatriotes, des braves qui avaient tout tenté pour les retrouver, qui s'étaient mouillés auprès des siens jusqu'à exfiltrer des fugitifs au Brésil. Et puis il y en avait aussi d'autres, proches de Videla, que l'on retrouvait au douzième étage du quartier général de l'armée de terre argentine, sous les ordres de l'assesseur militaire, une vraie pourriture nommée Robert Servent. Quel camp Ariane avait-elle choisi ?

— Constant est un ancien de l'OAS, avança prudemment Gabriel. Il était peintre des batailles en Algérie, mais plutôt que de s'en tenir à ses pinceaux il a participé au putsch d'Alger. Le nom du général Hardy vous dit quelque chose ?

— Pas vraiment, avoua Ariane, ce qui la plaçait peut-être dans le bon camp.

— C'est le dernier chef de l'OAS, un ancien para, en quelque sorte le mentor de Constant. Quand tout s'est avéré fini pour eux à Alger, ils ont gagné clandestinement Buenos Aires avec femmes et enfants. Il y avait déjà d'autres soldats perdus accueillis à bras ouverts par l'état-major argentin. Certains se connaissaient depuis leur passage à l'École supérieure de guerre des Invalides. Pour résumer, nos salauds ont été les élèves de vos salauds. À l'origine de la dictature argentine, il y a l'Algérie comme terre d'apprentissage. Les Français ont fourni la matrice : l'usage de la gégène, l'idée des « vols de la mort »... On parlait des crevettes de Bigeard à propos des militants FLN jetés d'hélicoptères dans la Méditerranée, vous saviez ça ? En tout cas, Hardy a tellement impressionné Videla qu'il est devenu son conseiller. Un étrange accident de voiture lui a coûté la vie, peu avant le coup d'État. Des militants de gauche ont eu sa peau. Cela n'a bien sûr pas empêché les élèves fascistes des Français de se déchaîner plus tard dans les salles de torture. Beaucoup lisaient Jean Lartéguy et s'inspiraient des héros de vieilles bouses comme *Les Centurions*, *Les Prétoriens*, *Les Mercenaires*. L'influence de l'extrême droite française a toujours été très forte sur une partie de l'élite argentine.

Quelque chose d'étrange se passait. Gabriel n'avait pas fait tout ce chemin depuis Langrune pour parler des liens entre haut gradés argentins et français, ni pour détailler les ingrédients de ce cocktail idéologique, militaire et religieux. Vingt années s'étaient écoulées. Le monde avait changé.

Il voulait revenir à une conversation plus anodine avant de parler du skin – l'accident viendrait forcément sur le tapis –, et osa quelques digressions badines autour de la récente multiplication des lieux d'art à Palermo. Il fit même un parallèle avec la première avant-garde de la rue Florida dans les années 1920, celle de Witcomb, de Van Riel.

Son monologue maladroit lui permettait de cacher sa gêne. Depuis qu'Ariane avait mentionné le tableau des dockers, Gabriel se sentait profondément perturbé. Ses mains tremblaient. Une espèce d'instabilité émotionnelle le saisissait. À contrecœur remontait cette découverte effarante qu'il avait faite en entrant dans la vie de Véro. Autour de son père, gravitait cette

« mare puante », comme il l'appelait à l'époque, formée de soldats perdus mais aussi d'intégristes catholiques prônant la nécessité de retraites spirituelles pour lancer le combat à mort « contre le démon et ses manifestations ». Autrement dit, n'importe qui susceptible de pencher à gauche – intellectuels, syndicalistes, artistes, étudiants, journalistes, juifs, psys, prêtres dits du Tiers-Monde, engagés auprès des pauvres, homonymes... La liste était longue et se résumait à un terme chez les militaires : *psychobolche*, un mélange fantasmé de révolutionnaires et adeptes de la psychanalyse. La rédemption par le sang, la volonté de sauver l'Occident chrétien, ce genre d'absurdités macabres conduisaient les aumôniers militaires à bénir les pilotes avant leur décollage pour les vols de la mort. Les mercredis, exceptionnellement le jeudi, à la nuit tombée, une trentaine de personnes cagoulées, les fers aux pieds, avançaient en titubant vers un avion de la navale, Skyvan, Electra, DC-3, voire des hélicoptères. Les malheureux auxquels on faisait croire qu'ils étaient transférés dans des fermes de Patagonie vacillaient sur le tarmac proche de l'Esma car on leur avait déjà administré du penthotal, juste de quoi les étourdir. Un pilote, un copilote, un officier, un sous-officier, deux marins et un docteur les attendaient à bord. Au décollage, on les assommait d'une seconde dose de sédatif. C'était à l'équipage de dénuder les silhouettes endormies dans la soute. Cap au sud-est, le long de l'estuaire, là où les eaux boueuses du Río de la Plata se fondent dans la haute mer. Les côtes argentines s'éloignaient – l'armée de l'air avait étudié de près les courants marins pour éviter le retour des corps sur la terre ferme –, les portes s'ouvraient. Sanglés dans le vent qui hurlait, les moins gradés poussaient les « paquets » dans le vide.

Tout allait trop vite dans la tête de Gabriel. Face à Ariane qui ne disait plus un mot – peut-être avait-elle envie de prendre ses jambes à son cou –, il ne se sentait plus capable de rien. Il voyait que sa réponse l'inquiétait, qu'il allait trop loin. Heureusement, il ne lui racontait pas tout. Derrière son visage fermé, il se remémorait le grand plongeon des corps. C'est long, une chute de trois mille mètres d'altitude dans l'Atlantique. L'eau se transforme en un sol de béton, et les membres éclatés s'éparpillent dans les abysses. D'un seul coup, il ne reste des disparus qu'un dossier et le numéro strictement « confidentiel et secret » qui lui a été attribué, une lettre majuscule, un nombre – H-23, L-70, L-23, M-35, X-15… –, quelques feuillets, des fiches d'interrogatoires et, à la rubrique « Solution finale », clin d'œil ignoble aux nazis, une mention codée signifiant l'assassinat.

Grâce à des survivants de l'Esma, le numéro de Véro avait pu être raccroché à son identité. Mais Gabriel ne voulait rien savoir. Il ne pouvait tout simplement pas la réduire à ça. Il préférait la voir voltiger dans le ciel, imaginer un linceul au creux des nuages.

Avec lui, jamais elle ne touchait la mer.

8

— C'est bon, Gabriel. Arrêtez-vous, ne me racontez pas tout.

Ariane compatissait. Elle sentait qu'elle devait reprendre la main. Cette tirade sur les soldats perdus de l'OAS n'était qu'une diversion, elle l'avait compris. Gabriel s'emmurait et revenait à la seule chose qui comptait pour lui et le rongeait intérieurement : la disparition de sa fiancée lors d'un vol de la mort. De son côté, trouverait-elle le courage de lui parler de Clara ? Si vite ?

Gabriel serrait les poings. Il avait un goût métallique dans la bouche. Il fixa Ariane avec reconnaissance.

— Vous m'excusez une minute ?

Il recula sa chaise et se leva. Aux toilettes, il s'aspergea le visage pendant près d'une minute, pataugeant bientôt dans une mare d'eau jaunâtre. En France, ces réduits étaient le plus souvent ignobles, mais il s'en fichait.

— Vous sortez de la douche ? plaisanta Ariane, face à ses cheveux trempés. Ça vous va bien, ce petit côté brillantine, danseur de tango.

— J'en suis très loin. Rien de mondain chez moi. En ce moment, c'est plutôt les salles de bains.

— Pardon ?

— Je fais des chantiers. C'est comme ça que je gagne ma vie. Je touche un peu à tout : sol, électricité, plomberie.

— C'est une chance de vous avoir croisé au Havre, alors. Les gens de votre profession vont rarement dans les musées. Le MuMa, Zadkine… vous êtes un artisan un peu spécial, non ?

Réflexion typiquement bourgeoise, songea Gabriel. En même temps, il ne fallait pas rêver, combien d'ouvriers visitent les espaces culturels ? Il se disait souvent qu'il faisait un métier honorable, mais pour lequel il n'était pas fait. Sa place était plutôt au musée. Mais Ariane avait parlé sans réfléchir. Ils n'allaient pas refaire le monde.

— Parce que vous croyez à la chance, enchaîna-t-il. Je penche plutôt pour les coïncidences. Certaines rencontres ont l'air programmées, comme si la roue du destin nous téléguidait, mais c'est une illusion. Oui, des cascades de coïncidences peuvent profondément changer une vie, peut-être même qu'elles obéissent à leur propre logique, mais inutile de les interpréter. On doit juste se débrouiller avec ça, à l'instinct. Je ne supporte pas tous ces yogis enveloppés d'encens qui nous infligent leur théorie paranormale. Je crois qu'il suffit de regarder la mer pour se sentir bien.

Là encore, il s'arrêta net. À la recherche du ton juste. Le sien était un peu acide. Le concept de synchronicité forgé par Jung l'attirait, mais c'était à se tordre de rire tous ces fêlés qui osaient s'en emparer.

L'expérience lui avait enseigné qu'on ne tapait jamais dans le mille. Ses quelques réussites, il les devait à des trésors d'obstination, jamais à la chance. Heureusement pour lui, Ariane ne s'agaçait pas de son petit numéro.

— Mais s'il n'y avait pas eu ce tableau, opposa-t-elle, nous ne serions pas là, n'est-ce pas ? On peut y voir un alignement des planètes. Si je n'avais pas eu cette idée d'aller au Havre, ce dimanche, précisément, et si vous-même, vous aviez choisi un autre lieu pour votre balade... Je ne sais pas, peut-être que tout cela est dû au jeu des coïncidences, en effet. Mais c'est bien d'aider le hasard, vous ne trouvez pas ?

« Aider le hasard ». Tous deux se rendirent compte en même temps que la réponse d'Ariane était comme un aveu, une pure folie dans la logique qui la gouvernait depuis tant d'années. Pour la première fois, elle reconnaissait son envie d'être avec Gabriel, de le suivre aveuglément. Elle admettait qu'il l'attirait. Peut-être parce qu'il prenait des risques pour elle : le rottweiler au Havre, la visite à la sortie du collège... Cela requérait bien du courage, et peu d'hommes en seraient capables. Mais elle, en retour, qu'avait-elle à lui offrir ?

Et si elle prenait l'initiative d'inviter Gabriel à l'hôtel ? Il était vraiment beau avec ses cheveux bruns mi-longs, son nez effilé et sa bouche bien dessinée. La dureté de ses yeux noirs la troublait, mais elle aimait surtout sa fragilité, à ce marin sans mer. Elle disposait d'un peu de temps avant le retour de Clara et Bertrand. Ce serait comme un tango, sa main savante à lui, sa jambe sensuelle à elle. Il suffirait de prendre une chambre, de le guider vers le lit, de l'étreindre, de se laisser poser sur les draps, de s'offrir, docile. C'était en soi une solution miraculeuse. Elle se sentait sereine, se moquait éperdument de tromper Bertrand.

Gabriel, lui, ne pouvait pas imaginer un tel scénario. Il voulait embrasser Ariane et rentrer chez lui sur ce coup d'éclat. On verrait bien après. Il attendrait patiemment. La patience, c'était son domaine.

Soudain, il trouva le lieu de ce premier baiser.

— Venez, j'ai une idée, dit-il en lui prenant la main.

En quelques minutes, ils gagnèrent la rue d'Assas. La carrosserie bleu nuit du break avait belle allure sous la lumière dorée du lampadaire. Gabriel se surprit à avoir des gestes de voiturier. Il se précipita pour ouvrir la portière et attendit qu'Ariane se cale dans le siège en skaï froissé. Il s'excusa – « ça pourrait être plus propre » –, et prit place à côté d'elle. Après quelques hésitations, il décida de prendre la direction de Saint-Michel. Il ne manquerait plus qu'il se trompe d'itinéraire, il se couvrirait de ridicule. Il valait donc mieux passer par les grands axes : Châtelet, République, et à partir de là, il savait comment retrouver la rue Oberkampf.

Une K7 se trouvait déjà dans le Pioneer. *I lost myself on a cool damp night…* « Lilac Wine » retentit dans l'habitacle. La voix de velours de Jeff Buckley, c'était juste parfait. Ariane fut saisie par le timbre du jeune homme. Tout se passerait bien, se dit-elle.

Tandis qu'ils traversaient Paris ensemble, Ariane semblait découvrir un nouveau paysage et tournait la tête de son côté. À partir de la rue Oberkampf, on sentait bien qu'une autre planète apparaissait. La place était bondée. À chaque fois qu'il venait à Paris, Gabriel prenait soin d'observer les mutations de la ville. Aux Beaux-Arts, l'urbanisme l'avait passionné. L'époque militaire avait coïncidé avec la destruction du Buenos Aires traditionnel et la déportation de deux cent mille personnes hors du centre-ville. Les bidonvilles devaient être éliminés pour construire des autoroutes et moderniser la capitale. « Défendre le bien, c'est défendre les biens », proclamaient les forces armées. On détruisait la vie communautaire – cantines, dispensaires, garderies, centres d'éducation. Face aux affairistes qui s'attaquaient aux quartiers du Retiro et de Belgrano, des curés se dressaient face à eux pour défendre les pauvres. En mai 1974, le *padre* Carlos Mugica avait été abattu par le terrorisme d'État. De ce versant de la dictature, peu de gens se souciaient. Les plus riches avaient fait main basse sur le centre-ville pour bâtir leurs gratte-ciel. En représailles, des *compañeros* avaient soi-disant occupé le Sheraton pour le transformer en hôpital pour enfants. Il fallait être très naïf pour croire à des conneries pareilles ! Véro et lui en avaient profité en tout cas pour tester le matelas d'une suite haut perchée.

Dans le long silence qui s'établissait, Ariane détourna les yeux du trottoir pour détailler le profil de Gabriel. Son visage s'était recomposé. Un demi-sourire amusé animait ses traits.

— On arrive. La rue Crespin-du-Gast est à une minute d'ici, dit-il, sentant qu'elle l'observait.

Il se gara face au petit appartement qu'occupait Édith Piaf, un musée confidentiel aujourd'hui. À part ça, il n'y avait pas grand-chose à voir dans les alentours. Ils se retrouvèrent rapidement face au numéro 14. Gabriel sonna à plusieurs reprises, jusqu'à entendre des protestations agacées. « *Calma, calma !* » fit une voix à l'intérieur.

Le portail s'ouvrit sur un homme d'une soixantaine d'années, les cheveux blancs ébouriffés, les yeux bleus, la barbe fournie. Il serra aussitôt Gabriel dans ses bras.

— *Mira esto*, dit-il en se reculant. Combien d'années, *potro*[1] ? Et tu te pointes comme ça, quand ça te chante… Pas pressé, hein ? *Boludo*[2], mais qu'est-ce qui peut bien se passer dans ta tête, *che* ?

Ariane retrouvait le *lunfardo des porteños*, cet argot venu des bas-fonds et du tango. *Che* est une interjection qui vient de la rue, qui ponctue chaque phrase. Guevara en avait même tiré un surnom à Cuba.

— Ariane, je te présente Esteban. Esteban, voici Ariane.

Gabriel contourna son ami et se dirigea vers une cour intérieure en faisant signe à Ariane de le suivre.

— *Capo*, il y a quelqu'un là-haut ? Je veux lui montrer le perchoir. On ne te dérange pas longtemps, promis. On ne fait que passer.

— Tu sais bien que nous sommes tous de passage, à dériver sur un radeau perdu.

Gabriel appelait l'ascenseur. Une symphonie méca-

1. Physiquement attractif, littéralement : poulain.

2. Couillon.

nique de roues, de poulies, de chaînes et de leviers se mit en place bruyamment. Les grilles d'un monte-charge déglingué s'affaissèrent sur le sol comme une capsule russe de retour de l'espace.

— On peut vraiment monter là-dedans ? s'inquiéta Ariane.

— Tu peux le suivre au bout du monde, crois-moi. Il te plaît ? Allez, ça se voit comme le nez au milieu de la figure. Mais il est un peu particulier, tu ne trouves pas ? Et avec le temps… c'est pire. Comment es-tu arrivée à croiser cet énergumène ? Gabriel et moi sommes deux grands solitaires. Pour une fois que je le vois en bonne compagnie.

— S'il te plaît ! Ariane est une amie, c'est tout. Tu nous laisses ?

— Parce que notre *potro* s'encombre d'amitiés féminines ? Allez, tu viendras m'embrasser pour dire au revoir. Et tu claques la porte en partant, hein ? maugréa le sexagénaire en disparaissant chez lui.

La présence d'Esteban transformait Gabriel. Il semblait plus apaisé à ses côtés. Ces deux-là devaient s'aimer depuis longtemps, imagina Ariane.

Dans la cabine, la montée fut un petit miracle : l'engin fonctionnait, bien que frottant sur les cloisons. Arrivés au septième étage, ils se retrouvèrent directement propulsés sur les toits de Paris. La vue s'ouvrait théâtralement à trois cent soixante degrés sur la Ville Lumière, les plaçant dans un halo clair-obscur. Ils n'entendaient plus rien des bruits de la rue. Une paix de colosse au repos.

Leurs yeux glissèrent d'un monument à l'autre,

rebondirent de fenêtre en fenêtre, cherchant des repères sur cet océan de zinc qui se perdait à l'infini. Parsemé de clochers, de dômes, de palais, coiffé de cheminées, griffé de zones noires symétriques marquant les squares et les parcs, tout ce patrimoine respirait la force et l'adresse. Paris les éblouissait. La lune en pleine ascension mettait des gerbes blanches sur leur visage. Cette vision était comme une joie salvatrice pour Gabriel. Paris le ravissait, il revenait toujours à cette ville, malgré sa couleur cendrée.

Le long des gouttières, un chat à la robe roux et blanc fit son apparition, un matou costaud, bientôt suivi d'une femelle blanche. Les deux félins jouèrent un moment entre les jambes de Gabriel et Ariane, puis disparurent, appelés par leur soif de liberté.

— Avant il y avait une usine à perles, lança Gabriel pour briser le silence. Dans les coins, on trouve encore des imitations nacrées ou de couleur.

— Et que fait Esteban ? s'enquit Ariane.

— C'est le gardien. Les propriétaires se déchirent, il y a plein d'acheteurs, mais la vente est annulée à chaque fois.

— Vous vous connaissez depuis longtemps ?

— C'était mon disquaire dans une galerie de l'Avenida Santa Fe. On est un peu pareil, tous les deux. On ne se mêle pas aux autres exilés. Déracinés pour toujours.

Puis, convenant soudain que le vouvoiement n'avait plus sa place entre eux, qu'il se sentait suffisamment à l'aise avec elle, il retrouva un ton plus spontané :

— Tiens, regarde, il y a quelques étoiles visibles à l'œil nu.

Celle-là, c'est l'étoile du Berger, non ?

Comme il quittait Vénus pour le visage d'Ariane, il aperçut ses joues roses et ses mains transies de froid. Elle tremblait. Alors le geste fut naturel. Il l'agrippa par la taille, tel un danseur marquant le pas, et attira doucement son bassin contre le sien. Celle-ci se blottit dans son cou et respira sa peau. Ils ne pouvaient rester longtemps ainsi. Elle se dégagea lentement de quelques centimètres, et le regarda dans les yeux. Finalement, leurs lèvres se trouvèrent, s'effleurèrent. Leurs bouches s'entrouvrirent. Leurs langues s'explorèrent, d'abord timidement, puis s'enflammèrent. Ariane laissa courir ses mains sur les fesses de Gabriel. Il posa ses mains sur ses seins. Cela dura longtemps. Dans la tension adolescente d'un plaisir délimité, leur respiration se fit haletante. De longues minutes s'écoulèrent, puis les corps se séparèrent. La faute des chats, qui revenaient se frotter contre leurs jambes.

— Je dois partir, dit Ariane en essayant de se ressaisir. Reste un peu avec Esteban. Je t'appellerai demain.

Gabriel lui tendit sa carte et suggéra de prendre l'escalier pour redescendre. Mais avant de la quitter, il jeta un regard furtif à son alliance. Elle devait cacher beaucoup de choses, pensa-t-il, puis il chassa cette idée. Devant le portail, il l'embrassa une dernière fois. Il fallut quelques minutes à Ariane pour retrouver l'entrée de la bouche de métro. Jusqu'à ce jour, elle n'avait jamais mis les pieds à Ménilmontant.

9

« Processus d'identification du corps de Véronique Constant, restes exhumés au cimetière de General Lavalle, province de Buenos Aires.

« Les 10 et 11 septembre 1997, nous, membres de l'Équipe argentine d'anthropologie médico-légale, avons procédé à la récupération archéologique d'un squelette inhumé sous NN[1], corps considéré comme celui d'une naufragée apparu entre le 26 et le 30 décembre 1977 sur la plage de Santa Teresita selon le registre "sépultures". À mesure que s'est réalisée la récupération, nous avons constaté sur ce corps dévêtu la présence de fractures multiples sur les membres inférieurs et supérieurs, stigmates de chute en haute altitude semblables aux restes déjà exhumés dans d'autres cimetières confirmant un lien possible avec la méthode d'exécution extrajudiciaire de transfert aérien. L'identification s'est faite à partir de l'ADN du père de la victime, Ferdinand Constant, dont l'analyse des différents marqueurs génétiques marque une probabilité de filiation de l'ordre de 99,9999 % avec la

1. Du latin *nomen nescio*, « je ne sais le nom ».

victime… » Gabriel restait prostré. La mer avait recraché le corps de Véro. L'atroce nouvelle lui parvenait dans l'habitacle de sa 504. Cigarette au bec, il pleurait à n'en plus finir et chassait violemment les larmes qui coulaient sur ses joues.

Fontaine inconsolable, il se disait qu'il devait poursuivre sa funeste lecture, mais n'en trouvait plus la force. Il venait de quitter Esteban. Juste avant de rentrer chez lui, de tourner la clef du contact, il avait senti qu'une petite chose contrariait cette fin de journée. Rendu invincible par le baiser d'Ariane, il s'était penché pour ouvrir la boîte à gants. Tant qu'il ne lirait pas ce courrier, il ne serait pas tranquille. Et voilà qu'il tremblait comme une feuille. En ombre chinoise au pied de l'appartement qu'occupait Édith Piaf, il n'y avait plus que la lumière jaunâtre du plafonnier pour éclairer les abysses dans lesquelles sa silhouette se noyait.

Une bonne demi-heure s'écoula, et personne ne l'attendait chez lui. Accroché au volant de la voiture, il se mit à voir les os de Véro comme une série de coquillages sur le rivage. Curieusement, cette image l'apaisait. Ça lui permettait de surmonter le choc. Car bien sûr que quelque chose s'acharnait au fond de lui. Pas d'espoir, mais une certaine élucubration. Même s'il n'y avait qu'une chance sur cent mille. Et si Véro s'était éclipsée, hein ? Qu'elle n'avait pas embarqué à bord de ce vol de la mort, qu'elle coulait des jours heureux quelque part ? Non, ce courrier laminait son ultime espérance. Le temps du deuil était peut-être proche, mais pour le moment, il gravait chaque détail, et restait stupéfait par la décision de Constant d'avoir un jour donné son ADN à la banque génétique. El Jefe avait quand même eu des doutes… Puis il se concentra sur l'en-tête de l'Equipo Argentino de Antropología Forense, Rivadavia 2443, secteur du Once.

Un *porteño* comme Gabriel connaissait forcément toutes les galeries du coin, passage obligé de la fringue à Buenos Aires. À son époque, les Juifs y faisaient la loi. Aujourd'hui, des *sudacas* du Pérou et de Bolivie prenaient la relève. À quelques numéros près, Gabriel voyait bien où se trouvait l'ossuaire. Il se souvenait du salon de thé La Perla, pas très loin, mais aussi d'un coiffeur ou d'un institut de beauté. C'était vraiment bizarre, tous ces tibias et fémurs, vertèbres et crânes, bassins, mâchoires, dents et côtes en morceaux, réunis dans un même endroit, surplombant le coin des contrefaçons, les tissus colorés, les cartons, les vendeurs à la sauvette, les femmes et les enfants farfouillant les rebuts pour quelques pesos. Ça se bousculait dans tous les sens. Comme adresse, Gabriel aurait plutôt imaginé un paquebot de verre dans un quartier récent, un labo futuriste croisant des milliers de données. Mais non, l'Équipe argentine d'anthropologie médico-légale logeait dans un appartement de style haussmannien sur deux étages, empilant les meubles neufs et vieux, petits et grands, en bois noble ou en formica. Seuls un poster du Metropolitan Museum et quelques tableaux venaient rompre la monotonie des panneaux en liège sur lesquels étaient punaisés les plans et les cartes – certains marqués par les fosses communes des centres clandestins de détention. Dans chaque pièce, à l'exception de la cuisine et de la salle de bains, de longues tables étroites avaient été collées les unes aux autres, et recouvertes d'un papier vert, nappes sur lesquelles reposaient les squelettes. Une trentaine de personnes mal payées travaillaient ici, s'appliquant depuis 1984 à percer des mystères, et chaque fois, c'était une sacrée victoire. Un an plus tôt, ils avaient identifié le corps de Che Guevara en Bolivie.

Il se mit à faire très froid dans la voiture. À ce moment-là, l'esprit de Gabriel cessa de vagabonder dans les faubourgs du Once. Il voulut poursuivre sa lecture.

C'est là qu'il se fit broyer.

En retour de flamme, le passé l'incendiait, ce jour même où il baissait la garde, où il avait embrassé Ariane pour la première fois, où il ne maîtrisait plus rien.

« ... et suivant les travaux de l'anthropologue légiste Clyde Snow, pionnier dans ce domaine depuis 1985, nous sommes aussi en mesure de certifier et de démontrer sur une base forensique que Véronique Constant a bel et bien accouché de façon naturelle avant sa mort, des marques spécifiques dans les os pelviens prouvant une grossesse menée à terme. Les terroristes d'État l'ont probablement assassinée peu après. »

Rien d'autre que l'horreur. Car aucun survivant, jamais, n'avait vu Véro enceinte à l'Esma. Même si tous vivaient sous des cagoules, les prisonniers parvenaient quand même à lever les yeux de temps à autre, à échanger des noms, des numéros, et celui de Véro était associé à une jeune disparue, mais jamais à une grossesse. Cette catastrophe avait échappé aux Grands-mères, à Julien, sinon elles auraient cherché il y a bien longtemps. Comment les *milicos* avaient-ils pu la soustraire ?

Et lui-même, comment avait-il pu ne pas être au courant ? Il ne se souvenait de rien. Quand ces fils de pute avaient embarqué Véro, elle n'était enceinte que de quelques semaines, pas plus, sinon il l'aurait vu changer… Cela signifiait surtout qu'ils l'avaient gardée longtemps emprisonnée. Cinq ou six mois au moins après son enlèvement.

Et puis… Le diable en personne le punissait. Son gosse de vingt ans vivait chez un assassin, dans le mensonge. Ce mystère le grignoterait jusqu'aux os. Il en avait la certitude. Plus rien ne serait comme avant.

Quelque part, un acte de naissance contenait de fausses informations. Sur ce papier annonçant la venue au monde d'une fille ou d'un garçon en 1977, le nom de Véro était rayé, effacé. Gabriel avait laissé filer cette histoire toutes ces années, abandonné son enfant dans le foyer d'un militaire… Et l'intuition paternelle, alors ?

Une heure maintenant qu'il divaguait dans la 504. Que s'éveillait en lui cette vieille idée nietzschéenne de l'éternel retour, selon laquelle une même suite d'événements se répète, de façon cyclique, avec des éléments recomposés, mais un nombre infini de fois.

Une buée glacée enveloppait les vitres. Parmi un flot continu de pensées chaotiques, il en relevait une pour sa mère, qui aurait pu être grand-mère, puis une autre pour Ferdinand Constant. El Jefe était probablement en vie. La nouvelle devait le rendre fou.

Le vent du nord ne semblait pas près d'abdiquer. La bise se frayait un passage entre les joints usés de la vieille carrosserie.

— *Potro*, qu'est-ce que tu veux encore ? sourit son ami en ouvrant la porte sur la rue Crespin-du-Gast.

« Balada para un loco » jouait Astor Piazzolla... Esteban laissa Gabriel filer tout droit s'installer au salon. Ses yeux étaient un précipice.

Depuis la cour, on tombait immédiatement sur son petit deux pièces : des bureaux transformés en un meublé pour vieux garçon, avec une piètre décoration mais une cuisine bien équipée. Esteban adorait cuisiner et il préparait des petits plats comme il vendait des 33 tours autrefois à Santa Fe, curieux et magnanime. Gabriel s'assit sur le canapé, l'air avachi.

Une immense affiche d'un concert de Queen surplombait la pièce. C'était de loin le bien le plus précieux d'Esteban : cette tournée marquait son exil, car le lendemain du show, il s'était envolé pour Paris. C'était quelques mois avant la guerre des Malouines – depuis des années, les artistes de rock et de pop boycottaient l'Argentine –, et sur un incroyable malentendu, Freddie Mercury avait été invité par ce *pedazo de mierda* de Roberto Viola, le dernier militaire au pouvoir. « We Will Rock You » : avec ses pas frappés et ses claquements de mains, la junte trouvait qu'il y avait là un sacré rythme militaire. Comme les généraux portaient tous la moustache, que ce chanteur aux cheveux courts faisait de la muscu, il leur avait donné l'impression d'être l'un des leurs, un bon petit fasciste. Pas un instant ces abrutis en quête de popularité n'avaient imaginé que plus pédé que Freddie Mercury, ça n'existait pas ! Ils devaient croire que son débardeur frappé *Heaven* évoquait le jardin d'Éden, alors qu'il faisait référence à un club gay de Londres ! Il y avait donc eu cinq dates : Rosario, Mar del Plata et Buenos Aires par deux fois. Canal 13 à la télévision et Radio Rivadavia s'étaient chargés du direct. Au stade Vélez Sarsfield, surnommé « El Fortín » par ses supporters, Esteban se souvenait de Maradona monté sur scène, d'une sono horrible, et de tous les hits passés en revue cent dix minutes durant, la foule se jouant des militaires pour la première fois depuis une éternité.

Incapable de prononcer un mot, Gabriel laissa Esteban scruter ses yeux rougis avant de s'éloigner dans la cuisine et de revenir avec une bouteille de vin et de quoi grignoter. En silence, il servit deux verres d'Anglore, un petit bijou très pâle. Esteban avait face à lui un tout autre homme que celui qu'il avait quitté une heure auparavant. Qu'avait-il bien pu se passer ?

— Vas-y, crache le morceau, lâcha Esteban.

— La plage… Santa Teresita. Tu te souviens comme l'eau est chaude et la marée puissante en été ?

— Je ne tombais jamais de ma planche à voile, je ne sais pas…

— Tu imagines à quoi ressemble un cadavre après deux à trois jours dans l'eau ? reprit Gabriel. La peau qui se détache ?

Esteban comprit. Il y avait eu des rumeurs… Des corps, par dizaines, qui s'échouaient sur la côte… Nestor, un maître nageur, lui avait parlé d'une femme noyée, repêchée en lambeaux. À l'époque, ce qui se passait à Santa Teresita restait à Santa Teresita. À la ronde, il n'y avait ni télévision ni radio. Et puis on avait peur.

— Ils ont retrouvé Véro ?

— J'espérais encore, tu comprends ? Je savais qu'elle était morte, et en même temps je ne pouvais m'empêcher de croire qu'elle réapparaîtrait quelque part…

Esteban vacillait lui aussi. Comment venir en aide à son ami ?

— Les courants ont ramené le corps sur la plage, poursuivit Gabriel. Des pêcheurs ou des baigneurs ont prévenu les flics, et puis les flics ont averti les *milicos*. Pour brouiller les pistes, ils ont fait les soixante bornes jusqu'à General Lavalle. Vingt années ont passé… Quand les légistes ont visité les lieux – ces *gauchitos* [1] se déplacent dans tout le pays à la recherche des charniers, tu le savais ? –, le gardien du cimetière s'est souvenu par magie du trou qu'on lui avait fait creuser, un tas de sable avec une croix de bois par charité chrétienne, classée « NN ».

— Bois un coup, *che*, rétorqua Esteban, de sa voix rauque de fumeur.

Gabriel s'exécuta, lui laissant quelques secondes de réflexion. Esteban était un émotif-né. La musique lui filait la chair de poule, mais il chialait aussi au cinéma ou en lisant un roman. Sa sensibilité à fleur de peau flairait quelque chose de bien pire que la découverte de cette tombe anonyme. Véro reposait en paix, enfin,

1. Bons gars.

mais bon Dieu, cette tête que tirait Gabriel, ce n'était pas possible. Son ami venait de faire une découverte terrible, incompréhensible. Il envisageait différentes hypothèses, l'identification d'un *represor*, un soudain désir de vengeance…

Gabriel reposa son verre, les yeux embués.

— J'aimerais que tu me racontes la suite, soupira Esteban.

— Véro était enceinte.

— Quoi ?

— L'analyse de ses os pelviens révèle qu'elle a eu un enfant. J'ai un enfant, Esteban, un enfant que personne n'a jamais recherché. Je ne savais rien de cette grossesse. Rien, tu m'entends ? Personne n'en a jamais parlé, ni ses copines ni ses parents. Je me dis qu'elle est restée six, sept mois dans un centre de torture. Ils ont dû la tuer à petit feu, bien la nourrir, il y avait un régime spécial pour les futures mères. On ne leur passait l'électricité que sur les jambes. Personne ne les violait. À certaines, on enlevait les fers, les menottes : les bébés devaient naître en bonne santé.

— Attends, attends, l'interrompit Esteban. Tu me dis que tu rentres chez toi, je te laisse partir, et une heure plus tard tu m'annonces que le corps de Véro était enterré depuis une éternité. Que se passe-t-il, Gabriel ?

— Une lettre de mon frère traînait dans la boîte à gants de ma bagnole. J'étais heureux tout à coup, j'ai senti que je pouvais l'ouvrir, qu'il ne pouvait rien m'arriver. J'étais confiant. Bien sûr, j'ai tout de suite reconnu son écriture, mais j'ai à peine survolé sa lettre : il y avait un document de l'Équipe argentine d'anthropologie médico-légale. Quelqu'un la lui a adressée, je ne sais pas qui, un membre d'une association de disparus, ou peut-être le père de Véro. Je m'en fous d'ailleurs, ce sera bientôt public. Début février, il y aura une messe à l'église Santa Cruz.

— Dans ce cas, il y aura du monde pour t'aider, réagit d'instinct Esteban. Véro ne militait pas, c'était une erreur. Logiquement, ils auraient dû la relâcher très vite. Mais maintenant, je comprends. Avec le bébé, ça change tout. Ils l'ont gardée saine et sauve pour ça. Et puis ils l'ont éliminée. Ça valait cher, un nourrisson. Tu sais, beaucoup de gens vont vouloir retrouver l'enfant…

— Une aiguille dans une botte de foin, coupa froidement Gabriel. Tu as encore confiance en l'Argentine ? Tu crois vraiment que les juges sont à la hauteur ? Que les politiques vont cesser de tout étouffer ? Que les *milicos* seront un jour condamnés ? Esteban, tu penses que quelqu'un peut faire quoi que ce soit dans ce pays maudit ?

— Des bonnes volontés, il y en a, oui. Tu en trouveras partout sur ton chemin. Militants, avocats, journalistes…

— D'ici, depuis Paris ?

— Je ne vois qu'une solution pour te sortir de là. Tu dois rentrer à Buenos Aires et frapper à toutes les portes : les repentis, les curés, les politiciens. Certains vont t'aider, d'autres te mettre des bâtons dans les roues. Mais je te le dis sérieusement, tu dois faire quelque chose, *che*. Il n'y a pas que toi qui comptes, il faut rendre justice à Véro.

Ils grillaient cigarette sur cigarette et enchaînaient les verres. Esteban partit ouvrir une nouvelle bouteille. Ils parlaient sans réfléchir et multipliaient les questions sans réponse.

— Tu me connais, Esteban. La reconnaissance de la justice, c'est bien. Admettons qu'on y arrive un jour. Mais même ça, je ne sais plus si ça a tant d'importance. La prison pour ces bâtards ? D'accord ! Mais tu ne crois pas que les tombeaux absents de ma génération valent bien pire que l'enfermement ? Nous avons connu défaite sur défaite. Tous nos amis sont morts. Et eux vont payer au prix de quelques années de taule ? C'est ça, ta justice ? Je comprends sa valeur symbolique, mais elle permet à un paquet de gens de dormir la conscience tranquille. Tous ceux qui n'ont pas levé le petit doigt, qui veulent tourner la page… Pour moi, Esteban, c'est trop tard. Je n'ai pas envie d'entrer dans ce jeu-là.

— Tu déconnes complètement, *che*. Imagine Videla dans un box, les *milicos* confrontés au récit des survivants. Tu ne peux pas rester à distance. C'est une façon de continuer la lutte.

— J'ai un blocage. Ça n'aura pas d'effet sur moi. Aucun procès ne sera à la hauteur des années que Véro n'a pu vivre.

— Mais tu dois au moins déposer ton sang à la Banque nationale des données génétiques.

— Pour quoi faire ? Ils ont l'ADN de Ferdinand Constant et celui de Véro. Pas besoin du mien. La recherche de liens biologiques n'a établi de lien avec personne, sinon mon frangin aurait été le premier prévenu. Les Grands-mères ou les *Hijos*[1] connaissent leur boulot. Ils m'auraient retrouvé.

— Tu as raison. Mais pourquoi rester dans l'ombre ? Tu te comportes toujours en coupable. Tu n'as rien à te reprocher, *pendejo*[2]. Tu peux te mettre ça dans le crâne ?

Gabriel ne répondit pas. C'était bon de se confier à quelqu'un comme Esteban qui avait la tête sur les épaules. Il posait clairement les choses. Puisqu'il ne pourrait nier sa paternité, autant faire face, « frapper à toutes les portes », comme il disait. Mais il sentait la panique l'envahir. Rejet, curiosité, amour filial, lâcheté… D'une seconde à l'autre, cette révélation incroyable charriait son lot de sentiments confus, d'angles différents. Pour peu qu'il retrouve son gosse, de quel droit viendrait-il s'imposer en *papa* ? Il avait laissé passer l'enfance, et maintenant il exigerait une filiation, une compagnie pour ses vieux jours ? Il lui faudrait en plus bien du courage, car ce visage agirait comme une piqûre de rappel à chaque fois qu'il le croiserait. Du reste, comment parviendrait-il à oublier les circonstances de sa venue au monde ?

L'alcool coulait à flots et laissait s'installer de longs silences. Le regard concentré sur l'Anglore, il fut tout à coup saisi d'une autre perspective, plus monstrueuse encore.

— Tu as raison pour la banque génétique. Il y a

1. Hijos e Hijas por la Identidad y la Justicia, contra el Olvido y el Silencio (Hijos) regroupent les fils des disparus, les prisonniers politiques, les exilés et les victimes de la dictature.

2. Gamin.

bien une possibilité que l'ADN des Constant corresponde à un *Hijo* et pas au mien. Véro ne m'a pas trompée, j'en suis certain, mais elle a pu être violée. Les chefs de centres clandestins s'appropriaient tous une détenue, les gardes comme les officiers se comportaient en prédateur. L'un d'entre eux est peut-être le père.

Pourquoi une telle cruauté lui venait à l'esprit ? Esteban se leva pour le secouer gentiment par les épaules.

— *La puta que te parió*[1] *!* Pardonne-moi Vasky, mais ne te lance pas là-dedans ! Véro était enceinte à son arrestation, c'est de loin ce qu'il y a de plus probable. S'il te plaît, passe à autre chose. Tout de suite ! Moi, quand des souvenirs terribles me tourmentent, si je n'arrive plus à encaisser, j'échafaude une combinaison d'images heureuses, de belles histoires.

La première fois que Gabriel avait embrassé Véro, c'était merveilleux. Oui, merveilleux. Elle était son premier amour, et aujourd'hui encore il gardait en mémoire le goût musqué de sa bouche, pareil à celui des goyaves qu'ils cueillaient en vacances dans le nord du pays. Il lui arrivait encore de mordre dans ce fruit pour guetter cette saveur tendre, fraîche et pulpeuse. Mais Esteban rêvait avec ses vieilles techniques de pensée positive. Plutôt que les rires, les baignades à la mer ou dans le fleuve, les courses à cheval, les fêtes, les concerts à la pelle, la façon qu'avait eue Véro de réajuster ses vêtements après ce premier baiser à la goyave, eh bien, il ne faisait que se torturer. La dou-

---

1. « La pute qui a accouché de toi ».

leur palpitait dans chaque image qu'il avait d'elle. Cinq années de vie commune, vingt d'absence, et pas moyen de faire ce qu'Esteban lui conseillait. Il n'avait pour héritage que des spectres, une haine sourde et une culpabilité sans fin. Il s'en était fallu de peu pour qu'il la tire de là.

— J'ai rien de joyeux en magasin, capitula Gabriel. Désolé. Et peut-être même que ce gamin n'a pas survécu. Véro accouche, le bébé est tué. Voilà, l'affaire est close.

— C'est possible, oui, c'est arrivé. Mais les *milicos* prenaient soin des bébés, *che*. Le plus probable, c'est que l'accouchement se soit bien passé, relança Esteban. Alors pense au vieux Constant. Tu ne crois pas qu'il va réagir ? Il en voulait à Véro, mais maintenant il sait qu'il est grand-père. Il risque de faire des dégâts. C'est un taré, ce mec.

— Pas sûr… Il a laissé faire à l'époque. La mère était effondrée, mais il n'a même pas déposé une demande d'*habeas corpus*. Tu connais le refrain : l'armée de San Martín, le *libertador* argentin, n'allait pas maltraiter une femme. Tu parles, on disait la même chose de la Wehrmacht. Il a cru aux mensonges qui sont venus de l'Esma : sa fille avait été libérée, elle s'était enfuie à Cuba, ce n'était pas étonnant pour lui, son cerveau avait été lavé par des communistes.

— Mais Véro lui avait bien dit qu'elle ne faisait pas de politique, n'est-ce pas ?

— Rien que de parler d'injustice du système bourgeois ça le foutait dans une rage totale. Un jour, j'ai débarqué chez eux avec le journal *Nuevo Hombre*, t'aurais vu ça. Les pleurs de la mère, les cris du père.

On avait beau lui répéter que nous n'étions en aucun cas des militants, ni montoneros[1], ni maos, ni guevaristes, ni adhérents du Parti révolutionnaire des travailleurs, qu'on ne voulait pas faire comme ça, de façon extrême. Il restait bloqué sur l'Algérie et l'OAS. Pour eux, nous étions des cocos, des subversifs prêts à transformer l'Argentine en camp de concentration soviétique.

En réalité, qu'avaient-ils fait de si mal pour en arriver là ? À la fac, ils s'indignaient un peu. Quelquefois, ils suivaient les copains pour des cours d'alphabétisation à Villa Lugano avec le Mouvement des prêtres pour le Tiers-Monde. Ils adoraient le mouvement avant-gardiste Tucumán Arde (Tucumán s'enflamme) qui remettait en cause les institutions artistiques. Ils écoutaient du rock, fréquentaient le magasin d'Esteban et suivaient de près la révolte soixante-huitarde de tous les étudiants à travers le monde…

Gabriel s'était demandé un million de fois : pourquoi nous ? Les flics avaient planifié une rafle devant le cinéma, tout s'était déroulé très rapidement… La seule charge qu'ils pouvaient retenir, c'était son père syndicaliste tué tout près de l'usine Fiat d'El Palomar, les armes à la main.

— Et Julien, tu crois qu'il va bouger ?

Son frère avait été emprisonné à l'Esma lui aussi,

1. Principale organisation de guérilla fondée en 1970, d'abord d'inspiration péroniste – avant son retour d'exil, le général Perón avait déclaré à la télévision espagnole s'inspirer du Christ, de Marx, du Che –, devenue sous la dictature une des principales cibles de la répression. Mais par extension fonctionne aussi en synonyme de guérillero.

mais libéré miraculeusement comme deux cent cinquante autres survivants. Tant d'années après, il n'avait pas obtenu la moindre réparation. Gabriel y songea tout à coup : s'il y en avait un à Buenos Aires qui souhaiterait justice pour Véro, c'était lui. Au rapport légiste, il adossait quelques explications. Les associations organiseraient donc cette messe à l'église Santa Cruz, lieu emblématique de la résistance sous la dictature. Julien respectait par avance l'absence de Gabriel. Il pouvait compter sur le populaire *padre* Bernardo pour trouver les mots justes. Vêtu d'un jean et d'un éternel pull gris, ce barbu idéaliste saurait magnifier Véro. Il y aurait de belles paraboles, des paroles apaisantes, des communions et de la joie. Oui, presque de la joie. Gabriel s'était débarrassé à l'adolescence de la croix qu'il portait autour du cou. Aussi Julien n'insisterait pas trop. Il enchaînerait sur les funérailles, derrière les murs en brique du cimetière de la Recoleta, parmi toutes les gloires et les vautours d'Argentine, grands bourgeois et riches *estancieros*. Imaginer le caveau familial Art nouveau des Constant était facile pour Gabriel. Véro retrouverait Mathilde, sa mère, dans la paix sereine et douce de cet immense parc ombreux. Son mausolée de marbre blanc serait illuminé du beau soleil austral. Autour d'elle, il y aurait des fleurs fanées à profusion, des roses et des couleurs à négliger la dépouille d'Evita.

— Julien ne dit rien dans sa lettre, reprit Gabriel, mais peut-être qu'il est déjà sur une piste. Tu sais, il n'a jamais parlé à personne de sa détention à l'Esma. À travers Véro, il peut enfin se faire justice. Je le vois bien mener son enquête, poursuivre avec acharnement le médecin accoucheur et voleur de son… neveu. C'est dans son caractère. Têtu comme il est, il finira par tomber à bras raccourcis sur les parents adoptifs du petit.

Incapable de céder à la résignation, Esteban fixa Gabriel un moment, puis se lança dans un grand sourire :

— Et toi, *potro*, tu vas laisser ton frangin se démerder seul dans son coin et prendre des risques ? Par les temps qui courent, enquêter sur les bébés disparus c'est une bonne raison de se faire descendre, *che*. Beaucoup de *milicos* ont atterri dans des entreprises de sécurité. Julien n'est ni flic, ni juge, et crois-moi, ces pourritures ne se laisseront pas faire. Alors écoute-moi bien, *boludo* : pas un mot à Ferdinand Constant, OK ? On ne sait toujours pas de quel côté penche El Jefe. Mais toi, tu prends ton billet pour Buenos Aires, tu assistes à la messe d'hommage à l'église Santa Cruz, tu enterres ta fiancée, et tu parles avec ton frère. Après, tu verras bien.

10

Clara prenait sa douche depuis une éternité. Avec elle, ça n'en finissait jamais. De la vapeur s'échappait jusque dans le couloir. C'était toujours à ce moment qu'Ariane lui hurlait d'arrêter.

Le premier semestre d'hypokhâgne représentait une épreuve assez terrible pour elle. Difficile de savoir si elle résisterait une année supplémentaire à la pression, car elle n'avait jamais subi à l'étranger une telle avalanche de cours, de lectures, de colles et d'évaluations écrites, rarement notées au-delà de huit. Cette vie lui réservait un sort austère. L'ingurgitation des connaissances n'allait vraiment pas de pair avec les envies d'une jeune fille de vingt ans. Depuis sa plus tendre enfance, elle guettait l'approbation de ses parents. Pourtant, elle semblait quand même s'épanouir dans cet univers réglé comme du papier à musique. C'était bien aussi, cet emploi du temps de forçat, sinon comment se serait-elle débrouillée, toute seule dans cette ville qu'elle découvrait ? L'ennui n'existait pas en prépa. Il n'y avait pas de temps pour se poser des questions sur sa timidité et ses désirs impossibles. « Élève douée et curieuse, mais un peu trop réservée », pouvait-on lire sur son bulletin de décembre. Heureusement, l'ambiance était bonne entre élèves. Les sinisants jouaient des coudes, mais globalement on s'entraidait. Un partenariat avec le Théâtre de l'Odéon soudait bientôt ceux qui, comme Clara, visaient une carrière artistique ou littéraire. L'ENS semblait un but inaccessible. Quand il s'agirait de quitter Fénelon et ses beaux parquets usés, elle se doutait déjà que son salut passerait par l'une de ces écoles de cinéma qui commençaient à pulluler un peu partout.

— Tu vas bien, maman ?

En peignoir blanc, cheveux trempés et l'air enfantin – à vingt ans, on lui en donnait seize –, Clara se planta devant Ariane qui trimbalait le panier à linge jusqu'à la machine à laver. Elle n'avait pas le cœur à réprimander sa fille, son gaspillage d'eau. Toute sa concentration allait à oublier les slips sales, chaussettes, et pantalons de Bertrand qui l'écœuraient désormais.

— Bien sûr, ma chérie. Pourquoi tu me demandes ça ?

— Je ne sais pas, tu as l'air bizarre depuis quelque temps. C'est cette histoire de chien ?

— Non, tout va bien, je t'assure. Tu as des affaires sales ?

Dans l'espace confiné de leur office converti en buanderie, Clara suivit sa mère devant la Bosch. Ariane examina la liste des programmes et hésita entre les différentes options.

— Tu vois, même devant la machine tu ne sais pas ce que tu veux, ajouta Clara. Fais-moi un câlin maman.

Ariane se releva et prit sa fille dans les bras. Elle la serra un peu fort et l'embrassa bruyamment.

— C'est papa ? Tu n'es plus amoureuse de lui ?

Il y avait une sorte de clic au démarrage de la machine puis la pompe se mettait en marche par une retentissante coulée d'eau. Mère et fille observèrent silencieusement le remplissage à travers le hublot. Ariane répondit à l'exact opposé de ses pensées.

— Ça arrive que les couples traversent des moments difficiles, tu sais. Mais ne t'inquiète pas, tout va s'arranger.

— J'ai l'impression que tu ne maîtrises plus rien en ce moment. Toi qui es si organisée d'habitude… Là, ça part en vrille. Tu regrettes la vie au Cap ?

Détaché de l'ambassade située à Pretoria, Bertrand avait été l'avocat des boîtes françaises engagées en Afrique du Sud, en particulier les industriels de l'armement alléchés par les contrats post-apartheid de renouvellement du matériel de l'armée sud-africaine. À la Maison française du Cap, tout juste inaugurée, il chapeautait les antennes du Poste d'expansion économique, de la Caisse française de développement, d'une Chambre de commerce française d'Afrique australe, et encore d'une Organisation pour la coopération industrielle et l'investissement entre les deux pays. Ariane, quant à elle, avait profité à fond de cette ville qu'elle jugeait en bien des points étrange. Côté boulot, les cours donnés à la chaleureuse école François-le-Vaillant restaient un bon souvenir – les gamins surtout, car on ne pouvait pas dire des parents qu'ils étaient attachants, beaucoup d'entre eux trempaient dans le marigot de la Françafrique, des crocodiles malins et très voraces.

— Non, le Cap ne me manque pas du tout. On avait fait le tour, tu ne crois pas ? Et puis j'en ai assez de cette vie d'expat. Quand on regarde autour de soi, il n'y a pas de famille, pas d'amis, juste des gens que tu n'aurais jamais fréquentés à Paris. Qui regrettes-tu, vraiment ?

— Mathilde, Antoine, peut-être Clémentine… En fait, tu as raison, pas grand monde. Mais c'est surtout qu'à l'étranger tous les couples explosent, non ? Papa est bizarre, très bizarre, lui aussi. Vous n'allez pas faire comme tous les parents et divorcer, hein ?

— Notre mariage a tenu sur tous les continents, alors…

— J'aime mieux ça. Tu me jures ?

Ariane ne pouvait jurer de rien, surtout depuis hier soir. La nécessité de trouver un toit demeurait le seul obstacle à son départ du foyer. Elle s'était réveillée ce matin avec les baisers de Gabriel semés sur son corps. Elle avait envie de s'installer dans un autre endroit pour aller de l'avant. Mais elle cherchait à gagner du temps pour le moment, à préparer doucement sa fille.

— Il arrive qu'après des années ensemble, les couples ne savent plus s'ils s'aiment, s'ouvrit-elle avec peine.

— Mais tu viens de me dire que tout allait s'arranger !

— Je ne sais pas, Clara, je ne sais plus ! Ça allait, mais…

— Dis-moi la vérité. Tu as quelqu'un ? Ou c'est papa qui te trompe ? Je ne suis plus une gamine, allez… Vous, c'est tout le contraire des autres expats. C'est Paris qui vous fait péter les plombs. Sérieusement, vous êtes à ce point des gamins ? Réponds-moi par oui ou par non. Tu es toujours amoureuse de papa ?

Cette habitude de mettre la radio à fond dans l'appartement cachait sans doute une angoisse du vide. En tout cas, Ariane se figea en entendant au loin la voix d'Alain Bashung. « La nuit je mens » inondait les ondes depuis sa sortie toute récente. La beauté tragique des paroles l'avait touchée dès la première écoute, le refrain lui mordait les lèvres : « J'ai dans les bottes des montagnes de questions / Où subsiste encore ton écho / Où subsiste encore ton écho. » Ariane hésita encore.

— C'est très difficile en ce moment, répondit-elle les yeux rivés sur la mousse qui tapissait le hublot de la Bosch. Je ne peux pas te répondre par oui ou par non. Mais je crois que j'ai besoin d'une pause avec ton père.

— J'ai compris, c'est non ! fit Clara en tournant les talons. Les pauses, ça n'existe pas. Une fois que tout est cassé, on ne revient jamais en arrière.

Ariane disposait de suffisamment de bon sens pour comprendre qu'à ce stade elle devait avancer, ne plus entretenir le suspens, appeler Paula après une semaine de silence et fournir au labo argentin les quelques gouttes du sang dont ils avaient tous besoin. Ce matin-là, elle ne voulait plus tourner autour du pot, elle sonderait sa mémoire si fragile.

Sitôt sa fille disparue dans sa chambre, elle pensa à Gabriel.

Elle avait dit qu'elle l'appellerait aujourd'hui.

Tout craquait autour d'elle, chaque heure qui passait désintégrait la possibilité d'un avenir avec Bertrand, et de toute évidence, l'Argentin prenait sa place. Cet homme la ramenait à la vie. Il était une sorte de miracle. Tandis que son mariage tournait à la poussière, elle se trouvait toutes les bonnes raisons de lui déclarer sa flamme. Ce qui se profilait ne ressemblait pas à une aventure. C'était un coup de foudre. Voilà, ça arrivait. En l'espace de quarante-huit heures, elle n'aspirait plus qu'à être à ses côtés. Sans vibrer d'un plaisir coupable. Juste pour partager avec lui le plus clair de son existence.

Des forces nouvelles répondaient à cet élan lyrique. Dans l'escalier, elle se sentit suffisamment solide pour composer le numéro de Paula sur son Nokia. Avant d'atteindre le boulevard Saint-Germain, l'auvent d'une galerie fermée allait lui servir de refuge pour discuter. Surprise par l'appel, Paula décrocha immédiatement.

— Ariane ! J'ai du nouveau, je t'ai laissé des messages. Tu les as eus ?

— Oui, mais je ne pensais pas que c'était urgent. J'ai besoin de prendre mon temps, je t'avais dit…

— Te voilà, c'est l'essentiel !

— Dis-moi ce que tu as trouvé.

— Sacco. Il faisait des gardes à l'hôpital militaire de Campo de Mayo, un lieu secret qu'ils appelaient le pavillon des « subversives ». Plutôt des remplacements, des extras le week-end. Jusqu'à présent, il y avait deux gynécos identifiés par le juge Marquevitch : les docteurs Bianco et Caserotto. Les Grands-mères ont un contact avec une infirmière qui servait là-bas. Elle a formellement reconnu Sacco sur une photo. Il était passé au travers des mailles du filet, mais il va payer, *esta larva* !

Ariane ferma les yeux. La voix qui résonnait à l'autre bout du fil levait tous les doutes. Non, elle n'était pas cette paranoïaque à laquelle Bertrand aurait pu raconter n'importe quoi. Elle visait juste depuis le début, ce n'était plus une affaire d'intuition et de notes sur un vieil agenda, mais bien le crime d'un ravisseur auquel il répondrait bientôt. Elle s'appuya sur la vitrine de la galerie et écouta Paula poursuivre.

— Maintenant, Clara doit faire une prise de sang. La Banque nationale des données génétiques lui donnera sans doute le nom de ses parents biologiques. Elle pourra se rendre dans le quartier où ils vivaient, voir leur maison, rencontrer leurs camarades, trouver les endroits où ils étaient heureux. Elle sera entourée de personnes qui ont vécu le même drame qu'elle, d'autres bébés volés et « récupérés ». Les légistes identifient chaque jour des charniers, peut-être même qu'il y aura une tombe où se recueillir. C'est la seule façon de clore l'histoire, Ariane… Et puis il y a sans doute une grand-mère qui attend quelque part.

Ariane ne répondit rien.

— Tu m'entends ? Tu es là, Ariane ?

Elle était bien au bout du fil, mais submergée, incapable d'émettre le moindre son. La réaction de Paula la surprenait. Des images se formaient dans son esprit, la vision fantasmée d'une maison, d'une rue de Buenos Aires, avec deux jeunes gens souriants, la main dans la main, deux silhouettes qui se substituaient à elle, à son foyer. À mesure qu'elle se laissait porter par cette représentation enchantée, elle sentit grandir en elle une certaine rage. Elle n'en pouvait plus de ces disparus. Elle n'avait plus la force pour le politiquement correct. Elle était consciente de la monstruosité de ses pensées, mais ne pouvait leur faire barrage. Le ressentiment et la rancœur recouvraient désormais la souffrance. Du haut de ses quarante-cinq ans, Ariane avait toujours obéi à la voix de la raison, celle qui lui répétait sans cesse qu'il ne fallait pas mettre en priorité ses propres intérêts, qu'il fallait d'abord penser aux autres. Mais là, Paula lui annonçait qu'elle perdait sa fille, définitivement. Elle n'en pouvait plus et elle pensait… *mais qu'elles ferment leur gueule, ces victimes, qu'elles dansent le tango avec leurs fantômes, qu'elles me laissent tranquille avec ma fille, ce n'est pas par hasard si je me suis si longtemps montrée indifférente à la junte. Au fond de moi je ne me positionne ni à droite ni à gauche, ma vie vaut mieux qu'une composition de souffre-douleur. Après tout, qu'est-ce que j'en ai à foutre de tous ces opprimés ?*

La question de sa culpabilité ne se posait toujours pas. Ariane n'imaginait pas une seconde qu'on l'accuse d'un crime qu'elle n'avait pas commis. À l'évidence, elle était victime d'une machination. Alors lui réclamer des comptes… *qu'ils s'avisent ! Et tant qu'à faire, pourquoi ne pas couvrir Bertrand ? Pourquoi jouer les martyrs ? Le quitter, bientôt, partir s'installer ailleurs, oui. Mais pourquoi ne pas changer de version auprès de Paula, en rester là avec tous ces cocos ?*

Quelque chose se brisait en elle, mais cette colère disparut assez vite. Ariane reprenait toujours le contrôle de son cerveau en feu. En toute circonstance. Elle n'était pas cette femme cynique, ni cette mère-là non plus.

Bertrand serait-il emprisonné ? La moindre des choses. Devrait-elle dire adieu à cette vie confortable, aux vacances aux quatre coins du globe et à leur vaste appartement dans le 7e arrondissement ? Sans doute, et bien sûr qu'avec son salaire de prof la vie ne serait pas facile à Paris. Mais la vérité qu'elle devait à Clara ne lui laissait pas le choix. Sans parler de sa dignité, de sa complicité naissante avec Paula et les disparus, bien sûr.

Elle ne pourrait rester comme ça longtemps, si ravagée. Il n'y avait qu'une chose à faire : retrouver sa fille, se barrer sur-le-champ et soustraire Clara à Bertrand, son ravisseur.

Elle fit donc demi-tour, grisée par cette nouvelle liberté.

Ariane se rua sur le dressing sans la moindre hésitation.

Elle commença par rassembler ses affaires. Un choix radical s'opérait. Tout ce qu'elle ne sauvait pas à cet instant pouvait être détruit. Bertrand, cet être charmant, savait se transformer en bête furieuse. Elle l'avait vu quelques fois péter les plombs, et rien que d'y penser, elle ne se sentait pas en sécurité chez elle.

Elle acheva ce bagage en moins de dix minutes et partit en quête de petits objets, livres, bijoux, lettres et documents – tout ce qu'elle n'aurait jamais cœur à abandonner. À ses papiers personnels elle adjoignit bien sûr l'agenda 1977 de Bertrand et le certificat de naissance de Clara. Et elle s'arrêta là.

Deux valises.

Près de vingt-cinq années de vie commune tenaient dans ces deux valises.

Pour Clara, la Samsonite XXL devrait lui permettre de tenir un moment. Elle pourrait revenir à l'appartement et croiser son père, ce n'était pas la même chose. Bertrand ne toucherait pas aux affaires de sa fille, elle le savait. Ariane plaça alors le tout dans l'entrée et frappa à la porte de la chambre de Clara.

Sa fille était une gamine optimiste, pétrie de joie de vivre. Elle avait bien conscience qu'elle l'entraînait dans un cataclysme, mais elle n'avait vraiment rien d'autre à lui offrir. À son visage fermé, Clara comprit l'importance du moment. Elle s'attendait plutôt à une séparation, elle était donc loin de la réalité.

— Tu es revenue ?

— Clara, c'est grave. On va quitter ton père. Ensemble. Maintenant.

Éberluée, la jeune fille contempla depuis son bureau le regard immobile de sa mère. Celle-ci n'avait jamais fait preuve d'autorité. C'était même curieux de la voir à ce point la tête haute, la voix ferme, presque au garde-à-vous. Clara se sentit soudain vidée de toute énergie.

— Clara, tu prends tes affaires, de quoi tenir une semaine, disons, et on s'en va.

— Là, tout de suite ? Mais ça va pas ! Qu'est-ce qui se passe ?

— Ton père a fait quelque chose de grave, très

grave. Il est au-devant de gros ennuis. Il n'est pas question de rester une seconde de plus sous le même toit que lui.

— Mais on ne va pas l'aider ?

— Non, fit-elle sans hausser le ton. Je vais tout t'expliquer. Je te promets, tout à l'heure, dans la voiture, mais pas ici, d'accord ? Cette chose qu'il a faite, c'est contre nous aussi. Fais-moi confiance. Il n'y a pas d'autre solution.

Clara n'avait vraiment pas la larme facile, mais ses yeux s'embuaient. D'angoisse autant que de chagrin.

— Je peux t'aider ?

— Oui, je veux bien, maman.

En un clin d'œil elle était redevenue cette petite fille docile qui courait dans tous les sens mais se figeait dès qu'un adulte la recadrait. Déjà qu'elle ne faisait pas son âge… Ariane avait apporté avec elle l'autre valise qu'elles remplirent en quelques minutes.

— Et on va où ?

— À la mer, pas très loin ma chérie.

Un léger sourire flottait sur ses lèvres.

11

Crac. Un pas sur une latte du parquet. Gabriel sentit son cœur battre à mille à l'heure. Quelqu'un s'introduisait chez lui par infraction. À tâtons, dans le noir, il enfila un caleçon à toute vitesse et se posta sans bruit dans l'embrasure de la porte.

Ainsi placé, il guetterait les mouvements de l'intrus. Seul un petit couloir séparait sa chambre du salon.

Les lampadaires de la promenade éclairaient la pièce d'une lumière blafarde. Quelle heure était-il ? Autour de 4 heures du matin, sans doute. Dehors, ciel et mer disparaissaient dans la même noirceur. Près de l'eau, les mouettes immobiles se regroupaient dans le halo d'un réverbère. En bord de mer, les rafales faisaient tout claquer dans les maisons. La nuit, le toit tambourinait, les portes, les fenêtres, les boiseries et même les meubles se débattaient dans l'obscurité et le silence. Gabriel n'y prêtait jamais attention, mais là, c'était différent. Ce crac était un bruit de pas, il en mettrait sa main au feu.

Il secoua la tête brutalement, comme pour se réveiller. Il se sentait encore un peu raide, son rêve le poursuivait : Ariane était de nouveau dans ses bras, et tandis qu'il s'efforçait de lui retirer sa culotte du bout des doigts, son sexe se dressait. Il s'avança d'un mètre en grelottant et scruta l'ombre. Silence.

C'était le moment d'attaquer, de se jeter sur le voleur : il pourrait crier au secours au besoin. Sa vision n'était pas nette. Ses repères flottants. Il ferma les yeux… et les rouvrit devant une silhouette baignée de lumière. Une femme plantée devant la fenêtre, se détachant de la mer si sombre.

Voyait-il vraiment Véro, très pâle dans la belle robe blanche qu'elle portait le jour de sa disparition ? Il clopina en avant quelques mètres encore et reconnut son visage. C'était bien Véro, oui, mais avec un regard lointain. Il n'arrivait pas à y croire. Il se disait à voix basse : « Je suis fou. » Et puis une autre idée : « Je suis mort. » Cloué au sol, il ne comprenait plus rien à ce qui se passait.

D'un geste, Véro l'invita à s'asseoir.

Elle ne répondrait pas s'il lui parlait. Gabriel le savait très bien. Quelque chose lui disait qu'il ne pouvait pas s'approcher, la toucher, la serrer dans ses bras, qu'il avait devant lui une image, une incarnation. La chaleur augmentait autour de lui, une chaleur de bête. Il sentait un courant d'air, le souffle brûlant d'un désert.

Un temps sans consistance s'écoula.

Soudain, le vent s'éleva de la plage jusqu'à chez lui, charriant sable et embruns entremêlés. Une brume épaisse traversa la baie vitrée et lui sauta au visage. En nuées, des papillons surgirent de la nuit. Comme magnétisés, les insectes collés les uns aux autres s'enroulèrent autour de Véro et la firent disparaître à une vitesse époustouflante. Direction la mer.

Bien au-delà de la peur, Gabriel bondit à la fenêtre. Il tendit les bras. Mais il n'y avait rien, juste le verre glacé de sa fenêtre immense. À la lueur d'un éclair, il crut apercevoir Véro plonger la tête la première dans une vague rugissante. Il murmura qu'il arrivait, qu'il fallait l'attendre, qu'il pouvait lui aussi lutter contre les vagues et nager vers le large. Il n'avait jamais froid dans l'eau. Ses jambes puissantes savaient fendre la mer, ses bras en crawl se levaient et retombaient avec rage. Mais Véro ne voulait pas remonter des flots. Où était-elle passée ?

Gabriel se déplaça alors en crabe le long du mur et atteignit péniblement l'interrupteur du salon. En reprenant conscience, son corps tout entier fut parcouru de picotements. Il grelottait, il étouffait. Il se gifla en se souvenant que les marins privés de sommeil étaient sujets aux hallucinations. Après avoir quitté Esteban cette nuit-là, ivre et défoncé, il n'avait dormi que trois heures à peine. Il était ce navigateur égaré, délirant, désespéré.

Le monde autour de lui retrouva peu à peu ses contours habituels. La mer droit devant, l'Hôtel de la Plage sur sa droite, la base nautique, et là-bas, au loin, les feux de Luc-sur-Mer. Il inspira profondément. Parviendrait-il à se rendormir ?

12

Tant bien que mal, Gabriel s'affairait sur son chantier. La salle de bains l'occupait, il essayait fermement de penser aux carreaux, au ciment et au joint silicone, plutôt qu'au fantôme de Véro, à son bébé vivant ou mort, au vol retour pour Buenos Aires… et au corps nu d'Ariane.

Il y parvint globalement toute la matinée, mais sa concentration chavira dans l'après-midi. À un moment, il finit par se dire qu'un simple coup de fil au MuMa du Havre pouvait le faire avancer, lui donner des nouvelles d'El Jefe. Il se souvenait d'une notice incomplète sous le nom de Ferdinand Constant. Ni date, ni lieu, ni propriétaire du tableau. Où diable le commissaire de l'exposition avait-il pu dénicher cette œuvre d'un niveau tout juste passable, placardée dans ses souvenirs au-dessus du canapé en cuir d'un bureau de La Boca ?

Gabriel observait depuis longtemps la faune des curateurs qui se substituaient progressivement aux commissaires dans le monde de l'art. Électrons libres, historiens, critiques ou universitaires, ces modernes gambadaient tous azimuts d'institutions en galeries, de collections privées en ateliers. Ils disaient « emboîter » les œuvres entre elles. Ils apparentaient leur mission à un « geste ». En vérité, ces « empilements » formaient la plupart du temps un casse-tête égotique et prétentieux dont artistes et public faisaient les frais.

Sa visite au MuMa l'avait conforté dans le rejet de cette nouvelle caste. Pas difficile d'imaginer la fine équipe à l'aventure dans Buenos Aires, depuis le musée national des Beaux-Arts, le palais de Glace tout proche, l'ancien hospice réhabilité en centre culturel Recoleta ; parmi les édifices coloniaux les plus anciens de la ville, les hôtels particuliers de style européen – « par moments, on peut se croire à Milan, n'est-ce pas ? » –, ces petits génies de curateurs s'émerveillant des arbres, du calme, de la propreté des lieux, prenant à témoin leurs accompagnateurs : « Buenos Aires, ce n'est quand même pas que Maradona et le tango ! », puis s'attardant au nord, à Bosques de Palermo, devant la collection du musée Sívori – une autre remarque idiote à la bouche : « Comme le tohu-bohu du centre-ville paraît loin ! », avant de se diriger vers Villa Crespo et ses nouvelles galeries, dont celle de Ruth Benzacar, livrant sans peine son beau carnet d'adresses, un jeu d'enfant en somme.

De retour chez lui en fin d'après-midi, Gabriel se fit passer au téléphone pour un journaliste argentin souhaitant dialoguer avec le sorcier aux manettes d'« Un rêve sur le néant : Français d'Argentine ». Le service de presse du MuMa n'aurait jamais communiqué ses coordonnées à un visiteur lambda – son témoignage de réfugié aurait eu peu de valeur, il fallait baratiner, c'était aussi simple que ça. Il joua donc à fond la carte de l'entre-soi, grossit son accent et séduisit sans peine la jeune femme au bout du fil. Le grand mérite de cette exposition collective, mentit-il dans son meilleur jargon, avait été de contourner le réflexe postcolonial et de s'affranchir des tentations essentialisantes du rapport à l'autre. Pas question de considérer le continent sud-américain comme une entité homogène, ou au mieux comme une multitude d'exotismes, ce qui revenait au même. Ainsi, ce qui pouvait s'avérer comme une entreprise politiquement délicate hors du contexte argentin, ou même relever du palmarès, s'avérait un pari remarquablement réussi : non seulement le travail exposé au MuMa permettait de rééduquer le regard si souvent autoritaire et condescendant de la France vers le Sud – anéantissant au passage le vieux débat sur l'artiste et le politique –, mais ces pratiques transdisciplinaires pouvaient même générer de nouvelles dynamiques sociales.

Grand moment de solitude sur la ligne. Mais à partir de là, Gabriel comprit qu'il pouvait cesser le feu. Assommée, l'attachée de presse lui confia le contact qu'il réclamait. Elle ajouta que le curateur, un certain Ernest Denisot, était à son bureau de Paris, et qu'ils venaient tout juste de terminer une conversation téléphonique. Voilà qui tombait à la perfection. Cet obstacle franchi, Gabriel changea de stratégie. Si ce Denisot aimait son boulot, il ne rechignerait pas à échanger quelques mots. Après tout, Gabriel en savait davantage sur Ferdinand Constant que lui.

Il se servit un café, se posta un instant face à la baie vitrée, puis composa le numéro. Il se présenta comme un ancien élève des Beaux-Arts de Buenos Aires, réfugié en France pour des raisons politiques. Il était certain de toucher ainsi une corde sensible. Occupé à une installation commandée par la galerie de l'Institut français de Milan, Denisot réclama une petite heure pour terminer « des bricoles », avant de poursuivre cette conversation.

Lorsque Denisot le rappela, il avait une voix enjouée. Il lui demanda d'abord son avis sur l'exposition. Les seniors s'étaient pressés au vernissage en novembre, mais lui, il voulait de la jeunesse. En retour, Gabriel affecta la plus grande compréhension. Après les compliments d'usage, il sut le ramener à Constant.

— Vous avez de la chance, crépita le curateur dans un claquement de chewing-gum, son tableau n'est pas le plus extraordinaire de l'exposition, mais il m'a vraiment marqué. Je n'étais pas très enthousiaste à l'idée d'une succession classique. J'imaginais des choses plus novatrices dans le sillage de Xul Solar. Mais cette composition est enchanteresse n'est-ce pas ? On est loin d'une marine, rien de mièvre. La Boca rayonne d'un chaud soleil, il y a la brume, la beauté du navire avec tous les détails possibles, un rendu d'une belle finesse, et tout à coup ces visages de dockers éclatants et splendides. C'est à la fois superbe et étrange, car il y a quelque chose qui ne colle pas.

— Le titre ?

— Bien sûr ! « Si vous traversez le port, évitez les condamnés à mort. » C'est un message subliminal.

— Vous l'avez décrypté ?

— L'OAS, oui, bien sûr !

— Alors pourquoi ne pas le préciser sur la notice imprimée à côté de l'œuvre ? Vous ne mentionnez pas la date, et on ignore si l'œuvre de Constant est connue, si même le peintre est encore vivant. Pourquoi ?

— Écoutez, vous m'êtes sympathique et je vous fais confiance. Ce que je vais vous dire est *off*, OK ?

— Entendu, fit Gabriel, déconcerté par la rapidité avec laquelle cet homme accordait sa confiance.

— J'ai agi à la demande expresse de Constant, mais il ne m'a donné aucune explication. Ce titre devait demeurer énigmatique.

— Vous voulez dire que vous l'avez rencontré ? Je ne sais pas pourquoi, je n'imaginais pas qu'il était encore vivant.

— Il se porte bien, oui. Un curieux bonhomme aux cheveux très blancs, de visage anguleux, l'air baroudeur, avec en lui quelque chose de hanté. Il m'a raconté toute son histoire. Depuis Alger, sixième génération de pieds-noirs, sa période de peintre des batailles, cette saga de soldats perdus. C'est assez incroyable tout ce qu'on peut apprendre d'un tableau. Mais vous le connaissez ?

Les yeux de Gabriel vagabondaient sur la mer à la poursuite d'une planche à voile.

— Oui, j'ai eu ce tableau plusieurs fois sous le nez. Constant était un armateur assez puissant sur la Vuelta de Rocha, le quai principal de La Boca. Il l'avait accroché dans son bureau. C'est ici que vous l'avez trouvé ?

— Pensez-vous ! Les promoteurs immobiliers ont tout rasé là-bas. Je faisais un tour à la Fundación PROA, qui vient de s'installer à l'embouchure du saumâtre Riachuelo. Un *must see* d'ailleurs, une superbe collection dans un ancien entrepôt de matériaux pour bateaux. C'est alors que le directeur m'a parlé de Constant, avec ce prestige si exagéré dont bénéficient les Français à Buenos Aires. Il a voulu l'appeler devant moi. Je n'y croyais pas une seconde. J'avais l'impression qu'on me forçait la main, vous voyez ? Mais bizarrement, nous avons convenu d'un rendez-vous au Café Tortoni.

Gabriel se remémora la cantine de Borges, création au siècle dernier d'un Français. Tous les guides neuneus évoquaient ses tables en marbre, ses fauteuils en cuir rouge, son bar, ses vitraux au plafond, ses boiseries aux murs, ses photographies, dessins, peintures. Pour rien au monde il n'y aurait commandé un *chocolate con churros* dans sa jeunesse, c'était comme demander à un Parisien de mendier une table chez Angelina, mais une pointe de nostalgie lui fit relativiser son jugement.

— Il est arrivé et j'ai tout de suite compris que c'était un gros gibier, poursuivit Denisot. Il m'a présenté ce tableau des condamnés à mort sous la forme d'une reproduction de très bonne qualité. Comme ça rentrait dans mon thème, je l'ai interrogé sur son rapport aux Français d'Argentine. Il semblait très aigri, secouait sans arrêt sa chevelure blanche, l'air de vouloir tous les étrangler s'il le pouvait. Il a coupé les ponts avec tout le monde et vit seul dans sa maison de Belgrano, sur un tas d'or, s'est-il vanté. Sa femme est morte depuis un moment, dépressive, nostalgique de sa terre natale.

— Ah, j'ignorais pour Mathilde. Mais revenons à

l'OAS. Qu'a-t-il dit à propos du général Hardy, son mentor ?

— Attendez, j'ai pris des notes, je regarde.

Bruit de tiroirs, de pages tournées à la va-vite.

— J'ai mon carnet ! Hardy, oui ! Mais attendez, il a tenu à ce que j'archive les noms des cinq dockers représentés distinctement sur son œuvre. J'ai la liste, figurez-vous… Il y a Hardy, donc, son gendre Pépino, Ange Cygler, un gars de Sidi-bel-Abbès, Hubert de Martignac, le Parisien de la bande, et un autre d'Oran, Michel Serra. Ils n'étaient pas dockers, c'est une métaphore. Ces types cultivaient en réalité du coton près du Paraguay, dans la région de Formosa. Perón leur a offert deux mille cinq cents hectares de terres à leur arrivée d'Algérie. Ils vivaient en communauté[1], voyaient l'Argentine comme une occasion de relancer l'aventure colonisatrice, « mais sans Arabes », disaient-ils. Au début, Constant était avec eux, et ces types n'en ont plus fini de se radicaliser. Jusqu'à appartenir à une organisation nommée la Catena, une sorte d'orchestre noir composé de truands, d'anciens SS, de fascistes, financé par ce cambrioleur d'Albert Spaggiari. Ça vous dit quelque chose ?

Gabriel n'avait aucune fascination pour ce genre de petite frappe dont la réputation de Robin des Bois reposait sur une totale mystification.

— Constant n'appartenait pas à ce cercle fasciste… C'est vraiment ce qu'il vous a dit ?

---

1. Les noms sont modifiés, mais l'ensemble est véridique. *Escadrons de la mort, l'école française*, Marie-Monique Robin, Paris, La Découverte, 2004.

— Il s'est présenté comme un jeune lieutenant embrigadé malgré lui au 1er régiment étranger de parachutistes. C'est le genre de type qui prétend au soir de sa vie qu'il a tout raté, qu'une erreur de jeunesse l'a privé de sa carrière d'artiste. Il m'a semblé sincère dans sa détestation de Hardy et sa bande. L'exposition du Havre lui donnait l'occasion de les sortir de l'oubli, de les montrer pour ce qu'ils sont : des criminels en fuite. C'est une idée qu'on trouve assez souvent dans l'art : relever le défi d'une justice qui se réalise si difficilement dans la vie, tenter un acte de vérité face au mensonge, rendre à chacun ce qui lui est dû. Vous comprenez ?

Cela faisait des années que Gabriel tentait d'identifier les inconnus du tableau, se demandant si l'un d'entre eux ne les avait pas dénoncés. Après tout, ils fricotaient avec la junte.

— Mais puisque Constant n'a pas voulu de notes explicatives à son tableau, quel jugement espère-t-il ? Je suppose que les « condamnés à mort » ne connaissent même pas l'existence de votre exposition, les vivants du moins ?

— Ce que le public voit est une scène. Constant m'a séduit car il formulait – sans le théoriser – un véritable dispositif. Il se disait qu'une notice à moitié vide, juste un titre, un nom, risque d'interpeller. Très attaché à la fonction perceptive du spectateur, j'ai bondi là-dessus. Les notices ne sont que des conventions que l'on peut remettre en question, voire transgresser. La stratégie autofictionnelle de Constant met à mal les croyances en l'évidence des données de la représentation, souvent partagées entre artistes et spectateurs. C'est passionnant ! Les gens vont chercher la brèche, la porte ouverte.

— Comment ça ? interrogea Gabriel, ébranlé.

— Il se dit que son tableau circule, que des gens comme vous vont s'interroger. Peu importe la logique, c'est une performance. Ce vieil armateur de La Boca élargit le champ artistique dans une remise en cause radicale des codes établis de la représentation. Vous savez bien que le public forme une constellation, l'insaisissable participe à sa définition même... S'ouvre bien ici un espace « autre » dans l'exercice de l'art. Qu'importent les traces...

— Et si personne n'avait réagi ? suggéra Gabriel.

— Un tableau peut raconter plusieurs histoires, insista le curateur. Il y a sur le quai d'autres dockers, vous vous souvenez ?

— Oui, mais les visages sont moins nets.

— Tous, sauf un ! C'est le sixième larron. On peut le reconnaître lui aussi en faisant attention. Il est de Buenos Aires, mais très francophile, une sorte de produit *made in France*. Attendez, je reprends mes notes... Voilà : à la fin des années 1950, l'état-major argentin est persuadé que la Troisième Guerre mondiale arrive. Ces cinglés pensent que l'Union soviétique va ouvrir un front autour de Buenos Aires. Il faut donc se préparer à affronter les rouges. Tandis que les officiers supérieurs sont envoyés à Paris pour se former à la guerre contre-révolutionnaire, une soixantaine de cadets de l'École supérieure de guerre argentine, selon Constant, sont expédiés en Algérie. Les séjours sont axés sur les techniques de renseignements antisubversives, c'est-à-dire la torture, considérée comme une arme de combat : gégène, supplice du sous-marin, du chevalet, du chalumeau, des techniques reçues des Français que les militaires argentins vont appliquer au pied de la lettre quelques années plus tard… Parmi ces cadets, donc, il y a l'homme du tableau. À un moment, ils sont tous les six en Algérie et ça ne devait pas être beau à voir… Vous voyez, la *constellation*, un ensemble d'étoiles à relier par des lignes imaginaires…

L'apparition d'un *porteño* dans le dispositif surprit Gabriel.

— Constant vous a donné le nom de ce type ?

— Oui, Eduardo Sacco.

— Vous vous êtes renseigné sur lui ?

— Là, j'ai manqué de réflexe. Mais c'est votre « porte ouverte ». À un moment, les hommes du tableau se sont retrouvés dans un même sentiment d'appartenance. Tout ceci nous renvoie à une question plus fondamentale : qu'est-ce qu'une création artistique ?

Ce mec ne renonçait jamais. Gabriel le voyait très bien enchaîner les lignes, sniffer avec la puissance d'un bison, puis relever brusquement la tête en arrière. Par crainte d'oublier cet Argentin livré en pâture, il avisa un journal qui traînait dans le salon et nota ce nom, Eduardo Sacco, un *represor* de plus dans sa mémoire saturée de prédateurs. Il lui restait à remercier son correspondant, mais un dernier doute s'empara de son esprit.

— Au décrochage, vous renvoyez le tableau à Buenos Aires ? Ou Constant a prévu de l'exposer ailleurs ?

— Retour à Buenos Aires, par le même vol que Constant. *Un rêve sur le néant* s'achève bientôt. Notre ami passe quelques jours en France. Il voulait voir son œuvre *in situ.* Il m'a sollicité pour un rendez-vous, mais je n'ai pas le temps.

— Et si je veux le voir, comment je peux m'y prendre ? pressa Gabriel.

— J'ai son numéro si vous voulez.

13

Sans l'appel de Gabriel, Ferdinand Constant aurait arraché quelques aveux à un vieux pied-noir d'Oran aux petits yeux rapprochés – un pied-noir qui se tenait devant son poignard dans un quartier plutôt chic et enclavé de Toulon, le Morillon.

Constant n'avait guère l'habitude des nouvelles technologies, mais sa « mission » imposait l'usage d'un téléphone portable dont il savait à peine se servir. Bordel, ça l'énervait ce truc. Comment stopper le carillon sans décrocher ? Et voilà qu'un gardien s'avançait à présent dans les allées de lauriers !

Michel Serra profita de son embarras pour s'enfuir à toutes jambes en direction du littoral. Dans une course désordonnée, il s'effondra avant même de franchir la grille du charmant jardin d'acclimatation, près des escaliers pentus, à quelques minutes de sa résidence qui surplombait le parc. Constant rattrapa sa victime et le toisa du haut de son mètre quatre-vingts, le maintenant au sol d'un pied ferme. Serra ne voyait plus que ses rangers au cuir tanné, entretenues depuis toutes ces années à l'huile de pied de bœuf.

Constant avait soigneusement repéré les lieux.

Il savait qu'à la tombée de la nuit, son lointain frère d'arme sacrifiait à une promenade parmi les palmiers, les yuccas et les acacias. L'endroit était peu fréquenté en hiver. Il se prêtait merveilleusement à une agression entre chien et loup, surtout au détour du buste de Frédéric Mistral. Mais à cause de cette sonnerie, il n'obtiendrait rien ce soir. Il n'avait pas besoin d'un long interrogatoire : « Qui a donné ma fille ? » était sa seule sommation. Trop tard ! Il risquait bien de se faire choper à attendre une réponse. Son flair lui commandait d'en finir.

« Car il faudra para / en découdre par le poignard et par la poudre ». Avant d'achever Serra, lui revenait cet hymne que les légionnaires du 1er régiment étranger de parachutistes reprenaient dans l'allégresse et la fraternité. « Rien ne saurait t'émouvoir », beuglaient-ils ensuite. Et surtout pas ce misérable à la merci de sa bonne vieille lame US-M3, souvenir d'Hélie Denoix de Saint-Marc en personne.

— Vraiment ? Tu ne regrettes rien, vieux salopard ?

D'une insouciance royale, Constant balança tristement la tête. Des six hommes identifiables sur le tableau, trois, terrassés par un cancer, bouffaient les pissenlits par la racine. Après Serra, il devait occire Hubert de Martignac à Paris et Eduardo Sacco à son retour à Buenos Aires. Il leur appliquerait la peine capitale avant que Véro ne retrouve le caveau familial de la Recoleta. Il se l'était promis. *Aouah*, qu'il était loin le bon temps de Sidi-bel-Abbès ! La tragédie et les hasards de la vie, purée !

1959. Quarante putain d'années, pas possible !

Les « condamnés à mort » étaient affectés quartier Vienot. Tous les six. La même révolte enchâssée dans le cœur. Hardy, Pépino, de Martignac, Cygler, Serra, rejoints par l'Argentin Sacco, échappé des cadets de l'École supérieure de guerre de Buenos Aires. Un dépucelage en bonne et due forme baptisé « usage des méthodes subversives et non conventionnelles en Algérie ». Les jours de permission, tous se retrouvaient chez lui à prendre un petit bol d'air frais. La ferme Constant se gagnait en Jeep par une vallée jalonnée de lauriers roses et de peupliers tremble. Sur la maigre terre du domaine, l'arrachage des palmiers nains et des jujubiers donnait depuis un demi-siècle des champs irrigués sur cent hectares, du blé, de l'orge, des arbres fruitiers et même un bout de vigne. Dans ce décor jadis livré aux lézards et aux cailloux, la parfaite symétrie des corps de bâtiment, des hangars, mais aussi la présence de troupeaux de moutons et d'un vaste potager donnaient l'illusion d'une île entre la mer bleue de la Méditerranée au nord et la mer jaune du Sahara au sud. Le soleil, en tout cas, finissait par engendrer des mirages. Y retrouvant sa femme Mathilde et sa fille Véro, Constant recollait les deux moitiés de son cerveau. En son absence, le contremaître régentait la place. Yacine était comme un frère, et plus tard, quand l'État subtiliserait la ferme, c'est lui qui en assurerait la gestion. Jusqu'au bout, Constant avait vécu en parfaite entente avec les Arabes, sans jamais faire suer le burnous à personne. Il votait socialiste malgré la propagande de la Légion. Ce n'était pas pour rien que ses grands-parents maternels, d'origine calabraise, avaient fui l'Italie de Mussolini pour Alger. Autour du méchoui, tous riaient à gorge déployée. Braillards, ils laissaient couler l'anisette. Soupe au lait, ils épongeaient leur cuite à grand renfort de *mouna* moelleuse et parfumée cuite au four de Pepe Ferrer. Chacun avait droit à une monte dans le manège réservé au pur-sang arabe – en perm, ils fréquentaient le haras colonial d'Oran –, puis ils rentraient un peu ivres à Sidi-bel-Abbès, avec au bout du chemin un dernier regard embué pour la ferme : oui, les pieds-noirs comme la famille Constant avaient peiné sur ces terres mauvaises, retroussé leurs manches, tracé des routes sur des rivières mortes, construit des hôpitaux, des écoles, des dispensaires et des opéras. Tenaces, ils avaient bâti des villes et une administration. Leurs ancêtres reposaient ici. Ils étaient plus d'un million, en majorité des braves gens, artisans, employés, commerçants et fonctionnaires.

Mais comme tout ça semblait loin… Les yeux injectés de sang, Constant piqua sa proie d'une frappe précise au cœur. Instantanément, Serra cessa de trembloter et de demander grâce. Constant put alors ranger le poignard dans son fourreau rigide vert olive et croiser le gardien en rabaissant la tête. Allez, *ciao* ! Et que le bon Dieu y te l'allonge bien bien, comme on disait en pataouète, le parler pied-noir.

Il passa la grille sous une envolée de mésanges. Autour de lui, la nuit d'hiver s'imposait tout doucement dans un mauve irréel.

14

À mille kilomètres de là, un jeu des mouettes occupait pareillement Gabriel. Mais comme le jour résistait une heure de plus dans cette partie de la France, un ciel bleu lavande surplombait encore Langrune et les teintes sourdes de la Manche.

Il avait raccroché à la cinquième sonnerie sans laisser un message. C'était terriblement tentant, cette conversation à la volée, mais Esteban avait raison, il pouvait tout gâcher en cueillant El Jefe sur un coup de tête.

Un agenda Quo Vadis lui servait à gérer le temps. Vaguement. Sur la double page de cette troisième semaine de janvier, il recopia le numéro et le nom de cet inconnu : Eduardo Sacco. Que ferait-il de cette information ? Aucune idée pour le moment.

La première chose à faire était de joindre Julien. Le décalage horaire comptant quatre heures en hiver, il attendrait minuit pour lui téléphoner, l'heure de passer à table là-bas. Il n'avait aucun mal à imaginer la soirée de son frère dans l'immeuble Art nouveau qu'il occupait à San Telmo, seul devant son verre de malbec et son *bife de lomo*, un rituel face au journal télévisé. Mais avant de l'appeler, il espérait qu'Ariane lui donnerait des nouvelles. Il passerait la soirée à écouter des CD à la pelle, et ferait quand même gaffe à Lisa – si elle évitait de se pointer, ça l'arrangerait bien, car il avait vraiment besoin d'être seul.

Ses mains ne tenaient plus en place. Il se servit un rhum bien tassé et se dit qu'un gros bédo s'imposait. À la première taffe, il éprouva l'envie d'entendre un vieux tango. Dans sa discothèque, un titre poussiéreux de Gardel lui fit comme un clin d'œil. « Volver » et les paroles d'Alfredo Le Pera retentirent dans la pièce : « Revenir / Avec le front marqué / Les neiges du temps / Plaquées sur mes tempes / Sentir que la vie n'est qu'un souffle / Que vingt ans ne sont rien / Que mon regard fébrile / Errant dans l'ombre / Te cherche et dit ton nom/ Vivre/ Avec l'âme enchaînée / À un doux souvenir / Que je pleure à nouveau. »

Il était clair, à présent, que le père de Véro n'était pas *nécessairement* le mal incarné. Le plus étonnant, dans la confidence d'El Jefe, était qu'il qualifie la bande des dockers de « criminels en fuite ». Jamais cet homme n'avait exprimé devant Gabriel le moindre remords. Il s'était d'ailleurs amusé régulièrement de la présence de Waffen-SS dans son régiment de paras, ce sanguinaire 1er REP à qui revenait le sale boulot. Il en avait eu pour sa « stratégie autofictionnelle », le curateur ! Un vrai tsunami de « fonction perceptive » !

Mais la manœuvre de Constant n'était pas évidente à décrypter. Le vieux singe avait usé de ruses toute sa vie. Gabriel doutait de l'interprétation du curateur.

Il pressentait un plan de vengeance sophistiqué à la place d'un « acte de vérité artistique ». Il devait y avoir autre chose qu'une simple dénonciation de criminels en fuite. Il ne lâchait pas cette idée : ces « dockers » fricotaient avec la junte. Sans doute qu'ils auraient pu sauver Véro.

Gabriel se resservit du rhum, contempla son reflet dans la vitre noire de nuit, et se mit un instant à la place du vieil armateur. La nouvelle d'une grossesse de sa fille renversait bien des certitudes. Maintenant, il cherchait des réponses. El Jefe s'égarait depuis des décennies, il n'en démordait pas, mais pour quelle raison avait-il retardé à ce point sa quête de vérité ? Dès l'élection de Raúl Alfonsín, la Commission nationale sur la disparition des personnes avait rendu publics les crimes ignobles de la junte. Comment pouvait-il croire que sa fille ait échappé à un funeste sort ? Lui en voulait-il tellement de son supposé « gauchisme » qu'il l'avait répudiée ? Pour finalement changer d'avis à l'annonce de cette grossesse ? Car un type comme lui savait comment « obtenir justice » par-delà les lois d'amnistie négociées sur le dos des victimes.

Venganza. Les fois où il s'interrogeait sur son désir de réparation, Gabriel tournait en rond. La justice fonctionnerait peut-être un jour en Argentine, des politiques auraient le cran d'abolir les lois d'amnistie, et alors les bourreaux de Véro seraient entendus par un juge, et même punis… Mais comme il l'avait dit à Esteban, Gabriel ressassait toujours les mêmes doutes. Jamais les coupables ne subiraient la souffrance des disparus et de leurs proches. À ses yeux, un jugement public importait peu. Depuis le temps qu'il se repliait sur lui-même, son costume de paria lui collait trop à la peau pour qu'il réclame justice. Il s'y refusait, même, car il n'avait plus aucun idéal à défendre ni à préserver. Des réparations ? Il ne pouvait rien réparer du tout car le crime contre Véro débordait la conduite des tortionnaires : la société argentine dans son ensemble avait failli à la protéger. Ils étaient tous coupables, lui inclus. Trente mille disparus, c'était impardonnable.

Il ne pouvait pas pardonner, il ne pardonnerait jamais.

Comment faisaient-ils, en Afrique du Sud, d'où lui parvenaient les auditions de la Commission vérité et réconciliation ? L'aveu spontané des crimes valait amnistie et retour dans la communauté. Cette justice *restorative* comme l'expriment les Anglo-Saxons, c'est-à-dire fraternelle, vouée à reconstruire, il n'y croyait pas. C'était une magnifique idée, mais on voyait bien sur les images un déséquilibre immense entre ce que recevaient les victimes – la vérité, du moins ses accommodements –, et ce dont s'accusaient les bourreaux, sans que leurs visages ne tremblent vraiment pendant leur superficiel examen de conscience. Il fallait s'entendre des deux côtés. Et Gabriel n'imaginait pas une seconde les militaires argentins capables d'extirper le mal radical qui les faisait jouir, cette cruauté qui les dominait entièrement. Ils se réfugieraient derrière des phrases toutes faites comme les nazis sur l'échafaud.

Finalement un récit, un seul, suffisait à Gabriel.

Quelque temps avant de rencontrer Ariane, il s'était attardé dans un cybercafé de Caen. Il en avait profité pour envoyer des factures, et consulter le site de *Página 12*. Un article décrivait une rencontre inopinée dans un restaurant de Pinamar, au sud-est de Buenos Aires, entre un ancien montonero devenu écrivain et le capitaine de corvette Jorge Eduardo « Tigre » Acosta. Le Tigre était le chef du Grupo de Tareas [1] 3.3.2 à l'Esma, le grand planificateur des tortures. Comme de nombreux Argentins, Gabriel connaissait cette *parilla* où l'on savourait la meilleure viande grillée de la côte Atlantique. Sur une photo qui illustrait l'article, on voyait un homme plutôt âgé, de profil, entouré de son épouse, de ses deux fils et d'un couple d'amis. L'écrivain relatait son dîner et comment il avait soudain blêmi en apercevant celui qui venait de garer sa BMW rouge sur l'Avenida Bunge. Après un long silence, l'ancien montonero s'était avancé face au Tigre pour lui dire : « Je te cherche depuis longtemps, Acosta. Tu me reconnais ? Je suis là pour tous ceux que tu as jetés à la mer. Je suis seul et désarmé, fais voir comme tu es courageux, fils de pute de soldat minable. »

Dans la salle, une femme s'était alors avancée vers lui en hurlant : « Où sont les bébés, crevure, où sont les bébés ? » Puant la merde, la chiasse s'élargissant dans son pantalon, le Tigre, qui lui non plus ne ratait jamais l'occasion de dire que les Français étaient ses pères idéologiques, qu'il devait ce beau surnom de Tigre à un officier de l'OAS, cet ignare dont Lartéguy était l'auteur préféré, avait balbutié que les lois de *Obediencia debida* l'amnistiaient, qu'il n'avait fait

1. Bataillon de répression.

qu'obéir aux ordres. En définitive, l'écrivain lui avait craché au visage avant que l'autre ne parte en courant.

Œil pour œil, dent pour dent. N'aurait-il pas mieux valu que quelqu'un dans la salle lui plante sa fourchette dans le cœur ? songeait à présent Gabriel.

Se roulant un nouveau joint sur les coups de 20 heures, Gabriel mesurait à quel point cette logique de vengeance l'éloignait des Grands-mères et des *Hijos.* Comme tous les proches des trente mille disparus, il avait passé des années dans les sous-sols du temps à se demander ce qu'il ferait aux assassins de Véro s'il les avait face à lui. Le travail de deuil conduisait la plupart des victimes à comprendre que ce fantasme ne faisait qu'alimenter un couple infernal formé de haine et d'impuissance. À vivre dans la rage, elles réalisaient qu'elles s'abaissaient au niveau médiocre des bourreaux, qu'elles finiraient à la longue par devenir comme eux.

Grâce à la justice, il pouvait se différencier des tortionnaires. Elle était la seule boussole capable de relever sa dignité et son autorité morale. Un cadeau, même, pour Véro.

Alors, *venganza*, vraiment ? Honorerait-il sa mémoire à abattre les coupables, à brandir sa lame pleine de sang un soir de pleine lune ? C'était une image ridicule, indigne d'elle, de lui-même, car il n'avait rien d'un tueur. Le meilleur moyen de se remettre de son traumatisme résidait dans sa capacité à se relever.

Il devait établir des stratégies pour se libérer, pour dissiper sa colère. Au fond, toutes ces années, n'avait-il pas échoué, ne se souciant ni du présent ni du futur ? Ses boulots sans passion, sa relation bancale avec Lisa… Ça n'allait pas du tout. Son monde tournait avec juste ce qu'il fallait d'affection. Personne ne le flanquait à la porte, mais il était temps de réfléchir à pourquoi il ne faisait que ressasser le passé. Quelque chose de glaçant éclatait au grand jour : il obéissait à une logique morbide, il se faisait pitié. Il se roulait dans le malheur dès qu'il se sentait le cœur un peu léger. Les années passaient sans but, sans aucune idée ingénieuse ni baroque, dans le silence.

Malgré la fenêtre grande ouverte sur le jardin, l'odeur de l'herbe embaumait l'appartement. Il créa un courant d'air côté mer et refroidit complètement la pièce à vivre. Le temps que le poêle réchauffe les lieux, il rallia la chambre où se trouvait le Minitel. C'était décidé, inutile de tergiverser, Esteban avait raison : assister à la messe d'hommage à l'église Santa Cruz était la seule option possible, il en profiterait pour faire un tour chez les *Hijos*. Quant au reste, la justice, sa conscience, tout ça, il verrait bien.

Le 1er février tombait un dimanche. Un bon jour pour quitter la France en hiver et revoir sa ville natale le lendemain sous le ciel bleu d'un jour torride. Il pianota laborieusement les chiffres de sa carte bancaire et reçut instantanément la confirmation de son paiement. Voilà, il partait.

Il n'appellerait pas Julien ce soir. À quoi bon ? Il débarquait chez lui sous huitaine. Les questions se bousculèrent dans son esprit. Depuis l'aéroport d'Ezeiza, devrait-il prendre un *remís*[1] ou grimper dans le *colectivo* numéro 8 ? Il y a quand même trente kilomètres jusqu'au centre-ville. Il pouvait bien s'offrir ce petit luxe, non ? Depuis l'Autopista 25 de Mayo, il devinerait les gratte-ciel, les charmes de La Boca et le pont Nicolás Avellaneda. Que ferait-il des fantômes du quai du Riachuelo ? Sa mémoire retrouverait les portiques de ferrailles, les entrepôts frigorifiques, les souvenirs de bêtes égorgées, d'équarrisseurs, les eaux huileuses de la rivière et les rues pavées qui viennent buter sur la *plazoleta*. Un décor de carte postale. Allons bon, et ce stade aux vibrations de tremblement de terre les jours de matchs, celui jaune et bleu de la Bombonera. Et le folklore des maisons de tôle bariolées avec les restes des peintures pour bateaux, les logements sociaux peuplés de misérables *bosteros* – les bouseux, surnom des gens de La Boca en référence précisément à l'odeur du Riachuelo. Un proverbe en Argentine dit que l'on peut changer de femme, de maison, de voiture mais pas de club. Enfant, il portait les couleurs de Boca Junior. Un match lui faisait toujours l'effet d'une balle en plein cœur. Juste après, il prendrait la direction de la Plaza Dorrego, son vieux café, les planches en contreplaqué ensevelies sous les talons et les bas résille des *milongueras*[2], apprêtées pour le tango. Il sortirait Paseo Colón, où les *cirujas* et *cartoneros* en guenilles entaillent les sacs

1. Taxi privé.

2. Danseuse de tango habituée des milongas, salles de bal dédiées au tango. Buenos Aires en compte plus de cent cinquante.

poubelles pour récupérer vêtements, métaux, verres, plastiques et nourritures. On les estimait à plusieurs dizaines de milliers. Parmi eux, beaucoup de gamins aux gestes dictés par le malheur. Malgré la profonde misère urbaine, en dépit de ces étonnantes stratégies de survie, de ces statistiques affirmant que la moitié de la population vivait sous le seuil de pauvreté, sa ville, élégante et louche à la fois, lui arrachera un demi-sourire un peu dérangé. Au coin de Paseo Colón et Humberto I il y aura cette salle de billard ouverte toute la nuit. Ce sera là, dans les étages d'un immeuble Art nouveau. Ne restera plus qu'à chercher le nom sur les boutons dorés de l'antique interphone, sonner, grimper et frapper sans scrupules à la porte de Julien : « Salut frangin. Je cherche mon enfant. »

Mais il devait se montrer patient, nom d'un chien. Il retrouva Langrune en rechargeant en bois le poêle de son salon. La température grimpait, il se sentit bien. Pour passer le temps, il alluma la télévision. Il y avait décidément des façons très diverses, voire extravagantes, de se faire justice. Le visage médusé, il découvrit qu'on diffusait sur Arte un documentaire tourné en Tanzanie. Des femmes châtiaient un jeune homme en le plongeant tête la première dans la fosse à purin, une tradition ancestrale de l'ethnie Fipa contre toute personne ayant insulté sa mère en public. Ligoté, le garçon mangeait une belle quantité de bouse de vache avant de marcher dans le village à moitié nu sous les quolibets durant toute une matinée, chacun lui signifiant ce qu'il pensait de sa conduite. Il recevait après quinze coups de fouet, puis cédait aux villageoises une chèvre, un sac de farine de maïs et un litre d'huile de cuisine. À cette morale, Gabriel partit d'un fou rire. De tels détails lui faisaient oublier la dureté de son sort.

Pendant un bon moment, rien d'autre ne se passa. Recroquevillé sur son canapé, il aspirait à ce calme lugubre. C'était bon d'être vivant dans ce village de garde-côtes, plongé dans le crépuscule. Dehors, les mouettes cessaient d'accorder leurs cris. La mer bouillonnait, refluait, à marée haute. Il eut un rictus de mélancolie en pensant à Buenos Aires, qui l'attendait de pied ferme. *Vingt ans ne sont rien.*

Et puis la sonnerie de la porte en contrebas le fit bondir.

Lisa ?

Généralement, il se penchait à la fenêtre pour lui jeter la clef par-dessus bord. Mais ce soir-là – surprise ! –, deux invitées faisaient leur entrée chez lui.

— Gabriel, c'est moi, je suis avec Clara, ma fille, fit Ariane en levant craintivement la tête.

15

— Papa ira en prison ?

— Dans le droit argentin, l'adoption illégale relève du vol, de l'enlèvement et de l'usurpation d'identité de mineurs de moins de dix ans. La Cour interaméricaine des droits de l'homme considère ça comme un crime contre l'humanité.

— La France peut refuser son extradition ?

— C'est une option politique, oui, car les pressions seront fortes.

— Et entre-temps… il sera enfermé ?

— Non, pas nécessairement.

— Et toi ?

— Moi, je suis une victime. Comme toi.

On approchait de Rouen. Ariane déployait une énergie incroyable à révéler à Clara l'infamie de Bertrand – ce père omniscient, aimant, intouchable. Elle n'oubliait rien, la découverte de l'agenda, ses soupçons immédiats, Sacco, la visite à Paula, le combat des Grands-mères, l'horreur du *Proceso*, les disparus par dizaines de milliers, jusqu'au détail des vols de la mort. Hélas, il n'y avait aucune chance que sa mère fût vivante, pas une femme n'avait survécu à un accouchement dans une maternité clandestine. Son père biologique, en revanche, était peut-être en vie…

Face à la déflagration, Clara opposait un calme absolu, celui des enfants recevant l'annonce d'une mort ou d'une maladie incurable, une maturité soudaine ou une totale inconscience, difficile à dire. Cette « chose très grave » qui les poussait à fuir Paris, elle en digérait mécaniquement les révélations, pragmatique avant tout. Les longues lignes droites de l'autoroute de Normandie semblaient apaiser Clara, et plutôt que de piquer une crise de nerfs, elle préférait fixer les vaches et les châteaux, s'imaginant ailleurs, dans la sérénité d'un film d'Ozu par exemple, loin de cet habitacle qui puait la tension et le secret de famille. Loin, très loin, à se dire qu'elle préparait un rituel, faisait chanter l'eau d'une amphore à un jardin de pierres, ou ratissait un tas de sable dans un temple de Kyoto.

— Et donc je dois donner mon sang à la Banque nationale des données génétiques ? reprit Clara.

— Une goutte suffira pour la compatibilité, ma chérie.

— Et si mon ADN ne correspond à aucune famille de disparus ?

— C'est une possibilité, mais en retrouvant ce type, Sacco, on ne sera pas loin du but.

Ariane marqua une longue pause. Elle voulait ne rien cacher à sa fille, la comédie n'avait que trop duré, mais elle priait intérieurement pour que la quête d'identité qui devait suivre se fasse en commun, toujours cette peur panique de la perdre. Elle prit une profonde inspiration.

— Nous allons recoller les morceaux ensemble. Je

serai toujours là, à tes côtés. La priorité absolue, c'est toi, bien sûr. Pour le moment, il n'y a que ton envie de connaître la vérité. Essaie de ne pas penser au sort de papa, je t'en prie.

— OK. Mais je suis majeure, j'ai la liberté de dire non. De ne rien faire du tout… Je suis certaine qu'il n'y a aucune obligation juridique à ça.

Ariane tressaillit et planta ses ongles dans le cuir du volant. Elle avait pressenti le danger, exactement la réaction des « disparus vivants » exposée par Paula, ces jeunes gens identifiés par les Grands-mères, préférant le mensonge au procès de leurs *apropiadores*.

— C'est à toi que tu dois la vérité, pontifia Ariane. On ne vit pas longtemps dans les mensonges. Pense aussi à cette grand-mère qui te cherche depuis vingt ans. À un père aussi, peut-être…

— J'ai un père, déjà, et des grands-parents aussi, merci. Mes racines sont ici, avec vous… C'est bizarre : on dirait que la situation te fascine, que tu ne détestes pas cette aura tragique qui te recouvre si brusquement. Pourquoi veux-tu, à tout prix…

Clara déplia ses jambes sur le tableau de bord, les semelles de ses richelieus bien calés contre le pare-brise. Vidée du trafic dominical, bordée d'une campagne éternelle, l'A13 créait une faille spatio-temporelle. Par petits coups de tête sur le côté, elle observa sa fille surjouer la décontraction. Clara analysait la situation comme si elle répondait à une colle d'hypokhâgne sur le thème de l'identité, impassible et un peu hautaine, très Chimène s'adressant à Rodrigue : « Va, je ne te hais point. » Peut-être même à réfléchir aux premiers plans d'un film sur son histoire, elle qui se destinait à une école de cinéma.

— Mais tu n'es pas obligée de réagir tout de suite, renchérit Ariane. Tu dois être très perturbée. Tu me diras quand tu seras prête. Je ne veux plus que nous vivions avec Bertrand, c'est tout ce que je te demande. Tu sais, les Grands-mères ont tout prévu en imaginant que d'autres générations chercheront la vérité, pas seulement leurs *nietos*, mais encore les enfants de leurs petits-enfants. La Banque nationale des données génétiques va conserver les données au-delà de 2050.

— *To be or not to be.*

— Je t'en prie, soupira Ariane.

— Tout ça, on dirait du Shakespeare ! Le temps hors de ses gonds…

— Si tu veux.

— Et toi alors, tu dénonces papa ? En mode balance ?

— Oui.

— Eh bien moi, je ne veux pas qu'il soit inculpé ! Je ne témoignerai jamais contre lui, tu m'entends ?

— Personne ne te demande de témoigner.

— Mais je le défendrai. Je le connais bien, peut-être mieux que toi d'ailleurs. Crime contre l'humanité, et puis quoi encore ? Je serai avec lui, toujours ! Pourquoi tu dis qu'il m'a achetée ? Imagine qu'on lui ait juste proposé un bébé.

— Ça ne marchait pas comme ça.

— Imagine qu'il ne savait rien des malheurs de l'Argentine ! Qu'il voulait te faire plaisir. Que j'étais un cadeau du ciel, une évidence pour lui. Qu'il n'a fait qu'accepter des faux papiers.

— Mais il a volé ton identité ! Il a été le complice de ces hommes, de ces monstres qui se servaient dans les berceaux comme ils auraient pris des chatons. Tu comprends, Clara ?

— Tu m'as regardée, maman ? J'ai le teint basané, celui d'une Indienne, ou d'une Italienne à la rigueur. Si papa était cette incarnation du mal il n'aurait pas fait son shopping à la maternité ce jour-là. Il m'aurait laissée dans mon berceau, pour attendre un bébé blond au teint clair, un petit Aryen. Tu es capable de raisonner différemment ?

— Oui, je sais me remettre en question, merci.

— Alors réfléchis ! Si papa n'avait pas été là, j'aurais été adoptée par un couple de fascistes. Mon enfance aurait été saccagée par des tortionnaires. Tu comprends ça ? Il m'a sauvée, d'une certaine façon. Tu as tes raisons, mais ta réaction est complètement… disproportionnée. Tu ne lui as même pas donné l'occasion de t'expliquer ou de s'excuser.

— Des excuses pour m'avoir trahie, pour avoir commis un crime ?

Clara acquiesça.

— Et à quoi ça servirait ? Les Grands-mères sont au courant. C'est trop tard pour lui, il ne peut plus échapper à la justice.

— Tu parles de ton mari, là ? Il ne reste plus rien de ton amour ? Tu le détestes tant que ça ?

Ariane fut prise d'une quinte de toux. Et si Bertrand avait eu la certitude morale de « bien faire » ? Et s'il n'était qu'un imbécile heureux ? Depuis qu'elle avait découvert son agenda, elle s'était souvent demandé lequel de ses ennemis tapis dans l'ombre allait lui sauter au cou. Elle n'avait jamais envisagé que ce fût sa propre fille. Elle contre-attaqua :

— Alors songe à… d'où tu viens. Et écoute-moi bien, imagine comme c'est douloureux pour moi de te dire une chose pareille. Tu dois donner une goutte de sang car c'est nécessaire. Nécessaire, oui, car les bébés volés sont la preuve d'un crime qui n'a fait l'objet d'aucune poursuite. C'est une énorme injustice, une psychose de masse qui n'est pas réparée. Tant que la justice ne sera pas rendue pour ces trente mille disparus, ce pays ne pourra pas se reconstruire.

— Mais tu ne comprends pas ! corrigea Clara, maintenant raidie sur son siège. Je m'en tape de l'Argentine et des Grands-mères de la place de Mai ! Imagine qu'on te demande de foutre ta vie en l'air pour… je ne sais pas… le Rwanda ! Tu dirais quoi ?

— Si j'étais rwandaise…

— Mais je ne suis pas argentine ! Peu m'importent ces inconnus ! Et ne me parle pas de justice universelle. L'État argentin a causé une première catastrophe en m'arrachant à ma génitrice. Maintenant, pour se racheter, ce même État, sa justice, va exiger de moi que je me transforme en preuve vivante ? Une seconde identité, c'est rien de moins qu'une seconde catastrophe ! Je m'appelle Clara Sauvage. Je n'ai pas à réparer quoi que ce soit en Argentine. On ne me fera pas une prise de sang contre mon gré.

— Tu feras comme tu veux, temporisa Ariane. On verra bien.

— Oui, on verra bien, conclut Clara sans chercher à essuyer les larmes qui coulaient maintenant sur ses joues.

Un silence absolu suivit le reste du trajet jusqu'à Langrune-sur-Mer. Quittant l'autoroute à Caen, Ariane se crut obligée de prononcer le nom de Gabriel. Elle pensait qu'il pouvait les aider, elles passeraient quelques jours près de chez lui, le temps de voir venir. Cet homme était un bon samaritain, un réfugié argentin avec une histoire tragique, broda Ariane. Leur rencontre était peut-être un signe. Mais non, bien sûr qu'ils n'avaient jamais parlé de Bertrand et des circonstances de l'adoption de Clara. Ariane s'était dit qu'il leur ferait du bien, car il était incroyablement rassurant. Et puis la mer, c'était une bonne idée, non ? Elles dormiraient quelques jours à l'hôtel ou trouveraient un meublé. Un médecin leur ferait un certificat médical pour une semaine, elles l'adresseraient par la poste à Montaigne et Fénelon.

« Ça te va, ma chérie ? »

Clara se mura dans le silence.

La côte de Nacre resplendissait sous l'azur à leur arrivée. On frissonnait un peu, mais le soleil semblait encore là pour un bon moment.

— On se balade sur la plage ? fit Ariane.

Clara opina du chef.

Toujours aussi muettes, elles marchèrent jusqu'à Bernières-sur-Mer et Juno Beach. Des bourrasques chargées de sable, des pavillons ceinturés par les volets roulants, des jardins fanés, un bord de mer désert… on était bien hors saison. Et puis comme par miracle, deux vieilles dames leur firent signe d'approcher depuis le jardin d'une villa Belle Époque :

— Entrez ! Vous allez prendre froid.

Mère et fille s'approchèrent des faux colombages, et Ariane eut un sourire quand elle reconnut leur accent québécois. La Maison des Canadiens hébergeait souvent des vétérans ou les familles des quarante-cinq mille jeunes gens de ce pays tombés pour libérer la France. Les retraitées se présentèrent comme deux amies d'enfance. Poursuivies par un sale nuage noir, elles avaient toutes deux perdu leur fiancé sur Juno Beach et revenaient régulièrement séjourner à l'endroit exact où leur vie amoureuse s'était envolée net. La bâtisse, construite par le directeur des grands magasins, du Louvre et de l'Hôtel de Crillon, datait de la fin des années 1920. Dès qu'elle pénétra dans le salon – qui n'avait pas bougé depuis la guerre –, Clara se détendit.

Les vieilles filles adoraient la villa. Elles expliquèrent avec passion que les Alliés l'avaient volontairement épargnée pendant le débarquement. C'était un point de repère qui figurait sur toutes les cartes. Chez elles, on la surnommait *The Famous House.* C'était la première maison libérée sur le sol français. Elles parlaient sans s'arrêter, leur offraient du cheese cake et du thé Earl Grey.

Lorsque Ariane s'aperçut que la nuit tombait, le retour vers Langrune se fit à vive allure. Le sacrifice de tous ces gosses pour un pays si éloigné du leur, ce passé riche et cruel qui se déployait encore sur ces plages, tout ça trouvait une résonance particulière chez Clara, qui d'apparence refusait toute solidarité avec les victimes de la dictature argentine. Ariane se disait qu'elle agissait ainsi pour se protéger, pour masquer son hypersensibilité. Mais elle pouvait aussi être sincère...

Elles s'installèrent à l'Hôtel de la Plage dans la foulée, chacune sa chambre. Descendue seule à la réception, Ariane obtint facilement l'adresse de Gabriel. C'était à moins de deux cents mètres. Elle remonta pour demander à Clara si elle voulait quelque chose à manger ou à boire.

— On n'a pas fait tout ce chemin pour se retrouver dans un resto sordide, réagit Clara. Ton pote peut bien nous inviter à dîner, non ?

— Gabriel, c'est moi, je suis avec Clara, ma fille.

Il fallut quelques secondes à Gabriel pour comprendre qu'il avait sous les yeux Ariane – Ariane, vingt-quatre heures après leur premier baiser. Plutôt que le coup de fil attendu, c'était elle en chair et en os, la bouche en cœur et les joues rougies par l'air marin.

Il dévala l'escalier et ouvrit la porte le cœur battant. Ariane fit un pas de côté et lui présenta Clara. Il salua la jeune fille de la main sans masquer son étonnement, et se présenta. Mieux valait ne rien demander pour le moment, faire comme si cette visite était tout à fait normale.

Prenant soin de ne pas chavirer – toutes ces taffes sur le joint ! –, il fit demi-tour pour les guider chez lui, annonçant devant une porte qu'ici vivait une vieille dame adorable, qu'au premier étage les Parisiens ne venaient qu'un week-end sur deux, qu'il était donc tout à fait tranquille dans son deux pièces sous les toits. À l'arrivée, il invita Clara à s'asseoir sur le canapé du salon. Il ne faisait pas très chaud. Elle conserverait sa veste en jean toute la soirée. Dans un sourire, Gabriel s'empressa de lui proposer un thé ou du vin. Clara jugea tout de suite son visage sympathique. De son côté, Ariane balayait des yeux la pièce parfaitement rangée, cherchant de quoi nourrir sa fille.

— On ne te dérange pas ? Si tu attends quelqu'un, on part, bien sûr. Comme tout est fermé dans le village, je me disais qu'on pourrait passer à l'improviste... Si tu as des pâtes, ça ira très bien. On s'est installées à côté, à l'Hôtel de la Plage. C'est juste histoire de grignoter, hein ? Une dînette...

L'expression l'amusa. Il ne savait pas bien à quoi cela correspondait, une « dînette », mais il assura qu'il avait bien mieux que ça. Il restait dans son frigo une large portion d'osso bucco cuisinée pour des copains samedi soir, qu'il allait agrémenter de pâtes. Pas des tagliatelles fraîches, mais des fusillis de la maison Rummo.

Gabriel servit un verre de vin blanc à Ariane, tandis que Clara préférait tourner au jus de pomme. La musique s'imposa comme le premier sujet auquel tous trois tentaient de se raccrocher. Ariane ne se rappelait pas exactement le nom de ce jeune Américain dont lui avait parlé Gabriel, mais elle voulait faire découvrir sa voix sublime à Clara. Gabriel passa « Lilac Wine ».

— Tout le monde connaît Jeff Buckley, s'enthousiasma Clara.

À table, ils prirent grand soin d'éviter les sujets fâcheux. La conversation porta d'abord sur leurs groupes préférés, puis sur la fameuse maison de Juno Beach, digressa sur la récente déposition de Monica Lewinsky, le démenti de Bill Clinton sous serment, rebondit sur les mérites de la côte de Nacre, et s'envola enfin vers l'Afrique du Sud, qu'Ariane et Clara n'avaient quittée que depuis six mois.

— Qu'est-ce qui t'a le plus marqué, là-bas ? demanda Gabriel en regardant la jeune fille droit dans les yeux.

— La mort d'une étudiante californienne, Amy Biehl, répliqua Clara sans hésiter. Elle a été tuée à Gugulethu en 1993 alors qu'elle participait à un programme d'échange et de solidarité avec les habitants de ce township. Ses quatre assassins ont été condamnés à dix-huit ans de prison pour l'avoir lapidée et poignardée. En prétextant une rage anti-Blanc, ils ont demandé l'amnistie de leur crime devant la Commission vérité et réconciliation. Les parents d'Amy, Linda et Peter Biehl, ont soutenu la démarche. Ils ont tous été relâchés, et désormais deux des criminels travaillent pour la fondation créée par les Biehl, précisément à Gugulethu.

Clara enrobait sa tirade d'une intonation presque émerveillée. Elle semblait très sincère sur ce thème de la force du pardon, de la justice restauratrice et réparatrice. C'était téléphoné, comme on dit, et les deux adultes qui lui faisaient face recevaient bien sûr cinq sur cinq le message selon leur trajectoire propre.

Il y eut un court silence, et Ariane se dit qu'il valait mieux partir maintenant. Elles remercièrent leur hôte avec un certain épanchement et regagnèrent leur chambre d'hôtel aussitôt.

Si près l'un de l'autre, Ariane et Gabriel ne résistèrent pas longtemps à la tentation de se revoir. Cela se produisit autour de minuit. Sans un bruit, Ariane enjamba la balustrade de son balcon et descendit au pied de l'hôtel par l'escalier de secours. Sur la digue, elle leva les yeux pour constater que la chambre de sa fille était plongée dans le noir. Elle avait jusqu'au matin si elle le voulait.

Elle n'allait pas courir chez son amant. La nuit épaisse sur Langrune, ce trou paumé, recouvrait tout. Elle prit quelques minutes pour savourer sa liberté, là, face à la marée haute, sur ce quai piquant d'iode et d'embruns. Elle rejetait Bertrand. C'était presque comme s'il n'avait jamais existé. Elle n'en revenait pas de sa façon de tirer un trait sur une vingtaine d'années de sa vie. Quelque chose clochait avant, forcément, mais elle avait eu ce tort de fuir les gouffres comme la peste – quelle idiotie de se dire à chaque introspection qu'elle n'allait quand même pas se plaindre et espérer mieux compte tenu de la vie qu'elle avait.

Elle n'était plus amoureuse de lui depuis une éternité.

Il lui avait fallu en arriver là pour s'en rendre compte.

La maison de Gabriel n'était pas totalement plongée dans l'obscurité. Il y avait une petite lumière, sans doute provenait-elle de sa chambre. Ariane sonna doucement à la porte. Quelques secondes plus tard, Gabriel la prit dans ses bras et la guida dans l'escalier jusque chez lui. Torse nu, il agrippa sa nuque et l'embrassa.

Quand elle se débarrassa de son manteau, il s'aperçut qu'elle ne portait pas de sous-vêtements sous sa robe à fleurs. Cette découverte le rendit fou de désir, et lui qui était toujours prêt, lui qui bandait à la moindre réminiscence sexuelle, eh bien, pour ne pas trop s'emballer, se concentra sur l'étiquette du vêtement. Mais quand le tissu ricocha comme une plume sur le sol, il n'y eut plus rien pour amortir sa hâte.

Une fois nue, les seins dressés, Ariane sur le qui-vive, Ariane altière, sembla une autre et en même temps profondément elle-même. Debout, il l'embrassa encore et encore. Des filaments incandescents apparurent sur leurs corps. Ils gagnèrent doucement le lit. Joie, joie, joie ! Vertiges, gémissements, mots crus, cri du sommier et rires étouffés. Leurs ventres se frottaient l'un contre l'autre, chassant la vie qui les fouettait sans pitié. Face à la mer qui grondait dans la nuit, Ariane crut voir une panthère noire. « Oh, mon Dieu ! » s'exclama-t-elle. Gabriel sourit d'étonnement. Il y avait bien quelque chose de sacré dans ce voyage intime des corps. D'ailleurs, quand ce fut terminé, ils ne surent trop quoi en dire, couchés l'un contre l'autre, sonnés. Comment démêler la suite ?

Les yeux rivés sur un grain de beauté, astre égaré sur la fesse droite d'Ariane, Gabriel finit par s'endormir. Autour de 7 heures du matin, elle se leva d'un bond et se pencha sur son amant pour le regarder dormir, écouter sa respiration. Elle s'émerveilla. Son visage était serein, apaisé.

Trois jours avaient suffi pour que cet homme la rende folle. Combien de fois allait-elle se répéter qu'il était beau, qu'elle aimait sa bouche, ses mains abîmées par le travail et pourtant si douces, qu'elle ne se savait même pas si elle avait déjà joui aussi fort que ça ? Elle ramassa ses vêtements et s'habilla à la hâte dans la cuisine. De retour dans sa chambre d'hôtel, elle n'en revenait toujours pas. Comme c'était troublant, cette nouvelle sensation de jeunesse ! Et puis ce suçon dans le cou… Elle ne vit plus que lui dans la pâle lumière du matin.

16

Autour de Ferdinand Constant, les rayonnages de la Bibliothèque patrimoniale diffusaient une odeur de bois consumé, ainsi que des effluves de vanille et d'amande amère. Pour lui, la bibliophilie était un plaisir sensuel. À travers les hautes fenêtres, se profilaient le Champ-de-Mars et la tour Eiffel. Constant leva les yeux en direction du monument et reprit sa lecture. Ce lieu abritait l'une des collections les plus complètes en matière d'histoire et de stratégie militaire – quarante mille ouvrages en tout. Son choix s'était porté sur un document récupéré au comptoir des imprimés, côte VII-112 :

J'ai partagé à vos côtés les heures difficiles mais aussi exaltantes de l'intervention des forces armées, dans l'impérieuse nécessité de rétablir l'ordre et de revenir à la sécurité. Dans ces circonstances, il m'a été donné de mesurer les qualités professionnelles et humaines des officiers, pénétrés de leur devoir, assumant avec abnégation les responsabilités du pouvoir et engagés dans le même temps dans cette lutte ingrate contre un ennemi sans scrupules. Je suis tout à fait conscient que, dans ce dur combat qui vous a été imposé par la subversion, le seul mobile qui vous animait était celui de préserver la liberté, comme l'aurait fait tout officier français au service de sa patrie. Il est parfois nécessaire que les peuples affrontent des situations exceptionnelles pour donner la pleine mesure de leurs capacités. Je suis convaincu que l'Argentine ne manquera pas ce rendez-vous avec l'Histoire[1].

Ferdinand Constant visualisa la scène et ne put retenir un petit sourire. Le colonel d'aviation Jean-Claude Le Guen, attaché militaire, fêtait son départ à la retraite en grande pompe. On était à l'ambassade de France, parmi les boiseries, les dorures et les marbres du palais Ortiz Basualdo. Face à lui, il y avait le général Carlos Guillermo Suárez Mason, dit « El Carnicero », le boucher, une brute impitoyable officiant à l'Olimpo, la division motorisée de la police fédérale des rues Lacarra et Ramón L., transformée en centre de torture. En guise de remerciements – tous ces « partages » et ces services rendus ! –, El Carnicero accrocha une breloque au torse bombé de Le Guen. Champagne !

Secoué d'un frisson glacial, Ferdinand Constant se leva et s'avança à petits pas feutrés sur le parquet grinçant. Décidément, tout l'amusait depuis son arrivée en France. Papon, avec lequel il avait dîné à peu près à la

1. Le Quai d'Orsay sanctionne Le Guen pour cette déclaration d'amour à la junte. Mais Bernard Destremau, ambassadeur de France à Buenos Aires (1978-1981), se montre solidaire, allant jusqu'à mettre en garde contre « le préjugé défavorable et parfois injuste dont souffre l'Argentine ».

même époque – lors d'une réception regroupant les huiles françaises à l'ambassade –, passait ses journées au Palais de justice de Bordeaux, jugé depuis des mois pour la déportation de mille six cents Juifs vers les camps d'extermination nazis…

En quittant la salle de lecture, il remit au comptoir le discours dégoulinant de Le Guen, qui figurait dans un rapport trimestriel d'activité adressé au ministère de la Défense. Il l'avait juste consulté pour justifier sa présence à l'École militaire.

Constant sortit face à l'escalier d'honneur et le salon des Maréchaux. Les lieux n'avaient pas changé depuis son lointain séjour. Les majestueux lustres en cristal avaient été préservés, ainsi que les boiseries gris bleuté, les cheminées en marbre, les miroirs et les médaillons représentant des scènes de guerre et de chasse qui surplombaient les portes. Au souvenir des somptueuses pièces de réception, il adjoignait le rappel d'une chapelle et d'un manège. Ce dernier secteur constituait le but de sa visite.

Depuis la Cour d'honneur, il se rappela une équipée avec Hubert de Martignac. C'était un guide hors pair. Grâce à lui, il avait découvert dans les environs la demeure d'enfance de Louis-Ferdinand Céline, au 19 rue de Babylone, le mur du 49 où les troupes versaillaises avaient exécuté des fédérés, et enfin le 8 bis avenue de Breteuil, où vivait Drieu La Rochelle sous l'Occupation. Son téléphone était *Invalides 14 44*.

Il en faisait, de sacrés beaux discours, le Martignac ! À tabler sur la résurrection de la droite nationale, à se reposer sur les rôles tutélaires de l'armée et de l'Église, à rêver du moine-soldat au service de l'idéal le plus pur, le plus élevé… Ah ! si les yeux de Constant se moquaient un peu, ceux de Martignac, dix ans de plus, luisaient de colère car il avait bien des choses à dire depuis la capitulation à Diên Biên Phu. La République avait roulé la France dans la boue au Tonkin. Et au Sahara, les paras lavaient l'honneur de la patrie.

Toutes ces conneries…

Constant déboulait d'Oranie. Il avait un repère : la troisième bougie de Véronique, soufflée à la ferme avant son départ. On était à la mi-58, il se présentait pour un semestre à l'École de guerre, un piston « au nom de l'Art » qu'il devait à Hardy, tout juste nommé « Père Légion [1] » à Sidi-bel-Abbès. Jusque-là incorporé au QG du quartier Vienot, il savait exprimer en quelques traits les sentiments et émotions des légionnaires. Exercice, manœuvre, casernement, campement, reconnaissance, progression, déplacement, tirs d'artillerie, observation… Ses dessins, aquarelles et croquis, d'inspiration orientaliste, s'éloignaient de la gloire militaire pour isoler le combattant dans une scène de brousse ou de vie quotidienne. Depuis les Beaux-Arts d'Alger, sa réputation le plaçait au niveau d'un Roger Jouanneau-Irriera dont les toiles décoraient le mess du square Bresson, tout près de l'Opéra. Au titre reculé de peintre des batailles, il avait reçu celui de peintre aux armées, avec rang de capitaine. Son insigne brandissait le laurier, le chêne et l'épée

1. Surnom donné au général commandant de la Légion étrangère.

basse – emblème des hommes présents sur les théâtres d'opération, mais dépourvus d'armements.

Paris s'était présentée au détour d'une interview du conservateur de l'École militaire, publiée par l'hebdo de la soldatesque, *Le Bled*. « Si seulement l'École du Louvre n'était pas ce repaire de gauchistes », s'apitoyait le maître des lieux. Selon l'article, les grands tableaux du salon des Maréchaux étaient jaunis par le temps. Les médaillons au-dessus des portes pâlissaient, les dorures grisaient… Constant avait su lire entre les lignes. Le brave gradé ne pouvait compter sur aucun atelier de restauration. On avait d'autres chats à fouetter à l'état-major. Il avait donc fait sa proposition de nettoyage : si on lui confiait un tel chantier, il ôterait les repeints des précédentes restaurations et allégerait les vernis. Pour mettre toutes les chances de son côté, il avait eu l'audace de suggérer à Hardy de le recommander là-bas. Ainsi s'était-il retrouvé un semestre entier à Paris à redonner de la transparence et une nouvelle jeunesse aux œuvres du peintre Jean-Baptiste Paon. Depuis plus d'un siècle, l'École supérieure de guerre sélectionnait les meilleurs officiers des armées françaises, amies et alliées. L'état-major n'en avait alors que pour Massu et ses huit mille paras. Lancée dans Alger avec tous les pouvoirs, sa 10e division venait de réduire à néant le FLN.

Pour Constant, cette expérience artistique à l'École militaire s'apparentait à une certaine anomalie, mais il en tirait son parti : les cours dans l'amphithéâtre Joffre – un lieu qui s'enflammait pour le renseignement et le recours systématique à la torture – le distrayaient.

Comme tout ça lui semblait loin désormais…

Constant se faufila à travers de vieux bâtiments de trois étages – une série d'ailes, d'appentis et d'extensions. L'impression de fouillis et de délabrement dominait. Tout semblait usé, des toitures aux façades. Parvenu à l'entrée du manège, il eut un temps d'hésitation car il ne saisissait pas tout à fait ce qu'il voyait. Face à lui, des cavaliers aux yeux bandés franchissaient les obstacles. L'instructeur leur répétait de s'aider des sabots et des lanières qui claquaient. Constant finit par comprendre que des civils se glissaient parfois parmi les militaires. Il avait sous les yeux des malvoyants de l'Institut des jeunes aveugles. Dans ce lieu sans âme, le spectacle était émouvant. Ces novices qui peinaient sans doute à se déplacer au quotidien parvenaient à s'élever et franchir les obstacles en riant. Lui-même avait été aveugle, d'une tout autre façon. Il avait fermé les yeux sur la complicité des « condamnés à mort » dans la disparition de sa fille, jusqu'à la découverte de son corps. Et tout lui revenait en pleine gueule, au moment où il s'y attendait le moins. Mais cette découverte l'avait galvanisé. Désormais, lui aussi sautait les obstacles les uns après les autres. Serra avait été le premier sur la liste, Martignac était le deuxième. Une fois celui-ci saigné à blanc, il ne resterait plus que Sacco.

Les palefreniers aidaient à présent les aveugles à desseller. Au sol, ils redevenaient un peu gauches. C'était même un crève-cœur de les voir retrouver leur cane blanche posée à l'entrée du manège.

Une voix les félicitait depuis la tribune. La voix d'Hubert de Martignac, reconnaissable entre toutes.

Ferdinand s'avança à l'intérieur du manège et se plaça sous l'estrade, comme il faisait gamin pour frauder le cirque. Par quelques interstices, il pouvait voir son ennemi de profil. Malgré ses quatre-vingts ans, il était bon pied bon œil. Lui qui chevauchait de la pampa aux clubs hippiques de Buenos Aires assistait aux montes une bonne partie de ses journées au manège de l'École militaire. Il était la mascotte des six instructeurs, de la quinzaine de palefreniers, des deux vétérinaires et maréchaux-ferrants du centre équestre. Un petit millier de cavaliers se relayaient sept jours sur sept entre le manège et le rond de longe de la carrière voisine. Excepté les week-ends, il trônait sur un fauteuil confortable installé pour lui dans la modeste tribune surélevée. Coiffé d'un chapeau de feutre, les mains gantées de cuir fin et les jambes recouvertes d'une épaisse couverture militaire, il aboyait de haut ses leçons d'excellence. Ainsi, aux concours hippiques, ses protégés avaient constamment avec la petite musique du maître en tête : tact, puissance, adresse, réactivité, sens de l'abord…

Tandis que le manège se vidait, Martignac quittait lentement son poste d'observation, balayait les environs du regard, prenant plaisir à rester le plus longtemps possible dans l'enceinte militaire qui avait la bonté de l'accueillir au soir de sa vie.

Constant laissa passer devant lui jusqu'au dernier palefrenier et grimpa l'escalier pour surprendre son ancien compagnon d'explosifs, de bouteilles de butane et d'essence.

— El Jefe ? En personne ?

Constant retrouvait Martignac tel qu'il l'avait

connu autrefois, goguenard et abrupt. Il avait la dégaine d'un chef scout avec ses cheveux blancs tirés en arrière. Le localiser n'avait pas posé la moindre difficulté. Dès son arrivée en France, il s'était présenté aux Invalides. L'Office national des anciens combattants ne se faisait jamais de mauvais sang pour rien. Quand un vieux camarade souhaite rattraper au vol un frère d'arme, pas question de lui mettre des bâtons dans les roues ! Ainsi avait-il localisé Serra à Toulon. Et maintenant Martignac.

Immobile, l'octogénaire se tenait à la rampe, insigne para et croix de guerre épinglés sur sa veste – la preuve que divers gouvernements avaient depuis longtemps réintégré dans tous leurs droits les policiers, officiers et administrateurs civils liés à l'OAS.

— Remonte, Martignac. On va causer, on sera bien là-haut.

— Tu ne veux pas plutôt boire un verre aux Café des Officiers ? Ça ne nous fera pas de mal d'être au chaud.

Constant avait repéré le café chic qui se trouvait en face de la place Joffre. Mais non, installer son ancien complice dans un cadre agréable n'entrait pas dans ses plans.

— Demi-tour, sourit-il en dépliant ses mâchoires serrées. Tu vas gentiment t'asseoir dans ton siège. Je n'ai pas beaucoup de temps devant moi.

Martignac eut un mal de chien à se retourner dans l'escalier. La conviction profonde qu'El Jefe était là pour lui faire un mauvais coup le tétanisait. Ce dernier estimait le temps qu'il avait jusqu'au retour des prochains chevaux et cavaliers. Quelques minutes, tout au plus. Le bruit des sabots annoncerait leur arrivée.

— *Calma.* Tu n'es sûrement pas dans ton état normal, Constant. Ma parole, tu me fais peur. Je peux savoir ce qui se passe ?

— Assis, j'ai dit !

— Serra, c'est donc toi ! fit Martignac très mal à l'aise. Les infos parlent d'un petit voyou de Toulon, macache ! C'est toi qui t'es débarrassé de lui !

— Tu as raison, il faut appeler un chat un chat, répliqua froidement Constant.

Il se sentait prêt. Un loup face à sa proie. Plus rien ne le retenait à Buenos Aires. Ce qu'il aimait là-bas avait disparu. En repensant au quartier Vienot de Sidi-bel-Abbès et à cette folle dérive avec l'OAS et la junte argentine, Constant n'éprouvait plus que de la haine.

— Je pensais que tu avais tourné la page. On ne t'en voulait pas, tu sais. Un armateur comme toi… Normal que tu aies refusé de te salir les mains.

— Tu es plutôt mal placé pour départager qui en veut à qui, répliqua Constant le regard vide. Vous avez gâché ma vie tous les six, c'est aussi simple que ça. Sans vous, j'aurais abandonné la ferme après l'indépendance, refait ma vie avec Mathilde et ma fille dans un joli coin du sud de la France. Des arbres fruitiers, des vignes, un mas, un atelier pour mes peintures. Tout aurait continué. Et Véronique serait vivante.

— Des conneries, Constant ! Ne viens pas m'emmerder avec tes regrets. Toi aussi, t'y croyais au putsch, à la partition de l'Algérie, à un pays rien que pour les pieds-noirs… Même à l'arrivée en Argentine, tu t'es dit que t'allais tout reprendre à zéro. T'es passé à l'exportation, puis t'es devenu un riche armateur. On formait comme une sorte de famille, mais toi, quand est venu Ezeiza, t'as voulu nous trahir…

Il y eut un lourd silence.

On prétend que la mémoire s'use, mais dans leur vieillesse les deux hommes pouvaient revivre minute par minute cette nuit de juin 1973. « Les condamnés à mort » s'étaient retrouvés chez Constant. Lui voulait éviter la tragédie – « Les gars, vous croyez pas qu'on a déjà les mains pleines de sang ? » –, seul face à ses cinq frères d'armes, prêts à rejoindre les snipers de la Triple A[1] et à ouvrir le feu à l'aéroport d'Ezeiza sur les manifestants de gauche qui fêtaient le retour de Perón après dix-huit années d'exil en Espagne. El Jefe avait menacé de révéler la souricière en préparation à un journaliste du tabloïd *Clarín*. En retour, tous avaient évoqué des représailles sur sa famille, la menace de trop, et finalement il s'était tenu hors du coup, assistant devant sa télé à un rassemblement de deux millions de personnes qui s'était terminé en massacre – des morts par dizaines, des blessés par centaines, un prélude aux méthodes de la dictature à venir. Les gars de Sidi-bel-Abbès s'en étaient donné à cœur joie, grenades et mitraillette, ils avaient ça dans le sang. Sur un des enregistrements de la fusillade, on entendait leurs ordres fuser en français, mais aucun d'entre eux n'avait jamais été inquiété. Dans le doute, l'enquête

1. Alianza Anticomunista Argentina, escadron de la mort fondé par José López Rega, dit « Le Sorcier », ministre et âme damnée d'Isabel Perón, impliqué dans l'opération Condor.

avait baptisé le groupe « Les Garçons de Salan », du nom du chef de l'OAS.

Par provocation, Constant s'était attelé dès le lendemain au tableau des dockers, une œuvre qui surplombait son bureau de La Boca et avait atterri bien des années plus tard dans ce musée du Havre…

— Je n'ai qu'une famille, ma *smala*, réagit Constant en ravalant sa salive. Tu vas finir par me foutre vraiment en rogne à prétendre que tu me connais. Je ne suis pas là pour les vieilles lunes de l'Algérie française… Tu vois, j'ai pris conscience de quelque chose. Vous m'avez bien baisé, les gars. Parce que s'il est bien une chose que je peux vraiment dire, c'est que je l'ai adorée, ma petite. Et quand ces fumiers l'ont arrêtée, j'ai pensé que vous auriez au moins eu pitié de sa mère. Ces coups de téléphone, Martignac, pour me dire que personne ne la touchait, qu'elle était protégée, tu t'en souviens ? Il y avait une cabine à l'Esma d'où elle nous avait appelés pour nous dire qu'on l'avait libérée à Montevideo, qu'elle allait s'envoler pour Cuba. Tu imagines la torture pour des parents ? Elle était si terrifiée, ma petite, qu'elle a menti. J'ai cru à ces conneries pendant toutes ces années. J'y ai cru et ce n'était pas une mince affaire ! Il y avait ces lettres qui me rassuraient, et puis un courrier d'adieu qui est finalement arrivé. Ma Véronique refaisait sa vie, elle ne voulait plus entendre parler de ses parents… Des faux courriers pour me calmer ! J'imagine que vous l'avez forcée à écrire, qu'un de vos gars était chargé de les poster de La Havane, chaque Noël. Qu'est-ce qu'on peut-être con, hein, mon vieux Martignac ? Et pourtant sa mère voulait faire un raffut de tous les diables, alors que moi j'assurais que les copains la défendaient, parce que Véronique était française, parce qu'elle était fille de l'OAS. Eh oui, j'y ai cru, je me disais qu'elle allait réapparaître, ma petite, même quand Mathilde s'est éteinte, morte de chagrin. Il ne lui restait plus beaucoup de forces, d'autant qu'elle n'avait jamais pu s'y faire, à l'Argentine. Les années ont passé, le veuf Constant a vaillamment tenu la barre… jusqu'à ce corps retrouvé au cimetière de General Lavalle en septembre dernier, comme une bombe à retardement qui explose à la figure… Il a fallu un peu de temps avec ces trucs d'ADN. Après, ça a été un jeu d'enfant : les Grands-mères sont entrées dans la danse. Parce que ma fille a eu un enfant. Elle est restée à l'Esma au moins six mois.

— Ça, on savait pas. J'te jure !

— Ma parole, tu vas la fermer ! riposta Constant en notant que Martignac respirait de plus en plus bruyamment. Pas de *scouza*, je suis grand-père. Et parmi vous, aucun n'a jugé utile de me lancer sur cette piste. Et pourtant, c'est si important, la *smala*, tu disais… À Toulon, Serra ne m'a pas pris au sérieux. J'étais tellement énervé que je l'ai buté sans rien obtenir. Martignac, qu'est devenu l'enfant de ma fille ? Tu sais qui me l'a pris ?

La main de Constant sur l'épaule de Martignac était devenue aussi lourde qu'une enclume, les doigts pinçaient aussi fort que les serres d'un aigle. Debout à ses côtés, Martignac puait la peur – la même odeur âcre du fellagha qu'ils torturaient ensemble.

— Martignac, j'ai besoin de connaître la vérité, tu comprends ? Même si ce n'est pas un cadeau… Ma fille me détestait pour toutes ces choses en Algérie. Tu te souviens de la boîte à chaussures ? Petite, elle est tombée dessus, à Buenos Aires. Bande de cons, vous l'aviez oublié après un *asado*[1]. Dedans, il y avait toutes ces photos, un monceau de trophées humains, le fil à linge sur lequel on avait placé une ribambelle de têtes coupées, les yeux crevés, les lèvres arrachées. Et moi près du muret de pierres qui dressait le pouce en signe de victoire. Tu t'en souviens, n'est-ce pas ? Elle est tombée là-dessus, ma fille ! Il y avait aussi les corps en charpie, ceux suspendus à une corde, les uns par la gorge, les autres par les pieds, repliés et attachés, par l'arrière, à la taille. Et puis toutes les femmes tenues en joue avec un enfant dans les bras. On rigolait bien, hein ?

Il marqua une pause. Une pensée soudaine lui fut plus insupportable que toutes les autres.

— Ma fille n'a pas été torturée, tu es certain de ça ?

— Sacco nous donnait des nouvelles. Il la voyait souvent, elle s'est bien portée jusqu'à sa disparition.

— Je t'offre un baroud d'honneur, fils de chien. À présent, tes petits coups de bluff, de *zouzguef*, c'est terminé ! Je veux la vérité, tu m'entends ? Sinon je me vengerai sur tout ce qui porte ton nom. Je n'ai plus rien à perdre.

— À ma connaissance, ta fille est restée longtemps incarcérée. Six mois au moins, peut-être sept, mais juré, on ne savait pas qu'elle était enceinte. Jamais l'un d'entre nous n'est entré à l'Esma. On pensait vraiment que Sacco la protégeait, c'est seulement après coup

1. Le barbecue dominical, un rituel en Argentine.

qu'on a su pour le vol de la mort. On s'est dit alors qu'on avait créé un monstre. On imaginait bien que tu nous descendrais si tu apprenais la vérité. Mais Sacco est venu nous voir triomphant, avec toutes ces lettres qu'il avait forcé ta fille à écrire. Il y en avait pour dix ans, on s'est débrouillé pour les poster depuis La Havane. Même après le *Proceso*, on se disait que tu n'avais aucune raison de fouiller les listes des disparus, puisque ta fille refaisait sa vie chez les cocos.

— J'ai pigé ça depuis longtemps, *sorete*[1]. Dis-moi plutôt ce qu'elle a fait à l'Esma pendant cinq mois.

— Ils l'ont installée au grenier, un coin qu'ils appelaient la *pecera*, l'aquarium, parce que les pièces étaient vitrées pour surveiller sans cesse les détenus. C'était le coin des intellos. On les triait sur le volet pour qu'ils écrivent les discours de la junte ou rédigent des articles de propagande contre les campagnes internationales. Certains artistes se retrouvaient ici aussi. Comme ta fille était assez douée pour les faux papiers, on lui demandait de fabriquer des transferts de propriété au bénéfice des proches de la junte, des cartes grises pour des voitures qui appartenaient à des disparus. Il fallait aussi trafiquer des passeports pour des agents de Videla qui infiltraient des organisations de défense de droits de l'homme à l'étranger. Et même des cartes d'adhérents au jockey-club.

Constant consulta sa montre. À quoi bon entendre Martignac lui raconter les conditions de détention de sa fille, de ces abysses où les prisonniers avaient la tête couverte et des fers aux pieds, sans fenêtre, où l'air

1. Enfoiré.

était irrespirable, où il fallait rester couché sans bouger ni parler ? Constant secoua la tête pour chasser ces images de son esprit.

Des cavaliers pouvaient surgir à tout moment. Il avait maintenant l'obligation d'aller droit au but, puis de repartir comme il était venu, en traversant l'École militaire comme un touriste.

— Et qui l'a balancée ? demanda-t-il, les yeux étincelants de colère.

— Tu as entendu parler des *marcadores*[1] ? C'est l'un d'eux qui a pointé du doigt ta fille à la sortie d'une séance de cinéma. Elle était avec son fiancé. Le pauvre, il n'a rien compris à ce qui se passait. Jamais il n'a su que son frère l'a sauvé en désignant Véronique à sa place.

— Attends, tu veux parler du frère de Gabriel Vasky ?

— Oui, c'est ça, Julien Vasky. Il a été arrêté après la mort de leur père, un syndicaliste d'El Palomar. Sacco disait qu'on lui avait promis la liberté en échange.

— Mais ils lui reprochaient quoi au juste, à ma fille ?

— Elle et son fiancé avaient donné des cours d'alphabétisation à Villa Lugano. Ça suffisait à les transformer en dangereux révolutionnaires. Le frangin a été assez persuasif pour que Gabriel Vasky passe pour

1. Ou *quebrados*, prisonniers « cassés », détruits par la torture, retournés contre la promesse d'une libération ou de meilleures conditions de vie, envoyés dans des parcs, des stades, des concerts, des cinémas ou des places publiques pour désigner leurs anciens camarades, d'où ce surnom de *marcadores*, marqueurs.

un jeune innocent entraîné malgré lui, seulement obsédé par sa musique et ses vinyles. Ils n'ont trouvé aucune activité militante contre lui, par contre ta fille a été aperçue plusieurs fois avec une jeune montonera. Je me souviens encore de son prénom car j'ai eu une maîtresse qui s'appelait comme ça : Mariana.

Martignac parlait sans retenue. Son visage se détendait à mesure qu'il se confiait à Constant, comme si un soudain soulagement faisait jour dans cette vie charriant son cortège de remords. Exténué, il était prêt à mourir, persuadé que Constant était plus à plaindre que lui.

— C'est bon, reprit Martignac, tu peux me descendre maintenant.

De Sidi-bel-Abbès à leurs premiers pas en Argentine, ces deux-là avaient partagé tant de choses. Lorsque Constant sortit son poignard de para, il n'y avait pas un bruit autour du lui. Il décrocha un instant les yeux du corps puant de Martignac et contempla par les lucarnes le jour qui commençait à tomber. Il aperçut des nuages violets filer à vive allure dans le ciel de Paris. Le vent gémissait, un courant d'air glacé fouettait leur visage. La tête penchée, affichant un sourire mauvais, il se cabra et agita sa lame. Il n'était plus que haine, tendu vers un seul but. Martignac reçut un coup fatal à la gorge. Il n'y avait plus rien de goguenard chez lui. Son corps restait droit et mou, bel et bien mort.

Au loin, le bruit des sabots et le hennissement des chevaux l'avertirent du retour de quelques cavaliers. L'heure du départ avait sonné, mais Constant n'avait pas encore achevé sa mission. La veste de Martignac, son insigne para et sa croix de guerre étaient teintés de rouge. Du sang sortait encore à gros bouillons de sa gorge. Qu'allait-il en faire ?

La fréquentation des militaires, toutes ces années, l'assurait d'une totale impunité. La Grande Muette étoufferait le crime. Aux proches de Martignac, l'état-major parlerait d'un accident cardiaque, rien de plus, et d'une blessure consécutive à une chute. Incroyable concours de circonstances, traînait là un outil bien aiguisé du maréchal-ferrant… La piste criminelle serait passée sous silence. Alors tant qu'à faire, avant de disparaître, Constant pouvait encore s'amuser un peu.

En quelques secondes, il baissa le pantalon de Martignac sur ses jambes disloquées et lui trancha le sexe. Ce sexe de vieux, tout ratatiné, il l'agença bien en vue, entrouvrant les mâchoires raides de son propriétaire. C'est ainsi qu'on allait découvrir son ennemi, à l'ancienne, bite dans la bouche.

Constant jeta un œil à ses souliers poissés de sang. Un nom agitait maintenant ses tempes. Julien Vasky.

Sa vengeance aurait-elle seulement une fin ?

17

Ariane s'éveilla sur l'épaule de Gabriel. Finalement, elle n'était pas si surprise de la tournure des événements. Le Boeing d'Air France approchait des côtes sud-américaines, le jour se levait sur l'Atlantique.

Voir cet homme endormi à ses côtés, être attentive à ses moindres gestes, lui procurait un bien-être incroyable. Elle n'était plus seule. Vivre de tels moments d'intimité ne lui était jamais arrivé. Elle se retenait de l'embrasser, de le toucher, d'éparpiller ses lèvres sur son corps. Elle était heureuse de le voir reprendre des forces.

À travers le hublot, d'onctueux nuages brassaient le ciel. Blancs, parmes, orangés, ils ressemblaient à des dunes de sable et formaient une scène presque irréelle. En admirant le paysage, Ariane songeait à tout ce qui s'était passé récemment, au courage dont elle avait fait preuve, et à tous ces moments où sa vie avait basculé.

Bertrand s'était manifesté dès son retour à l'hôtel. Pendu à son chargeur, le Nokia affichait une cinquantaine d'appels en absence. Elle lui avait tout de suite téléphoné – forte de sa nuit, escomptant une certaine torpeur matinale, voulant protéger Clara de toute forme de harcèlement –, et contre toute attente, il avait joué au dur. Elle redoutait une nouvelle affabulation. Face à la vérité, il avait d'abord encaissé, puis nié en bloc, tout simplement. Il se souvenait à peine de Sacco. Les papiers d'adoption étaient en ordre depuis l'orphelinat de Villa Lugano. Et puis qu'est-ce qui lui prenait de fouiller dans ses carnets ? Qu'allait-elle imaginer de pervers ? Après tout, il n'avait pas à se justifier. Et cette conversation n'était qu'un début. Avec lui, elle se sentait inférieure. C'était le type d'homme empli de certitudes, condescendant, dépourvu d'empathie, narcissique et égocentrique. Qui plus est, cela empirait avec l'âge, comme s'il n'avait pas de temps à perdre avec tout ça. Il cochait toutes les cases du quadra de droite. Ça passait encore quand ils vivaient à l'étranger, mais à Paris, c'était devenu un festival : il était contre les vélos en ville, contre France Telecom, la Gay Pride, les femmes en politique, la gauche plurielle, la SNCF, les chômeurs, MC Solaar, Zidane, Robert Guédiguian… Ça n'en finissait plus, cette rage. Bien que lettré, il préférerait toujours Didier Barbelivien aux « bons sentiments » de Francis Cabrel. Eh tiens ! Bedos était surévalué, Bigard au moins faisait marrer son monde. L'époque « Touche pas à mon pote » lui semblait complètement éculée, car parmi les immigrés, on ne pouvait compter que sur les domestiques philippines, éduquées, anglophones et chrétiennes…

Au lieu de jouer la carte de l'apaisement, il l'avait presque menacée : « Tu vas rentrer, tu m'entends ? » Mais il ne lui faisait plus peur. Sa parade habituelle ne marchait plus. La semaine suivante, il avait embauché un avocat et soigné sa défense, accusant son épouse d'avoir « séquestré » Clara.

Au fond, Ariane n'attribuait que peu d'importance à la ruine de son mariage. Surtout depuis que Gabriel lui avait raconté l'histoire de sa vie. La capture et la mort de son père, mitraillette à la main, alors qu'il préparait un soulèvement général à l'usine Fiat d'El Palomar ; l'enlèvement de son frère Julien, et enfin celui de Véro, à la sortie d'un cinéma d'art et essai.

Le film s'appelle La Patagonie rebelle. *Le générique est terminé, mais nous mettons du temps à quitter la silhouette élégante de Federico Luppi, une icône du Nuevo Cine argentin dans les années 1960. Véro a prévu quelque chose juste après. Je suis si heureux, si comblé, que j'en oublie les deux Bedford de l'armée qui débarquent sur l'Avenida Roque Saenz Peña. Soudain, la foule s'éparpille et se met à crier. Car en face du cinéma se trouve une Ford Falcon et sur le capot un homme armé d'un Colt 45. Véro me jette un regard inquiet. Je serre sa main. Ce n'est pas pour nous, passons tranquillement notre chemin. Mais elle a compris avant moi, ses yeux paniquent : deux autres hommes sortent de la Ford Falcon, filent vers nous, se jettent sur elle. On m'arrache Véro des bras, tu comprends Ariane ? Je la serre si fort, elle hurle de douleur, et en même temps ils me braquent un canon sur la tête pour me clouer sur place. Tandis que l'homme au colt menace la foule, ils la soulèvent jusqu'à la voiture et referment la portière. La robe blanche de Véro disparaît à jamais, la Ford démarre sur les chapeaux de roues.*

Je me mets à leur courir après au milieu de la route.

Mes foulées me font gagner une incroyable vitesse, à tel point que les fascistes à l'intérieur de la bagnole se marrent comme des malades, ils savent que je vais m'effondrer tôt ou tard, lorsqu'ils tourneront calle Lavalle ou un peu après sur Libertad. Et bien sûr mes jambes me lâchent, et je m'écroule sur le bitume. La dernière chose que je vois, ce sont les eucalyptus de la plaza et les ombres du Palacio de Justicia. Je reste étendu au sol à pleurer d'impuissance. Les voitures freinent, klaxonnent, me contournent, impossible de me relever, je veux m'enterrer dans le goudron, jusqu'à l'arrivée de bras affables, des bras qui me portent à un petit café et me servent de l'alcool. Je cesse à un moment de trembler pour encaisser cette idée effroyable : Véro se trouve désormais dans une prison clandestine. Dieu sait où, il y en a tant disséminées à travers la ville.

Véro a disparu.

Je cours partout, partout dans la nuit épaisse de la dictature pour avoir des nouvelles et me confronter à cette horreur :

Elle a disparu, elle a disparu.

Je n'en peux plus de me cogner la tête dans les postes de police, au ministère de l'Intérieur, au guichet des prisons, dans les églises. Je vois bien que mes lettres n'ont pas vraiment de destinataires, que l'avocat s'enlise, qu'il a beau rajouter sans cesse des pièces au dossier, sa paperasse ne peut rien contre eux.

Combien de fois le père de Véro me demande d'abandonner ? Mathilde, sa mère, est dévastée. Mais elle ne comprend rien, ne sait plus très bien s'il faut écouter son mari ou faire confiance à ce « gendre » qui remue ciel et terre.

Le raisonnement de Ferdinand Constant l'emporte. À m'obstiner, je risque même de mettre Véro en danger. C'est ce que je veux, hein ?

Quelques mois passent, à tâcher d'avancer, à tirer des leçons de mes erreurs. Puis cette extraordinaire nouvelle : Véro a téléphoné à ses parents, on va la libérer, elle ira à Cuba. Oui, ses bourreaux vont la relâcher en Uruguay. Je me retrouve à La Boca dans le bureau de son père. J'ai la chair de poule, mais j'arrive à garder mon calme. Sur un mur, il y a ce tableau des condamnés à mort. Celui du musée, Ariane, tu te rends compte ? Je me demande bien sûr s'il n'y a pas un lien entre eux, si l'OAS n'a pas sauvé Véro, finalement. Constant me tend une lettre. Très courte. Postée de La Havane. L'écriture de Véro. Je ne me pose pas la question d'un courrier exécuté sous la contrainte, je décide d'y croire, de toutes mes forces. Même si Véro ne m'a pas contacté, peut-être qu'elle ne veut pas me mettre en danger… Alors je mets les voiles. Pour La Havane. J'échoue après bien des aventures à la Guardería, un centre social créé pour les enfants des montoneros réfugiés un temps à Cuba, puis retournés en Argentine poursuivre la lutte. Et bien sûr, je me suis bien fait baiser ! Personne n'a jamais entendu parler de Véro chez Fidel. Je ne peux même plus rentrer chez moi, ou alors en guérillero, et c'est exactement ce que je fais, avec de faux papiers – le Département de police est le principal fournisseur, à condition d'allonger les dollars. Un jour, une opération tourne mal, je sauve ma peau, je me planque dans une maison au fin fond du delta du Tigre, et enfin la France m'exfiltre par le Brésil. Je fuis à l'étranger parce que je n'en peux plus d'entendre les molosses de la dictature aboyer la bave aux lèvres. Dès lors, il y a l'exil, les pensées lugubres qui me hantent tant d'années, mes angoisses à Paris, et pour y échapper, ce rêve d'un nouvel endroit à la mer. Ça marche un peu, l'oubli des fantômes, jusqu'à cet acte médico-légal reçu le jour où je t'ai embrassée pour la première fois.

Voilà Ariane, je suis papa. Ou pas. Je me dis que ce bébé est mort-né, que les fumiers s'en sont débarrassés.

Gabriel avait raconté toute cette horreur à voix basse. Ariane, abasourdie, sur le point d'étouffer, s'était rendu compte qu'il fallait à son tour se confier : la découverte de l'agenda de Bertrand, Clara privée de son identité, sa rencontre avec Paula, le test ADN…

Après un tel choc, chacun était resté un long moment de son côté. Trop de révélations, trop d'informations. Ils étaient totalement dépassés, avec l'impression tenace et foudroyante de se regarder dans un miroir. Ils savaient maintenant pourquoi ils étaient tant attirés l'un vers l'autre, poussés peut-être par une force secrète. Leur rencontre au Havre n'avait rien d'une coïncidence, c'était la marque d'un destin implacable. Un « coup de foudre ». Ariane l'avait ressenti lorsque Gabriel l'avait protégée du chien. Avec lui tout était devenu clair, agréable, doux, pur. La vie leur faisait un cadeau incroyable.

Et puis quelque chose leur était venu à l'esprit. Une expression de terreur s'était fichée sur leurs visages en même temps. Et si Clara était la fille de Gabriel ? Non, pas ça ! Non, grand Dieu, pas ça !

Non, cette énorme faille ne s'ouvrirait pas entre eux. Ils avaient écarté cette mauvaise fiction avec sang-froid. Même si les dates pouvaient concorder, ils se refusaient à penser que Clara était la fille de Gabriel. Les probabilités étaient très minces, de l'ordre d'une chance sur cinq cents. Et puis Véro avait été séquestrée à l'Esma. Clara, elle, venait de Campo de Mayo. Ce qui écrasait encore la présomption d'un tel lien entre eux. Ils avaient donc chassé cette idée. Pas question de céder au doute. Ils n'en avaient plus jamais parlé – chacun son gosse –, et dès lors, il avait fallu agir : sans attendre, Gabriel avait proposé à Ariane de partir enquêter ensemble à Buenos Aires. Partagée entre la crainte et l'admiration, Ariane avait dit oui et aussitôt réservé son billet *via* le Minitel. Départ le dimanche 1er février.

Ce moment avait aussi été un point de bascule pour Clara. Elle s'était retrouvée au pied du mur. Enfin à l'écoute, elle avait accepté d'effectuer une prise de sang. Comme elle voulait reprendre ses cours, Ariane et Gabriel s'étaient arrangés pour qu'Esteban veille sur elle jusqu'à leur retour. Ils l'avaient tous les deux accompagnée à la gare de Caen.

Avant leur départ, Paula leur avait demandé une copie des pages de l'agenda où apparaissait le nom de Sacco. C'était une pièce à conviction qu'elle devrait remettre un jour à la justice. Elle leur avait recommandé aussi de donner en mains propres l'ADN aux *Abuelas*. Paula avait pris rendez-vous pour eux Avenida Corrientes, numéro 3284. Sous les portraits de jeunes disparus, ils iraient créer un dossier pour Clara, mais aussi découvrir le dossier strictement confidentiel de Véronique Constant, les pistes d'*apropiadores* de son enfant, les lieux, les dates, les noms des tortionnaires, les complices... Les pièces du puzzle complètement éparpillées, filiation par-ci, descendance par-là, seraient disposées sur la table. Il y aurait forcément des concordances de date, et Sacco trouverait sa place dans l'organigramme de Campo de Mayo.

Ainsi, comme par magie, Ariane s'était retrouvée au bras de Gabriel à l'aéroport Charles-de-Gaulle. Il n'y avait rien que cet homme fabuleux ne puisse faire pour elle. C'était la meilleure personne sur terre. Et maintenant l'avion amorçait brusquement sa descente. Elle revenait à la réalité.

La voix du pilote réveilla Gabriel.

— Bienvenue chez toi, dit Ariane en l'embrassant.

Par le hublot, elle aperçut des plaines d'eau salée à l'infini et les teintes fauves du Río de la Plata. Figé, Gabriel s'efforçait de ne pas voler à rebrousse-temps, de s'ancrer dans le présent, de taire la vision de ce couloir aérien que Véro avait elle aussi emprunté, jusqu'à sa mort. Bientôt, dans ce vertige horizontal, il y eut des maisons éparses, des pistes d'atterrissage et la banlieue de Buenos Aires.

Le Boeing vira sur la gauche et une lumière scintillante céda au souvenir du ciel de France, douze heures auparavant. L'avion se posa en douceur sur le tarmac éclatant de soleil. Le pilote annonça joyeusement une matinée chaude avec une température extérieure de vingt-cinq degrés, l'été battait son plein et une vague de chaleur paralysait la ville. De leurs sièges, ils guettèrent la passerelle qui approchait de l'appareil, leur hâte se démultipliait. Comme c'était bon, ce petit vent tiède qui s'engouffrait par les pistes ! Même la file d'attente à la douane, les formulaires de *migraciones* froissés, tout cela insufflait un entrain estival. Au motif du voyage, ils avaient coché la case tourisme. Comme des amants en goguette, ils attendirent leurs bagages en se tenant la main.

Gabriel retira quelques pesos au premier distributeur. Il ne pensait à rien. Il ne fallait surtout pas se remémorer ces horreurs qui lui sauteraient à la gorge, il préférait se perdre dans le brouillard des arrivées, celui des aéroports aseptisés, impersonnels, *no man's land* d'optimisme.

La première contrariété se présenta dans le *remís*, une Fiat usée de couleur jaune et noir. La faute au chauffeur rougeaud, indélicat et familier, qui balança en regardant Gabriel droit dans le rétroviseur : « Les filles d'ici sont les plus belles du monde. » Devant son silence il ajouta : « C'est une ville géniale pour faire la fête, vous verrez. En Argentine, on est excessif et passionné. » Ariane s'étonna qu'il ne voulût pas lui répondre en espagnol, et pourquoi ne pas lui dire que les Parisiennes valaient leur pesant d'or, elles aussi ? En lui donnant l'adresse de l'hôtel – Gorriti 4746, Palermo Viejo –, il avait déjà trahi son accent argentin, alors à quoi jouait-il ? Tandis qu'il la regardait avec affection et amusement, le chauffeur lui assena un bon vieux dicton : « Les Mexicains descendent des Aztèques, les Péruviens des Incas, les Colombiens des Mayas, les Argentins descendent… du bateau. » Il fallait s'esclaffer, deviser sur les origines européennes de tout un chacun. À l'école, Gabriel se rappelait avoir lu dans son manuel de géographie que la population argentine est de « race blanche à 99 % ». C'était faux, bien sûr, la population était métissée – cinq cent mille

Amérindiens peuplaient le pays avant l'arrivée des *Conquistadores* au XVIe siècle. Buenos Aires avait été fondée sur leur génocide, il ne fallait jamais oublier ça. Mais de là à pleurer sur leur disparition avec un chauffeur de taxi…

Gabriel laissa couler.

— C'est bizarre, l'interrompit Ariane. Je ne me souviens pas que les filles soient si belles que ça, à Buenos Aires.

— Elles grandissent avec le regard lascif des hommes en chasse, répondit Gabriel. C'est un miroir pour elle, une attitude qu'elles adoptent instinctivement : menton relevé, hanches qui ondulent, sens de la repartie…

— Un trompe-l'œil pour machos.

— Si tu veux, concéda Gabriel. Buenos Aires est la capitale des sentiments. Ici, les relations entre hommes et femmes ne sont jamais faciles. Et ça ne date pas d'hier. Il y a cette histoire racontée par les Indiens de la Terre de Feu : au début des temps, les femmes avaient le pouvoir car elles étaient plus fines et plus intelligentes. Alors les hommes les ont tuées pour ne garder que les bébés. Ils ont ensuite élevé ces enfants en leur inculquant la domination des hommes. La cruauté a toujours régné en maître sur l'Argentine.

Le long de l'Autopsita 25 de Mayo, la pampa s'offrait à eux. Des chevaux indiquaient qu'ils arrivaient bientôt à destination. Après avoir dépassé le centre d'entraînement de la sélection argentine de football, ils approchaient de la grande ville en klaxonnant, en évitant les nids de poule et les crevasses. Le taxi ponctuait sa course de retentissants «*Hijo de puta!*»

— On est loin de Buenos Aires? demanda Ariane.

— Mais tu es à Buenos Aires. Il n'y a pas vraiment de fin à cette ville, pas de montagne. Elle n'est délimitée que par la pampa et le Río de la Plata. Certains quartiers s'étendent à perte de vue. Et malheureusement, depuis les années 1970, les architectes n'ont fait qu'enlaidir la ville…

Ariane le regarda avec étonnement. «Son» Buenos Aires d'expatriés n'était ni immense ni moche. Il faut dire que la communauté française se concentrait autour du lycée Jean-Mermoz, dans les quartiers huppés du nord, essentiellement Belgrano et la Recoleta, des secteurs résidentiels aux riches escaliers de marbre, aux portails issus des plus beaux bois, ornés de rues-forêts, de parcs, d'un golf et de clubs hippiques. Une vieille chanson populaire parle de la ville «aux cent quartiers», chacune avec ses habitants, ses sons, ses odeurs et ses nuits. Ariane n'avait presque rien parcouru de ce gigantesque damier qui abrite un tiers de la population argentine. Devant elle, sous la lumière rageuse, les avenues rectilignes se coupaient à angle droit. Elle se rappelait qu'à Buenos Aires, on se déplace de *cuadra* en *cuadra* – une urbanisation en pâtés de maisons, de cent mètres carrés sur cent mètres carrés. Les grands axes portent les noms des principales villes du pays et les dates majeures de son histoire. Quant aux rues, elles sont tantôt parallèles, tantôt perpendiculaires au fleuve. À l'époque où elle y habitait, il avait fallu beaucoup de temps à Ariane pour apprendre à se repérer et à estimer les temps de trajet.

Ils quittèrent l'autoroute Avenida de la Plata pour se retrouver dans Almagro à tourner d'intersection en intersection. Les feux verts à la suite leur ouvraient la route, jamais une voiture ne s'arrêtait à un passage piéton. Bientôt, ils croiseraient Corrientes puis Córdoba. Bien sûr, on ne voyait ni soldats en embuscade ni Ford Falcon sillonnant la ville. À la place, Gabriel observait une circulation très dense sur l'asphalte brûlant et les jacarandas au large tronc, dont les racines perçaient les trottoirs. Comme s'il lisait dans les pensées d'Ariane, il voulut justifier le *porteño* qu'il était, lui faire comprendre cet amour-passion qu'il ressentait pour sa ville natale. *A love-hate affair*, selon les Anglo-Saxons.

— C'est une ville qui s'autodétruit en permanence, lança-t-il. Tu cherches en vain des monuments, des vues spectaculaires, mais il n'y a plus rien. Et pourtant ses habitants l'adorent, ils l'aiment follement, parce que Buenos Aires palpite dans tous les coins, elle est en perpétuelle ébullition. Tout ici est rapide, tactile. J'adorais moi aussi ce rythme infernal.

— Je me souviens d'immeubles magnifiques, mais délabrés, ajouta Ariane. On répétait qu'y vivait autrefois la bourgeoisie la plus riche d'Amérique latine, des gens comme naufragés, désargentés. Il y avait du bruit, un boucan du tonnerre. Il n'y a guère que New York pour rivaliser avec ça. Les alarmes, le vacarme des bus archaïques, la fumée noire qui s'en dégage…

— Trois cent cinquante théâtres et un réseau de cent quatre-vingts lignes de *colectivos*, qui dit mieux ?

Tandis que le fracas s'amenuisait, les rues devinrent plus étroites et un certain calme régna tout à coup. Gabriel avait changé ses plans quand Ariane s'était décidée à partir avec lui. Pour la préserver du chaos, il avait réservé un hôtel loin du périmètre de San Telmo où il avait passé sa jeunesse avec son frère Julien – un appartement situé à l'angle de Paseo Colón et Humberto I. À la place, il avait donc choisi un quartier que l'on disait en plein essor, dont l'ambiance, semblable à celle de Ménilmontant, plairait sans doute à cette femme de la rive gauche dont il tombait amoureux. Des créateurs de mode, des artistes, des galeries et des restaurants s'installaient dans le quartier de Palermo Viejo. Dans son enfance, c'était presque la campagne, par ici. Les petites maisons basses et les rues pavées servaient de refuge à de nombreuses maisons de retraite. Le coin s'était dégradé sous la dictature. La politique de nettoyage des salopards en uniforme avait chassé les classes populaires du centre-ville, des terrains vagues et des maisons abandonnées s'étaient transformés en squats. Le prix de l'immobilier était si bas – rien en comparaison avec le quartier résidentiel voisin de la Recoleta – qu'il favorisait la gentrification à l'œuvre partout dans le monde. Palermo Viejo, ce coin tranquille et retiré, était devenu en son absence un lieu de vie alternatif. L'image joyeuse et mythique des fêtes de printemps et de fin d'année commençait à s'écorner. Bientôt, la presse baptiserait ce quartier « Palermo Soho » (en référence à Manhattan, bien sûr), et « Palermo Hollywood », selon les blocs. Demain, l'endroit serait un vrai nid bobo. Mais ce n'était pas encore le cas. Aujourd'hui, on se trouvait au calme sous les platanes et les eucalyptus. On pouvait encore fermer les yeux sur le ballet des agents immobiliers et des boîtes de télécom, telles que Canal América, qui s'y installaient. Ici, tout irait bien pour eux.

Le *remís* stoppa sa course devant une *casa chorizo*[1]. Ariane sourit à Gabriel. Ses premières impressions étaient bonnes, il s'en félicitait. Le chauffeur murmura quelque chose à propos du pourboire, puis le réceptionniste les accueillit avec courtoisie, heureux de les servir – une notion difficile à comprendre pour Gabriel, mais il n'allait pas non plus passer sa vie à refaire le monde.

C'était un hôtel « design », comme on dit. Dans la cour intérieure, d'où s'échappait un entêtant parfum de fleurs, il y avait, entre autres, quelques oliviers. Tour à tour, ils se noyèrent d'eau chaude, puis Ariane s'assit sur le rebord du lit. Dans un rayon de lumière, Gabriel vint vers elle, aux aguets, nu comme un ver. À l'expression de ses yeux grands ouverts, il sut qu'il pouvait la faire basculer sans attendre. Ce fut très orgiaque, plein de feux d'artifice, à croire qu'ils volaient. C'était la première fois qu'ils faisaient l'amour à Buenos Aires. La vie leur réservait quand même de sacrées surprises…

Ils ne voulaient surtout pas s'endormir, pour ne pas se sentir vaseux plus tard. Ariane proposa une balade

1. Maison coloniale *porteña* d'un étage, synthèse de styles espagnols et de maison pompéienne, incluant un patio.

en direction de Palermo Chico, et aussitôt se ravisa. Ce coin de la bonne société *porteña* – grande étendue verdoyante où s'entrecroisent maisons blanches, jardins et hôtels aristocratiques – lui rappellerait trop de souvenirs.

— Tu ne m'emmènes pas au musée ? sourit-elle.

— Les impostures du Havre m'ont suffi, soupira Gabriel. Tu as faim ?

Après un coup de fil au room service, un groom fit entrer une table à roulettes, sur laquelle trônaient deux clubs sandwichs, des *patatas bravas* et deux Quilmes glacées. Gabriel préférait de loin cette marque à la Bieckert. Ils s'empiffrèrent tels des supporters à un match de foot, puis ils décidèrent d'aller prendre un café sur la Plaza Dorrego, à San Telmo.

Trente minutes de taxi plus tard, les talons d'Ariane claquaient sur les pavés. Ce quartier représentait à lui tout seul l'histoire de la ville. L'âge d'or, la fuite de la bonne société après l'épidémie de fièvre jaune de 1871, et surtout les *conventillos,* ces taudis loués aux immigrants espagnols et italiens dans les années 1920 – un mètre carré et soixante centimètres par personne, c'était la règle. D'un passé aristocrate, subsistaient des maisons basses dévorées par les herbes, du marbre craquelé, des balcons de fer forgé rouillés jusqu'à l'os. Ils firent un petit tour au marché couvert, bric-à-brac de vendeurs ambulants et de brocanteurs.

Sur la Plaza Dorrego, quelques vieux jouaient du violon en lieu et place des orchestres de tango. Gabriel se fit violence. Il fallait faire preuve d'un certain courage pour revenir ici, mais les dés étaient jetés.

Il voulait retrouver son vieux bar tanguiste, sa table en bois, les carreaux en ciment noir et blanc souillés d'épluchures de cacahuètes. Il voulait aussi s'asseoir à l'endroit même où il s'asseyait avec Véro, face aux photos de Carlos Gardel, d'Alfredo Le Pera, de Marilyn, près des rangées de bouteilles d'anis et de cognac sans âge. Il avait envie de prendre le frais sous le ventilateur, d'écraser ses mégots dans un cendrier griffé Gancia, de débiter un ramassis de banalités... Ce Buenos Aires-là n'était qu'une carte postale vouée à disparaître dans les arcanes de sa mémoire, théâtre de sentimentalités mortes. Mais qu'il est bon parfois de se laisser duper par ses propres souvenirs.

En cours de trajet, Ariane commençait à s'impatienter et se sentait de nouveau sur la corde raide. Elle voulait déjà visiter l'orphelinat de Villa Lugano, s'aventurer jusqu'aux bidonvilles de Villa 19, même si on les prétendait dangereux, recueillir les premières preuves des mensonges de Bertrand. Ils iraient ensuite ensemble chez les Grands-mères, à la Banque nationale des données génétiques, avec son échantillon...

Gabriel, quant à lui, temporisait. Il retrouvait Buenos Aires. Amoureux. Un glissement s'opérait. Les éclairs qui striaient son cerveau, les ronces sous sa peau, la vengeance, tout ça, c'était une version de lui-même dont il s'affranchissait enfin. Une paix soudaine surgissait, l'envahissait. Il n'était plus en proie à aucune peur, il avait la situation bien en main. Pour une fois, il n'y avait pas d'hésitation ni de longue transition. Un avenir l'attendait au-delà de son inéluctable face à face avec Constant. La cérémonie d'hommage à Véro serait un bel adieu. Puis il referait sa vie, trouverait son enfant. Des portes closes s'ouvraient à lui de toutes parts…

Comment était-ce possible, cette gaîté ?

Épuisée, Ariane bâillait de plus en plus souvent. Pour la première fois depuis son départ, Clara lui manquait. Des questions banales de mère lui venaient à l'esprit : repas, sommeil, devoirs. Comment sa fille faisait-elle pour se débrouiller toute seule ? Esteban était-il vraiment fiable ?

— Bien sûr, assura Gabriel en lui caressant la main.

Vint le moment de se séparer. Il la retrouverait à l'hôtel après sa visite. Ils se quittèrent devant une salle de billard ouverte toute la nuit. Tandis qu'Ariane s'engouffrait dans un taxi, Gabriel se décida à monter chez Julien. L'immeuble à la façade bleu pâle ne payait pas de mine. Quelques poubelles déplacées et récurées par les *cartoneros* traînaient devant l'entrée. Gabriel contourna les couvercles rejetés sur le trottoir gondolé, l'odeur pestilentielle, et pénétra dans le hall d'entrée plutôt frais. Un escalier patiné menait au troisième étage. À l'arrivée, il reprit sa respiration et sentit une odeur de viande grillée à travers la porte. Il sonna et entendit des bruits de pas.

18

Gabriel détailla brièvement son frère avant de le prendre dans ses bras. Cheveux blancs hirsutes, joues creusées, teint pâle, traits fanés : où était donc passé le regard pétillant de Julien, son cadet de cinq ans ? Le suivant dans son antre, il s'imprégna de l'atmosphère 1900, des boiseries, du sol en carreaux de ciment et de la verrière.

Cette visite surprise les faisait rire maladroitement. Gabriel s'arrêta un instant dans la salle à manger, meublée modestement : une table rustique, quatre chaises, une bibliothèque fournie et un vieux canapé. La copie d'une toile de maître était suspendue face à une vieille horloge en bois massif, qu'il reconnut tout de suite. Le va-et-vient du balancier dans son coffrage les avait bercés pendant leur enfance. Comme beaucoup de choses ici, elle provenait de la petite maison d'El Palomar où ils avaient grandi. Retrouver ce décor familier l'ébranlait plus qu'il ne l'aurait imaginé. La voix de son père, l'odeur de sa mère, la sueur et l'effort…

Par la fenêtre entrouverte, Gabriel entendait le pont de l'autoroute aérienne qui coupait le quartier en deux à l'angle des calle Perú et San Juan. Un vent capricieux se levait et s'infiltrait dans l'appartement. Rien n'a changé, pensa-t-il, et tant mieux. Les objets et le mobilier n'ont-ils pas le pouvoir d'incarner une famille, ses codes, sa nostalgie ? Quelque chose de ses parents vivait ici, comme un doux chant d'éternité.

— Tu veux manger ? J'ai une entrecôte.

— Pas faim, merci. Mais je ne dirai pas non à un verre de vin.

C'était une bouteille très bon marché, que Julien servit avec une délicatesse inutile. Ils lampèrent chacun leur verre tout en se jetant des coups d'œil furtifs. Ils étaient enfin réunis, après toutes ces années.

— Tu as l'air en forme, dit Julien.

Depuis son arrivée, Gabriel avait l'impression que Buenos Aires exerçait un effet quasi mystique sur lui, un élixir se répandait dans son corps et son esprit. C'était complètement inattendu.

— Je viens de tomber amoureux, avoua Gabriel.

— C'est elle qui t'a décidé à venir ?

— Non, plutôt Esteban. Tu te souviens de lui ?

— Bien sûr, il t'appelait *potro*. Alors il a su trouver les mots. Je ne pensais pas que tu reviendrais. J'imaginais que tu me laisserais faire pour trouver l'enfant.

Déstabilisé, Julien transpirait. Un sentiment de panique l'envahissait et se lisait sur son visage. Avant, il mettait son frère sur un piédestal, il l'admirait. Il ne songeait qu'à l'éblouir, qu'à attirer son attention. Et là, pétrifié sur sa chaise, il gardait ses distances, ne parvenant ni à se réjouir ni à être naturel.

— Si cet enfant est vivant… fit Gabriel étrangement caustique. On sait que Véro a accouché, mais personne n'a jamais vu son bébé, Il a pu mourir à la naissance. Peut-être même qu'ils l'ont tué. Tu as enquêté ? Tu tiens une piste ?

— Rien. Désolé de te décevoir, répondit Julien.

Il enchaîna sur le *padre* Bernardo de l'église Santa Cruz. Avant même que la presse fût avertie par les associations de disparus, la paroisse avait été alertée par un professeur de l'Équipe argentine d'anthropologie médico-légale : une femme morte noyée, repêchée en lambeaux et enterrée NN venait d'être identifiée sous le nom de Véronique Constant. Ils échangeaient souvent ensemble, et Bernardo avait tout de suite réagi et insisté pour que Gabriel soit prévenu. Dans la foulée, il tâchait d'organiser une cérémonie chez lui, car la découverte d'une jeune disparue enceinte l'emplissait d'une profonde tristesse.

Gabriel jeta un œil sur la croix qui pendait au cou de son frère. Le seul jour de sa vie où il avait cru à l'existence de Dieu avait été lors de sa visite dans les bureaux de l'armateur à La Boca, lorsqu'on lui annonça la résurrection de son amoureuse à La Havane. Moins d'une semaine plus tard, le diable reniflait tout autour de lui. Plus il remonterait la piste, plus le démon lui sauterait à la gorge. Et depuis, il n'avait plus aucune raison de croire à la miséricorde divine.

Tout à l'inverse, son frère doux et docile avait été marqué par la mémoire du *padre* Mugica, prêtre ouvrier dans le bidonville Villa 31, saint homme abattu au sortir d'une messe par la Triple A de José López Rega, payant de sa vie son dévouement aux principes communautaires de la théologie de la libération. Après sa libération de l'Esma, Julien voulut consacrer sa vie aux déshérités et renoncer à ce qui fait le sel de la vie d'un homme – tous ces obélisques dressés vers le ciel l'avaient envahi. Le récit de ses mois d'incarcération restait encore tabou. Gabriel comprenait ce silence de survivant. Quant à son entrée au séminaire, après quelques années d'errance, elle lui semblait obéir à une certaine logique. Julien avait été ordonné à trente ans par l'archidiocèse de Buenos Aires. « Devenir prêtre, c'est aussi épouser un territoire », répétait-il à qui voulait l'entendre. Sa vocation s'était enracinée dans l'église de Jesús Salvador de Villa Lugano, où avait œuvré la sœur martyre Alice Domon. Même si les lieux avaient changé depuis le *Plan de Erradicación de Villas de Emergencia* de la dictature, qui visait à déplacer les plus pauvres hors du centre-ville, nombre de familles abandonnées vivaient toujours près de la décharge dans la plus grande pauvreté.

Jamais cet engagement n'avait été un sujet de débat entre eux. Pour Gabriel, c'était un retournement impensable. Sous la dictature, des prêtres du vicariat apostolique militaire se chargeaient du soutien psychologique des tortionnaires. Bien sûr, son engagement dans le sillage tiers-mondiste du *padre* Mugica le plaçait aux antipodes de ces hommes. Mais tout de même, comment frayer avec eux ?

— Tu sais comment t'y prendre ? s'alarma Julien avec une lenteur agaçante. Les Grands-mères, tout ça… À vrai dire, tu pars de zéro.

— Constant avance aussi de son côté, c'est certain. Il est en France, on m'a donné le numéro de son portable, mais j'ai renoncé à le joindre. J'ai cru comprendre que l'expo au Havre est sur le point de se terminer. Il va rentrer pour la messe. J'irai le voir chez lui, probablement.

— Tu vas déposer ton ADN à la Banque nationale des données génétiques ?

— Ça servirait à quoi maintenant ? Ils ont celui de Véro. Si on retrouve ce gamin, j'aurai bien le temps de prouver ma paternité.

— Toujours aussi pessimiste, hein ? Au fond, tu n'y crois pas. Éternellement ce nuage noir qui t'accompagne.

— Je t'ai dit que j'étais amoureux. Elle s'appelle Ariane. La douleur est plus légère quand on la partage. Mais si je dois attendre une dénonciation ou les doutes d'un enfant kidnappé il y a vingt ans, élevé dans l'obéissance par des *milicos*, mes chances sont plutôt minces, non ?

« Dénonciation ». Gabriel ne me connaît pas vraiment, se dit Julien. Pour lui dire la vérité, il devait se montrer fort. Il fallait vraiment peser le pour et le contre avant de révéler quoi que ce soit. Rien que d'y penser, il avait l'impression de se décomposer.

Oh, seigneur ! Il était ce *marcador* placé à la sortie d'une séance de cinéma, avec ce besoin désespéré de protéger son frère. C'était lui ou elle, pouvait-il le comprendre ? Mais non, il ne pouvait pas comprendre. Bien sûr, il n'avait pas dénoncé Véro pour les raisons habituelles, mais bien parce qu'il était persuadé que son arrestation serait de très courte durée, une nuit à peine ; le temps que son père la sorte de là, ça ne pouvait pas aller loin avec toutes les complicités des anciens de l'OAS chez les *milicos*. De toute façon, la junte n'avait rien à reprocher à Véro. Elle était bien moins suspecte que Gabriel et sa famille bolchevique. Le Tigre se serait rendu compte de leur erreur, on l'aurait vite relâchée. Ce n'est qu'après qu'il avait su pour cette amitié compromettante avec une montonera, et à présent, mon Dieu, c'était au-delà de la culpabilité ce qu'il ressentait, jamais il n'aurait imaginé que Véro fût enceinte ; sans doute que ces cinglés ne l'avaient pas relâchée *précisément* parce qu'elle était enceinte. Oui, il avait raisonné logiquement, sans comprendre que tous les repères explosent quand les loups sont lâchés, que son plan était foireux depuis le début. Il raisonnait alors que les autres avaient perdu toute leur humanité. Et s'il courait toujours après la rédemption, bordel ? Sa bible s'était montrée chiche en pardon. Vingt ans qu'il ne faisait que se tourmenter, qu'aucune prière ne soulageait son désespoir ! Sa faute ne serait absoute que lorsqu'elle éclaterait au grand jour, mais il ne voulait pas craquer ce soir, parler à Gabriel des nuits d'épouvante, de la brutalité, de l'alcoolisme des *milicos*, du prêtre qui participait aux tortures. Il avait fait serment de ne jamais rien dire en échange de sa libération. Comment implorerait-il sa clémence ? Il aimait terriblement son frère, et s'il le rejetait…

Un frisson lui parcourait le dos. Il se raidit imperceptiblement.

— Il y a peut-être des listes d'adoption, soupira Julien. Ce juge espagnol, Baltasar Garzón, émet l'hypothèse que les auteurs de la répression ont caché des microfilms avec la liste des disparus dans le coffre d'une banque suisse. La procureure générale de ce pays vient de découvrir l'existence de six comptes aux noms de militaires argentins qui n'avaient jamais été déclarés au fisc. La liste des bébés et des *apropiadores* est peut-être là.

— On parle aussi du Vatican, compléta Gabriel. Des documents transmis au Saint-Siège par la nonciature apostolique de Buenos Aires. L'Église catholique protège toujours ses *monstruos*. C'est la tradition, des nazis aux prêtres pédophiles. Tu te souviens de ce qu'on entendait ? « Pour sauver l'âme d'un curé communiste, il faut le tuer. » Ces putains d'intégristes allaient jusque-là…

Julien ne réagit pas. Le visage du *capellán* Alberto Ángel Zanchetta ne le quittait jamais. Ce chapelain fanatique réconfortait les pilotes de l'Esma au retour des vols de la mort. Loin de payer pour ses complicités, cette ordure s'était recyclée comme chef du service religieux du commando d'opérations navales de la base de Puerto Belgrano. Quant à l'énergumène qui sévissait à Campo de Mayo, Luis Mecchia, il jouissait lui aussi des bonnes grâces de l'évêché militaire. Le nouveau millénaire approchait, mais l'Église argentine s'accommodait toujours des cailloux dans ses souliers semés par le maurassien français Jean Ousset et son moine soldat Georges Grasset, ancien aumônier militaire en Algérie, guide spirituel de l'OAS… et confesseur personnel de Videla. Sa *Ciudad Católica* possédait encore quatre monastères en Argentine, la principale à La Reja. Lorsqu'il ne flattait pas son auditoire, Grasset leur imposait une réédition métallique des ronces de saint Benoît à coups de punaises fichées dans un morceau de carton. Il fallait marcher dessus quand l'envie de se branler se faisait trop forte…

Mais Gabriel et Julien savaient tous les deux qu'ils parlaient pour ne rien dire. Ils doutaient de l'existence d'une liste secrète de la dictature militaire. C'était toujours le premier réflexe des tortionnaires à leur chute – brûler les papiers, passer les dossiers noirs à la broyeuse jusqu'à ce qu'ils deviennent des confettis blancs comme neige.

— Je ne pars pas de zéro, poursuivit Gabriel. J'ai un nom et un gynéco impliqué dans l'échange d'un bébé à Campo de Mayo. Ça concerne Ariane justement, je te raconterai ça plus tard. Il se trouve que ce *pedazo de mierda* est une vieille connaissance de Constant. Je vais le retrouver.

— Mais Véro était à l'Esma, tu n'as aucun indice, c'est un peu nébuleux…

— Oui, c'est ce que je me suis dit au début, mais je fais confiance à mon instinct. Après tout, Sacco a peut-être sévi ailleurs qu'à Campo de Mayo. Peut-être qu'on faisait appel à lui à travers le pays dans d'autres unités, à l'Esma mais aussi à Quilmes, Lanús, Banfield ou La Plata. Il faudrait enquêter partout. Car ce type a disparu. Sa fuite est un aveu.

— Il a sans doute quitté le pays. Les *represores* sont nombreux à Miami, en Europe, jusqu'en Afrique du Sud… Comment s'appelle-t-il ?

— Eduardo Sacco. Les Grands-mères ne le connaissent pas. Toutes ces années, il est passé au travers des témoignages des survivants et des repentis. Heureusement qu'une sage-femme de l'hôpital militaire de Campo de Mayo l'a reconnu. Il y faisait des gardes, principalement le week-end. Sur le Web, il apparaît encore comme gynécologue-obstétricien d'une clinique privée de Buenos Aires, tout sourire sur la photo. Mais quand un enquêteur des Grands-mères s'est pointé là-bas, il n'exerçait plus depuis quelques mois. Son appartement est vide. Ce démon s'est envolé avant que les journaux ne publient sa photo et que s'organise un *escrache*[1].

— Ça coïncide avec l'enquête du juge Marquevitch. Comme les preuves s'accumulent contre Videla, ton Sacco disparaît. C'est logique. Il doit bénéficier d'aides diverses. Ces vermines s'organisent pour se protéger. Pas mal de *milicos* ont monté des compagnies de sécurité privée. Ils ouvrent leur carnet d'adresses aux entreprises, une guérite pour des maisons individuelles dans un quartier aisé, ou l'escorte d'un chef d'industrie. Tu sais qu'au port la surveillance est assurée par d'anciens flics maritimes fidèles à Videla ? Ils se fréquentent tous depuis le Collège militaire, ils restent proches, ils se rendent service et se tiennent par les couilles tout au long de leur vie. Pour eux, le *Proceso* n'est pas achevé, loin de là. Ils pensent encore qu'un coup d'État est possible, qu'il faut sauver la patrie de la domination marxiste. Le pire, c'est qu'ils sont encore très dangereux.

1. Face à l'inertie de la justice, commencent alors à Buenos Aires les premiers *escraches* organisés par des enfants de prisonniers disparus, exécutés et exilés. Contre les lois d'impunités, ces mobilisations désignent bruyamment le domicile des criminels afin que les voisins et la société tout entière prennent conscience de vivre à côté d'assassins.

— On est presque en l'an 2000, Julien ! Ces crétins font peut-être les malins dans leurs uniformes de vigiles, mais il y a maintenant des règles dans ce pays, une démocratie à respecter. Ils ne me font pas peur. Sacco doit cracher ce qu'il sait, c'est aussi simple que ça.

— Dans ce cas, pourquoi ne déposes-tu pas une plainte ? Prends un avocat. Fais confiance à la justice de ton pays. Laisse-la progresser. Tôt ou tard un juge fera tomber Sacco. Pourquoi chercher la cinquième patte au chat[1] ? Après toutes ces années, ce n'est peut-être pas si important que tu trouves ce porc de gynéco. Concrètement, ça va t'apporter quoi ? Des détails ? Comment ils ont torturé Véro, comment elle a accouché ? La vérité n'est pas toujours un soulagement, elle peut te mener à une impasse redoutable. Et qui te dit qu'il connaît les *apropiadores* de ton enfant ? Tu es amoureux, dis-tu. Alors cramponne-toi à ça. Arrête de regarder en arrière, de ruminer. La justice apporte de la lumière. Je prie pour toi et mon neveu, Gabriel.

Sa main se posa sur celle de son frère. Sans se douter le moins du monde que ce sermon tenait pour une bonne part à une erreur tragique, aux ténèbres du passé, Gabriel le toisa avec stupeur. Depuis sa rencontre avec Ariane, il s'éloignait de l'abîme de la vengeance, et son amour pour elle lui permettait d'affronter les *détails*. Il ne laisserait pas la justice se débrouiller seule pour confondre Sacco et retrouver son enfant, il ne prendrait pas ce risque. Au-delà de

1. Expression argentine, « *Buscar la quinta pata al gato* ».

quelques têtes brûlées, les magistrats étaient bien loin de se mettre à l'ouvrage.

Et puis… prier pour lui et son « neveu » ?

Mais comment ces bondieuseries étaient-elles montées au cerveau de Julien ? Songeait-il sérieusement à la providence ? Pensait-il vraiment que le Père, le Fils et le Saint Esprit allaient s'apitoyer sur son sort ? Cette transformation, Gabriel ne l'avait pas vue venir. Son frère aspirait-il à une forme de perfection chrétienne ? Envisageait-il une ambitieuse carrière ecclésiastique ? Leurs vies étaient si différentes, leurs destins parallèles – à des milliers de kilomètres de distance, l'un dans un confort européen, l'autre dans le fourmillement d'un bidonville. Il est des parallélismes qui troublent, et somme toute Gabriel n'était pas vraiment fier de sa vie à Langrune. À ses chantiers, son enrichissement, même modeste, Julien opposait sa foi militante inébranlable, une vie modeste, des journées sans doute exténuantes, les pieds dans la boue, avec une immense soif de venir en aide. Les sœurs françaises Alice Domon et Léonie Duquet avaient subi l'emprisonnement, la torture, l'au-delà de l'horreur. Julien, quant à lui, n'était pas à l'abri d'une répression féroce, les choses pouvaient repartir dans l'autre sens. Après tout, la démocratie était une anomalie en Argentine. On ne comptait plus les coups d'État au cours du siècle dans ce pays. Et lui, Gabriel, si loin d'un destin de martyr, si éloigné des malheureux, des exploités, des persécutés…

À ne penser qu'à sa gueule.

— Je ne sais pas comment les survivants font ici, reprit-il. Tu prends l'avion ou l'ascenseur avec ton tortionnaire. La peur est toujours là. À force d'attendre, plus personne n'a confiance.

Il jeta un coup d'œil à sa montre.

— Tu iras fleurir la tombe des parents ? s'enquit Julien.

— Sans doute, même si ça ne représente pas grand-chose pour moi. Je vais me rendre à Campo de Mayo avec Ariane, ce n'est pas loin d'El Palomar. J'irai voir notre maison aussi.

— Mais dis-moi, quel est le rôle d'Ariane, au juste ? C'est une Française ?

— Oui, expatriée à Buenos Aires sous la dictature, précisa Gabriel sans desserrer les dents. C'est sa fille Clara qui a été échangée par Sacco. Clara est un bébé disparu.

— Bon Dieu, mais c'est une *apropiadora* alors.

— Je ne la vois pas sous cet angle, réagit-il soudain livide.

— Alors explique-toi, *che* !

Il lui raconta tout, depuis leur rencontre au Havre.

— Tu as entendu parler de cet orphelinat à Villa Lugano ? conclut-il sans douter un instant de la sincérité d'Ariane. Peut-être qu'après tout son mari a raison. Qu'il connaissait Sacco, mais que…

— Je vais me renseigner.

— OK. Je t'appelle demain.

Sitôt dans l'escalier, Gabriel s'efforça de comprendre pourquoi Julien lui faisait un effet si bizarre. Cet air de curé un peu hypocrite. Comme toutes les soutanes, peut-être ? Non, c'était autre chose. Il dissimulait ses sentiments sous un air faussement vague et détaché. Il feignait la lenteur et la nonchalance, alors qu'il pigeait tout au quart de tour quand ils étaient jeunes.

19

La semaine qui suivit, Gabriel choisit de protéger Ariane. Cette visite chez les Grands-mères lui sembla prématurée. C'était probablement mal les connaître, mais il craignait une réaction de défiance à son arrivée Avenida Corrientes. Le réflexe de Julien – « bon Dieu, mais c'est une *apropiadora* ! » – rappelait une évidence : que d'incroyables histoires circulaient à Buenos Aires, à douter de toutes les sincérités.

Une seule réaction hostile l'aurait anéantie. Paula ne l'avait pas jugée, mais les victimes de la dictature pouvaient la voir comme complice. Elles avaient tous les droits et pas de temps à perdre. À lui aussi il arrivait que le poison du doute traversât son esprit. Mais il chassait ça instantanément. Ariane ne pouvait enjoliver la découverte soudaine du carnet – c'était impossible à concevoir. La peine encourue pour les voleurs d'enfants s'élevait à sept années d'emprisonnement. Dans son cas, la justice argentine ne manquerait pas de l'absoudre. Mais en attendant, des jugements féroces pouvaient se jouer de son innocence, établir que sa situation n'était pas si différente de celles des *apropiadores* en fuite au Paraguay, comme ce couple de monstres, les Bianco aux deux bébés volés, Pablo et Caroline. Certes, sa quête de vérité ne ressemblait pas à celle d'un ravisseur ordinaire, mais peut-être qu'elle se taisait depuis des années, que l'affaire était plus compliquée qu'elle ne l'avouait, fallait-il être gourde quand même pour adopter un enfant sous le règne des *milicos*. Et en même temps, nombre d'enfants avaient bien été adoptés en Argentine sous la dictature, de 1976 à 1983… C'était une longue période.

Sa position était arrêtée. Gabriel ferait donc tout pour lui éviter les procès d'intention, et se chargerait lui-même du dépôt à la banque de données génétiques des dix millilitres de sang prélevés dans les veines de Clara.

Le lendemain de son arrivée, Gabriel descendit à l'arrêt du bus 105 et se retrouva Avenida Díaz Vélez devant l'étrange façade de l'hôpital Durand. Il ne fallut pas moins de six architectes pour construire cet empilement de Lego orange soutenu par des structures métalliques, un style des années 1970 rappelant les collèges qui fleurissaient en France à cette époque. Avant de trouver le service d'immunologie, Gabriel eut l'impression de marcher des kilomètres dans des couloirs luisants sous les néons, un univers aseptisé de petits carreaux blancs, de bancs en bois, d'ascenseurs verts et d'affiches appelant à la vaccination.

Clara était la grande absente de cette visite. Sur les conseils de Paula, Ariane avait adjoint à l'échantillon de sang un tas de papiers actés devant notaire. S'agissant de la recherche d'identité d'une personne majeure, il y avait un facteur légal en jeu. Ainsi,

Gabriel se présentait en messager, la fiole étiquetée de toutes les coordonnées de la jeune fille, son petit capuchon violet refermant un ADN stocké dans des conditions optimales, leur avait-on assuré. Malgré le voyage, la durée de vie des molécules pouvait se compter en plusieurs dizaines d'années, voire en centaines d'années.

Banco Nacional de Datos Genéticos. Enfin arrivé au bon endroit, Gabriel eut une pensée pour Osvaldo Cacciatorre. Qu'était devenu cet ancien officier des forces aériennes, nommé à la mairie par les militaires ? Son plan d'autoroute urbaine avait balafré Buenos Aires et chassé les pauvres. On lui devait aussi la création d'un service d'immunologie à l'hôpital Durand – l'édile souhaitant briller avec les meilleures transplantations rénales du continent. Bien des années plus tard, le service préférait les recherches sur l'identité des *Hijos* à celles sur la consanguinité.

Voilà donc où serait séquencé son ADN quand il s'agirait de prouver qu'il était bien le géniteur de l'enfant de Véro. Il aurait d'ailleurs pu en profiter pour le déposer, mais il ne voulait pas provoquer de confusion, tout mélanger. Existe-t-il un instinct paternel ? se demanda-t-il. Quelque chose le retenait, pour l'instant. Son sang n'allait pas rejoindre celui des quelque deux milliers de dossiers ouverts par un parent ou grand-parent de disparu. Du moins, pas aujourd'hui.

Un laborantin à la blouse blanche le fixait maintenant avec un sourire triste. Gabriel se tenait les bras ballants dans une salle interdite au public. Devant lui, une baie vitrée laissait deviner une grande pièce ouverte avec son lot d'ordinateurs, de microscopes, de tubes à essai, de pipettes, de bain-marie, de hottes, de petits réfrigérateurs et de produits chimiques réservés à la biologie moléculaire. Deux scientifiques, masqués et gantés, manipulaient des échantillons sans lui prêter attention.

— Bonjour. Je peux vous aider ?

Comme s'il était pris en faute, Gabriel secoua la tête et s'expliqua avec un léger tremblement dans la voix :

— Oui, mais ce n'est pas pour moi. J'agis pour le compte d'une jeune fille qui réside en France, Clara Sauvage. J'ai un dossier avec ses papiers de naissance et d'identité, sa demande d'analyse comparative et sa prise de sang.

Dans un chuintement de scratch, il sortit le flacon de sa besace. Sa gêne était perceptible, il savait très bien qu'il brûlait les étapes. La recherche génétique à l'hôpital Durand venait après avis de la Conadi, et si la loi 23511 établissait une gratuité des services d'identité génétiques depuis la création de ces « archives » en 1987, encore fallait-il se conformer aux règles de procédure.

— Nous ne pouvons pas prendre un tube comme ça, répondit l'homme en blouse blanche. Le sentiment de venir d'une autre famille est très fréquent chez les adolescents. Il y a souvent chez eux une rage exagérée, un besoin de renier ses parents. Les soupçons ne suffisent pas, les jeunes gens qui doutent de leur identité passent d'abord par les Grands-mères, lesquelles saisissent la Conadi, et c'est eux qui nous ordonnent une analyse comparative avec les ADN disponibles des familles de disparus. Nous travaillons tous ensemble, vous comprenez ? C'est notre force.

Gabriel se doutait de cette résistance, mais il refusait de faire marche arrière.

— J'insiste, pardonnez-moi. Peut-être que je dois parler à votre supérieur. La situation est particulière, elle commande d'aller vite.

— Je regrette.

— Mais qu'est-ce qu'il vous faut ? J'ai là un bébé volé. Toutes les preuves sont réunies. Pourquoi perdre du temps ?

— OK, je vois, fit le laborantin en arquant un sourcil. Mais le docteur Di Pascuale est rarement disponible. Vous pouvez l'attendre ici, si ça vous chante.

Une heure s'écoula, puis une femme blonde aux grandes lunettes fit irruption dans la pièce. Il se dégageait d'elle une belle assurance, voire une certaine autorité. Gabriel se leva d'un bond.

— Mon confrère m'a prévenue. Je dirige ce labo. Que voulez-vous que je vous dise ? Il vaut mieux vous adresser aux Grands-mères. Vous devez faire comme les autres.

— Je comprends, mais il y a quand même une chose que vous devez savoir.

— Quoi donc ?

— Cette jeune fille, Clara Sauvage, a lancé sa recherche d'identité à la demande de sa mère adoptive. Son *apropiadore* est un diplomate français. Elle n'a pas encore eu de contact avec lui, mais s'il l'approche, elle pourrait changer d'avis. Pour rien au monde elle ne veut le faire condamner. Et pour le moment, elle ne se rend pas bien compte des conséquences. Si nous ne procédons pas vite, jamais elle ne retrouvera sa famille argentine, sa grand-mère.

— Mais les Français sont avec nous. Vous savez ça ?

— Cela dépend…

— L'État argentin n'a jamais honoré ses obligations. Selon la loi, la municipalité doit payer notre matériel scientifique et nos salaires tandis que le ministère de la Santé et de l'Action sociale se charge des substances chimiques. Jamais, vous m'entendez, jamais le ministère n'a rempli ses obligations et la mairie ne le fait qu'à moitié. Nous devons donc faire appel à la communauté scientifique internationale. Le gouvernement français et les scientifiques français sont nos premiers donateurs. La fondation France Libertés de Danielle Mitterrand a été particulièrement efficace. C'est le prix Nobel de médecine Jean Dausset qui nous a enseigné les nouvelles techniques de biologie moléculaire liées à l'ADN.

— J'ai une idée à vous proposer, lança Gabriel. Dites-moi ce que vous en pensez. Pour le moment, ni Clara ni sa mère adoptive ne veulent raconter leur vie aux Grands-mères. Elles les admirent, mais elles ont peur de leur jugement. À Paris, une femme qui préside une association consacrée à la mémoire des disparus a déjà commencé son enquête. Il y a un mot d'elle avec son téléphone dans ce dossier. On peut l'appeler ensemble, si vous voulez… Étudiez le certificat de naissance de la petite, il a tout d'un faux. Pourquoi ne pas faire simple et rétablir la vérité ? Pourquoi ne pas gagner du temps, des semaines, des mois ? Vous n'allez pas travailler pour rien, je vous le garantis.

Gabriel avait la certitude qu'il parviendrait à ses fins. La dame irradiait d'intelligence et de chaleur humaine. Après tout, pourquoi se conformer aux règles d'un État qui se fichait bien d'eux ? Son poste avait été mis au concours, il relevait d'une soif de justice, de bonté, et certainement pas d'une affaire de gros sous. La peur que cet échantillon ne reparte dans la nature allait démolir ses dernières hésitations.

— Et si vous vous trompez ? réagit-elle à contrecœur.

— Je ne l'envisage même pas !

Il ne voulait plus insister, ce serait contre-productif. Ils restèrent silencieux quelques longues secondes. De l'autre côté de la vitre, les biologistes continuaient à traquer la vérité. Gabriel fit mine de partir.

— Attendez ! Vous êtes pressé, d'accord. Mais c'est surtout que votre histoire montre les choses sous un jour nouveau. Ainsi des bébés volés seraient en Europe, je n'y avais pas pensé. Vous savez, nous observons des garanties très strictes en matière de réserves et de confidentialité. Cette demoiselle est majeure, n'est-ce pas ? Ce sera donc à elle de récupérer son identité. Nous communiquerons les résultats à la Conadi et aux *Abuelas*. Nous resterons dans ce cadre légal, et nous ferons l'impasse sur quelques détails, dont votre visite.

Gabriel scruta le visage de son interlocutrice. Il pensa subitement que ce serait facile pour Ariane, tandis que son avenir à lui dépendait de Constant et de Sacco. Des événements bien plus terribles risquaient d'advenir. Il sortit le tube de son sac et confia aussi une copie du dossier qu'ils avaient préparé à Langrune. Son cœur battait fort. Il était à deux doigts de demander si l'ADN de Constant et de Véro, depuis le temps qu'il croupissait à la banque, ne matchait *vraiment* pas avec aucun *Hijo* en quête de sa mère biologique. Mais il sut se maîtriser. Chaque chose en son temps.

— Je ne sais pas comment vous remercier, dit-il avec emphase.

Néanmoins, j'ai besoin de savoir quand nous serons fixés. La maman de Clara doit être avec elle, vous comprenez ?

Le « nous » lui avait échappé.

— Ne vous inquiétez pas. Les *Abuelas* travaillent avec des psychologues. On ne la laissera pas dans la nature comme ça.

— Ce sera long ?

— La *Polymerase Chain Reaction* permet d'obtenir les résultats en quelques jours. Et avec le *Short Tandem Repeat Typing*, on peut même avancer en une journée. Mais n'y comptez pas. À votre place, j'attendrais une bonne semaine.

Sans un mot de plus, Gabriel tourna les talons. À l'air libre, la lumière d'été semblait lui indiquer un monde lumineux. Il n'y avait donc plus qu'à attendre.

Ce soleil n'était déjà plus un choc, la grisaille hivernale de Paris disparaissait comme si elle n'avait jamais existé. La chaleur réchauffait tous les pores de leur peau régénérée. Ariane et Gabriel sillonnaient la ville à pied, à bord de *colectivos* ou de taxis, à la rencontre de leur passé et en quête de nouveaux musées, de parcs et de terrasses ombragées.

La ville charriait son lot de vérité sur les clichés du voyage et de l'oubli. L'amour qu'ils ressentaient l'un pour l'autre brassait tout, y compris la mort du skin – nouvelle qui leur parvint un matin à l'hôtel, sans pour autant déstabiliser Ariane. Dans d'autres circonstances, bien sûr, son geste l'aurait hantée – elle avait quand même poussé ce type et un procès finirait par advenir –, mais la distance et le sort de Clara minimisaient les choses. Pour elle, tout cela n'était rien de plus qu'un accident. Elle avait réussi à se convaincre qu'elle ne risquait pas grand-chose si l'affaire allait jusqu'au tribunal. Après tout, elle n'avait fait que pousser son agresseur. Sans ce chien, le nazillon serait encore en train de regretter son führer.

Alors oui, à cet instant, rien ne comptait davantage que le verdict de la banque génétique.

En attendant, ils tâchaient de se comporter en touristes. Évidemment, Gabriel mourait d'envie de choper Sacco ou de se rendre à la maison de Belgrano pour voir si Constant était de retour. Il évitait même de répondre à Julien, qui lui avait laissé un message à la réception de l'hôtel, car ce temps était celui d'Ariane. Jusqu'au coup de fil de l'hôpital, ils tueraient le temps et s'oublieraient en randonnées labyrinthiques. Ils arpenteraient la ville *cuadra* après *cuadra*, saoulés de foules, de bribes de conversation saisies au vol, d'impressions de déjà-vu. Épuisés mais chargés d'adrénaline.

Après une balade sur les rives de la réserve écologique, ils se retrouvèrent ainsi au mirador de la galerie Güemes. Tous les expatriés français savaient que Saint-Exupéry avait vécu au sixième étage. Alors qu'ils s'offraient une vue sur les coupoles de la ville, qu'un horizon sans fin se dessinait par cette fin d'après-midi très claire, Gabriel se rappela une nouvelle de Julio Cortázar. La ressemblance était telle entre la galerie Güemes et la galerie Vivienne que le couple d'*El otro cielo* entrait par la calle Florida dans la première et se retrouvait rue des Petits-Champs à Paris à la sortie. Il y avait un peu d'eux dans ce passage secret, bien que ni l'un ni l'autre ne ressentît plus le besoin d'une comparaison entre les deux villes. Depuis longtemps, la capitale argentine n'était pas ce faubourg européen rêvé par Borges et les sœurs Ocampo – cette banalité n'était qu'un cliché véhiculé par les agences de voyage. Une visite aux résidences de luxe de Puerto Madero, réhabilitation des docks en lofts, permit de mesurer ce gouffre qui ne faisait d'ailleurs que s'approfondir. Un peu partout, de juteuses opérations immobilières éloignaient définitivement Buenos Aires de Paris, au bonheur d'ailleurs de nouveaux expatriés français – les services d'eau, d'électricité et de communication étant principalement confiés à des grands groupes tricolores, Suez, EDF et France Telecom pour ne pas les nommer, *via* des filiales bien déterminées à tout bousiller [1].

La transformation néolibérale de son pays et les signes d'une grave crise à venir ébranlaient Gabriel, particulièrement aujourd'hui, alors qu'ils rentraient à pied de l'obélisque dressé Avenida 9 de Julio, la plus large du monde, et remontaient vers San Nicolás et

1. *La Multinationale et le Bidonville, privatisation et pauvreté à Buenos Aires*, Sarah Botton, Paris, éd. Khartala, 2007.

le quartier d'affaires par Sarmiento. L'économie tanguait de tous côtés. Le couple peso-dollar créé pour contenir l'hyperinflation se fissurait depuis la crise asiatique. C'était assez simple à comprendre, à parité de la monnaie américaine propulsée à des niveaux de change élevé, l'Argentine n'arrivait tout simplement plus à écouler de marchandises à ses voisins. En réponse, le chômage explosait. Histoire de se tirer une balle dans le pied, le président Menem concoctait le premier de sept plans d'austérité lancé sous la pression du Fonds monétaire international. À part les banquiers, le pays serait bientôt saigné à blanc. Gabriel ne retrouvait même plus les petites *cantinas* où apprécier un *cafecito* servi avec un biscuit et un verre de soda glacé le matin et une *picada* entre amis après le travail. Elles avaient disparu sous la pioche des démolisseurs. Désormais, chacun courait vers sa lointaine banlieue. Déjà émergeaient ces *country clubs* à carte d'accès et poste de garde à barrière où l'entre-soi est la règle, laissant les amoureux de la ville face aux tours et aux centres commerciaux. C'était une blague ou quoi, cette perte d'identité ? À quel jeu jouaient-ils, tous ces faiseurs de pognon ?

« Il arrive inévitablement dans la vie de chacun un moment où, dans l'image de ce qu'il est, il rencontre de nouveau son propre père », écrivait Stefan Zweig dans *Le Monde d'hier.* Ces premiers jours à Buenos Aires, Gabriel pensait beaucoup au sien, à cette fierté d'appartenance ouvrière qu'il affirmait en toute circonstance – un cran, une identité, des compétences brisées méthodiquement, par les militaires d'abord, les dirigeants économiques ensuite. Il pouvait encore sentir l'odeur de cambouis, de lubrifiants et d'essence qui accompagnait toujours le paternel. C'était l'odeur de son enfance, emmagasinée au fond de lui, comme cette main calleuse qui lui ébouriffait les cheveux, ce petit sourire avant de partir à l'usine, parce qu'il ne faisait que ça, trimer, trimer, trimer. Et en réponse, sa révolte adolescente pour fuir ce monde prolétaire, et bien des années plus tard, le retour à sa classe sociale d'origine, à Langrune, dans un sentiment d'union à sa famille... Un instrument de domination tourné contre le peuple obsédait en particulier Gabriel, car pour lui la perte de vitesse des syndicats, la chute de l'URSS, l'idée répandue qu'il n'y aurait plus de Grand Soir, les infidélités de la social-démocratie, les mensonges, la corruption, toutes ces raisons principalement invoquées n'expliquaient pas à elles seules l'apathie de la classe sociale à laquelle il s'imaginait encore appartenir. La télévision avait une immense part de responsabilité dans le cynisme ambiant. Il fallait voir les *telenovelas*, la *telerrealidad*, les combats de catch avec « Titanes en el Ring », toute cette merde que déversait El Trece (Canal 13) aux heures de grande écoute pour laver les cerveaux. De retour à l'hôtel, il s'attardait sur Telefé (Canal 11). Sous la dictature, la chaîne était dirigée par les soldats de la marine. Aujourd'hui, la vulgarité et la bêtise le laissaient K.-O. – pas aussi fort qu'une dictature, certes, mais il y avait vraiment de quoi vomir.

Il savait cependant opposer un silence radio aux pensées qu'il ruminait. Peut-être que les signes de cette mondialisation ne prenaient pas le même sens pour Ariane. Mieux valait laisser tomber. Il n'en parlerait pas. Ariane semblait heureuse de laisser le chaos de la cité derrière eux, heureuse de se sentir protégée dans la cour andalouse de cet hôtel embaumant le jasmin, rassurée par le personnel d'une gentillesse confondante. Pourquoi la déstabiliser, partager sa colère, au risque de tout gâcher ? Alors qu'Ariane relevait le nez d'un roman ou sortait de la salle de bains, il appuyait férocement sur le bouton *off* de la télécommande. Telefé disparaissait dans un trou noir et un petit bruit d'aspiration. Et la soirée s'ouvrait à eux. Ils buvaient un bon vin, fumaient beaucoup et s'embrassaient.

Jusqu'à ce coup de fil, un matin, de Julien.

— Salut, frérot. J'ai réfléchi.

— Salut, Julien. Tout va bien ? Désolé, j'allais te rappeler, mais…

— T'inquiète, écoute ça. Tous ces mecs de l'Algérie française, je me suis demandé ce qui pouvait bien les relier, hormis leurs souvenirs de guerre. Et je me suis souvenu que Véro montait souvent avec son père. Je ne sais pas si Constant avait sa propre *finca*, mais en tout cas c'était un truc important dans la famille. Et donc…

— Donc tu t'es dit que Sacco a laissé des traces quelque part dans un club hippique ou un domaine, qu'il n'abandonnerait pas son *criollo*[1] comme ça.

— Exactement ! Et figure-toi que ce démon porte les couleurs du Club Hípico Militar San Jorge. Il a

1. Symbole de la culture gaucho, cheval vif dont la race descend des pur-sang des colons espagnols.

joué au polo toute sa vie. J'ai trouvé ça en fouillant à la bibliothèque.

— Mais alors il faut foncer là-bas. Il se trouve où, ce club hippique ?

— À Hurlingham.

— Hurlingham ? Bon Dieu, c'est à côté de chez nous ça, à deux pas du Collège militaire, et tout près de…

— À trois kilomètres de Campo de Mayo, frérot ! Je me suis donc dit…

— Donne-moi l'adresse. Attends, je note.

— Combate de Pavón 1695. Et aussi…

— Oui ?

— La messe pour Véro, c'est demain à l'église Santa Cruz.

20

Quelques secondes avant son réveil, Ariane aperçut Patrick Dewaere. Lorsqu'elle ouvrit les yeux, dans un demi-sommeil, elle se demanda où elle était, à sa mort, en juillet 1982 ? Encore à Washington ou déjà à New Delhi ? Cette disparition, en tout cas, l'avait bouleversée. Si elle croisait l'acteur de *Série noire* dans un rêve, c'était sans doute qu'elle retrouvait ce romantisme noir et ce caractère buté chez Gabriel. Voilà à qui il lui faisait penser, depuis leur rencontre. Cette résignation accablée, cette agressivité désespérée. Depardieu lui disait : « J'ai toujours senti la mort en toi. » À Langrune, elle trouvait que Gabriel sentait la mort. Ce sentiment s'estompait depuis leur arrivée à Buenos Aires. Elle devinait qu'il commençait à croire à l'existence de son petit. Peut-être qu'il changeait pour toujours, qu'ils ne se quitteraient pas, qu'ils partageaient bien plus que ces instants comptés.

Dans ce qui leur arrivait, une seule idée l'empoisonnait. Au fond de lui, Gabriel devait la juger. Malgré toutes les attentions qu'il avait pour elle, sa naïveté de mère adoptive demeurait scandaleuse, le *Proceso* l'avait bien arrangée, quand même. À moins qu'il ne fût la bonté incarnée, que son amour pardonnât et comprît tout, qu'il représentât à lui seul un échantillon d'espoir pour l'humanité, il ne pouvait s'empêcher de la juger.

— Petit déj au lit ? proposa-t-il avec un enthousiasme forcé.

— Si tu veux, sourit-elle en ouvrant imperceptiblement les cuisses.

Il avait déjà passé commande au room service ; depuis l'entrée, il fit rouler le plateau au bord du lit. Chaque matin, le premier geste d'Ariane était d'envoyer un texto à Clara. Gabriel lui servit du café en la voyant se concentrer. Ce silence l'arrangeait. Demain il y avait la messe pour Véro, le retour de Constant à Buenos Aires, la nouvelle piste pour localiser Sacco, tout ça faisait beaucoup à encaisser en un coup de fil. Mais il savait se protéger. Jamais il ne versait dans l'apitoiement.

Ariane releva les yeux de son Nokia et observa à son tour Gabriel. Avec lui se présentait une nouvelle vie, librement choisie, mais c'était difficile de ne pas se projeter dans l'avenir ; leur retour, Bertrand, un déménagement, lui à Langrune elle à Paris… Si elle y songeait trop, lui viendrait la conviction que leur amour était impossible, qu'une chose aussi belle et profonde ne lui arriverait jamais.

— Tu as du nouveau concernant la messe pour Véronique ? demanda-t-elle.

La date approchait et Gabriel semblait assez absent.

Véronique… Elle prononçait son nom pour la première fois et son diminutif lui semblait trop intime.

— C'est demain. Julien vient d'appeler.

— C'est peut-être malvenu, mais si tu veux, je peux t'accompagner…

Gabriel ne sut quoi répondre.

— Excuse-moi, c'est sorti comme ça. C'est une mauvaise idée.

Il secoua la tête.

— Non, non, pas du tout ! Il n'y a rien que je souhaite plus que ta présence à mes côtés. Mais il y aura le père de Véro. Je ne veux pas te mêler à ça, il n'y a aucune raison pour que…

— Je comprends, coupa-t-elle. Mais tu ne fais que t'occuper de moi, c'est bon maintenant. Tu as un enfant dont tu as ignoré l'existence pendant vingt ans. J'imagine combien ça doit être difficile à encaisser. Moi aussi, je veux t'aider. Et tu n'as pas à t'inquiéter, je sais me retirer discrètement, au besoin.

Gabriel poussa un profond soupir.

— Je ne sais pas si cette messe est si importante, Ariane. Je me suis accrochée à Véro trop longtemps. C'est bizarre, on va lui rendre hommage au moment où je m'éloigne enfin d'elle. Je ne suis plus ce mec hanté. Tu me rends heureux. À chaque fois que je te regarde…

— Tu n'as pourtant pas l'air heureux, ce matin. Julien t'a parlé d'autre chose. C'est Sacco, hein ? Bien sûr que c'est lui. Ton frère a avancé…

Il n'allait pas faire semblant.

— J'ai une adresse. Il est toujours membre d'un

club hippique à Hurlingham, une banlieue chic. Il a longtemps pratiqué le polo là-bas.

Ne pas lui dire que Campo de Mayo est tout prêt, sinon elle se précipiterait à ses côtés.

— Alors on y va ! On forme une équipe, non ?

Ariane se leva d'un bond et partit se préparer dans la salle de bains. Elle ressortit en jean, tee-shirt orné d'une salamandre et une paire de ballerines aux pieds. Gabriel fut tenté de s'opposer à cette sortie ensemble, mais au nom de quels arguments ? C'était dangereux de s'approcher de Sacco, il le sentait, mais il n'allait quand même pas tomber sur lui, un flingue entre les mains ?

— On y va en train ? suggéra Ariane.

— Non, on prend un *remís.*

Les *suburbios* de Buenos Aires semblaient s'étendre à l'infini. En milieu de matinée, les kilomètres défilaient. Le trajet était long jusqu'à Hurlingham. Depuis San Martín, le taxi bifurquait vers le nord-ouest de la ville. Ils roulaient désormais dans un quartier résidentiel, pas vraiment chic mais couvert de parcs, de petits immeubles colorés et de quelques maisons avec piscine. Tout cela baignait dans un flou mystérieux pour Ariane, elle ne s'était jamais hasardée en banlieue. Prise dans un flot de souvenirs, elle s'efforça de revoir Clara quand elle était encore un nourrisson, mais au-delà de quelques images éparses, rien de précis n'émergeait de ce 22 décembre 1977. Elle se sentait idiote, elle avait honte. Se mordillant les lèvres, elle voyait bien comment le milieu familial, les études et le 7e arrondissement avaient comploté ensemble pour lui offrir une vie bien rangée. Nul n'aurait jamais songé à la plaindre, à parler de mécanismes d'asservissement – « Pauvr' petit' fill' riche / Tout' seule si seule' », chantait Claude François –, mais que de temps perdu, et aucune chance de croiser Gabriel dans ce tableau bourgeois.

Elle ne décelait pas d'inquiétude dans ses yeux noirs. Mieux, il scrutait les rues et faisait comme si de rien n'était en longeant El Palomar, près du cimetière de ses parents. À cet instant, plusieurs possibilités trottaient dans sa tête pour rentrer au club hippique.

— Ça va ? s'enquit Ariane en lui prenant la main.

— Oui, je me demande s'il faut parler de Sacco, là-bas. Peut-être fouiller des bureaux, chercher les fiches des adhérents.

— Carrément ?

— C'est un club militaire, ils notent tout. La discipline, ils ont ça dans le sang. Tu m'attendras dehors.

— Je pense qu'il faut s'intéresser plutôt à la monture qu'au cavalier. On attirera moins l'attention.

— Le cheval de Sacco ?

— Avec un peu de chance, il possède un box pour son pur-sang. Soit il vient toujours le monter – n'oublie pas qu'il est plus jeune que Constant, dans la soixantaine environ –, soit il l'a déménagé là où il se planque. En interrogeant un palefrenier…

— Un *petisero*, corrigea Gabriel, c'est comme ça qu'on les appelle dans le monde du polo. Ce sont les grooms de la discipline, ils chauffent et bichonnent les montures, font le maréchal-ferrant, nettoient les écuries…

— J'ai trouvé ! Je peux dire que j'ai monté un jour

le cheval de mon gynéco, que je veux saluer la bestiole.

Gabriel partit d'un fou rire.

— Tu plaisantes ? réagit-il les larmes aux yeux. On ne parle pas de son gynéco avec un *gaucho* de la pampa. C'est un monde de machos.

— C'est un univers élitiste aussi, avec du luxe, de la mode, et des belles femmes, non ? Je ne te parle pas des *mamas* qui échangent leur confiture de lait, mais de celles qui brillent et gravitent autour des célébrités. Je peux jouer l'idiote.

— Hum… ton côté jet-set ? Le pognon, tu as raison, c'est une bonne piste. Le plus lucratif dans le polo, c'est la vente des chevaux. Les montures argentines s'arrachent à prix d'or partout dans le monde. Faut réfléchir à ça.

— Oui, mais peut-être que l'on délire un peu là. Si ça se trouve, Sacco n'a laissé aucune trace ici.

Le *remís* effectua une embardée et stoppa sa course au seuil du Club Hípico Militar San Jorge. Une brèche dans un imposant mur de briques orange faisait office d'entrée. C'était samedi matin, du monde allait et venait dans une atmosphère familiale – grands-parents, parents, nounous philippines parce que catholiques, enfants et petits-enfants, tous communiaient entre anciens et néocavaliers. Gabriel nota les chemisettes roses pour les messieurs, les carrés Hermès pour les dames. Glamour, ça ? Il embrassa Ariane, lui adressa un clin d'œil encourageant et sortit payer la course à l'avant du véhicule.

Ça lui laissait encore quelques secondes pour

apprécier le dispositif de sécurité des lieux. Rien de notable, pas même de vigile, on entrait comme dans un moulin sous l'effigie de l'écusson du club – saint George terrassant le dragon, bien sûr.

Il flottait un parfum de fleurs, les oiseaux gazouillaient partout dans ce cadre de verdure idyllique. Ils laissèrent de côté le club hippique et filèrent droit devant en direction d'un terrain où s'affrontaient déjà deux équipes de polo, à quatre contre quatre. Un haut-parleur énonçait l'enjeu de la matinée : un match de charité était en cours, et pour chaque goal marqué une marque de montres faisait un don à la Christian Family Polo Organization. En septembre, San Jorge ouvrait le calendrier des compétitions. Sans se passionner pour le sujet, Gabriel savait que les stars de la discipline se retrouvaient ici au premier tournoi de la Triple Couronne qui se concluait en novembre et en décembre à l'Open de Palermo, rendez-vous de la discipline le plus prestigieux au monde. En février, la saison déjà terminée, les pros jouaient les chasseurs de prime sur tous les continents, ce qui ne laissait pas pour autant les manchots au pays. Ariane et Gabriel assistaient à un jeu extrêmement rapide, précis et brutal.

Gabriel avait l'âme sportive. Il ne put s'empêcher d'analyser les tactiques, les marquages de joueurs et les fautes. Non loin, un manager invectivait son numéro 4, dernier pilier de sa défense : « Tu agites trop tes mains ! Tu tires sur la bouche ! » Les tacos, ces longs maillets de bambou, s'enchevêtraient aux balles en bois lancées à pleine vitesse. Les sabots au galop et le souffle des petits *criollos* nerveux et endurants, les claquements secs, tous ces bruits s'arrêtèrent brusquement. C'était la fin de la *chukka* de sept minutes trente sur l'impeccable gazon. Ce n'était pas pour rien qu'on changeait les montures à chacune de ces périodes : un joueur possédait sept à huit chevaux de pointe disponibles, une vingtaine au minimum en tout à l'écurie, d'où le boulot infernal des *petiseros*. Gabriel avisa l'un d'entre eux. Il avait le teint beaucoup plus foncé que les autres, buriné comme s'il venait des Andes et non de la pampa, loin en tout cas d'Hurlingham, cette ville homonyme d'un coin d'Angleterre où le polo avait été réinventé sous sa forme occidentale. Il attendit que la partie reprenne et se plaça à ses côtés.

— *Hola compañero*, j'ai un cheval à te proposer. Déjà dressé, maniable et vif, un mètre soixante-cinq au garrot. Tu pourrais m'aider à le vendre ?

— Tu es *socio*[1] de San Jorge ?

— Non, j'ai hérité d'une *finca*. J'ai un boulot à Buenos Aires, et pas le temps de passer par les ventes aux enchères. Je veux faire vite, et je me disais…

— Mais tu es français ? Tu parles avec un petit accent.

— Je fais des allers-retours, répliqua Gabriel stupéfait par la remarque. Les *milicos* lui avaient volé jusqu'à sa langue maternelle.

— Je te dis ça parce que moi aussi je vais et je viens. Je suis souvent à Chantilly, un endroit incroyable : neuf terrains de polo et du boulot bien payé pour les *petiseros*.

Gabriel voulait la jouer plus fine, mais l'occasion

1. Membre du club.

était trop belle. Devant Ariane, interloquée, il lança d'une voix tranquille :

— Je pensais justement à un *amigo amigo generos*[1], lui aussi entre la France et l'Argentine, enfin il y a longtemps. C'est un socio de San Jorge, il me l'a dit. Eduardo Sacco, tu connais ? J'arrive plus à le joindre. Il voulait monter son équipe à l'époque, mon cheval pourrait l'intéresser.

— Sacco ? Mais tout le monde le connaît ici. C'est le *hermano* des messieurs et le gynéco des dames.

L'homme sourit bêtement à cette évocation, cherchant cette complicité masculine, appétit nourri de frustrations, étalage d'une virilité à la petite semaine que Gabriel fuyait comme la peste. Il avait adoré découvrir le terme « babouineries » dans *Belle du Seigneur* d'Albert Cohen, le premier roman qu'il ait lu en français, ticket sans retour pour la confrérie du lyrisme embrasé. À y repenser aujourd'hui, comment mieux évoquer Bertrand, ce clone lâche d'Adrien Deume, et surtout les « seins fastueux » d'Ariane ?

Ariane, justement. Elle sentait qu'il touchait au but avec ce « groom » aux airs d'Indien. Surtout se taire. Laisser faire Gabriel.

— Ça, par exemple ! enchaîna-t-il. Il m'a dit qu'il déménageait. Et depuis pas de nouvelles. Son cheval est toujours aux écuries ?

— Je ne l'ai pas croisé depuis un moment. Mais vous avez raison, Chacal n'est plus ici.

— Chacal ?

1. La répétition du terme *amigo* souligne la proximité à Buenos Aires.

— *Por Dios*, un nom affreux. Il l'a nommé en souvenir d'un chant militaire de la guerre d'Algérie. Sacco, dès qu'il monte en selle, il chante le refrain : « Et les marxistes nous les pendrons / heia oho / déjà paraît l'Ordre nouveau ».

— Et Chacal, il est parti où ?

— J'ai entendu parler d'une petite *finca* en bord de mer. Chez nous, c'est Marcelo qui s'occupe du box à box. Tu pourras lui demander. Mais ça va être un peu compliqué pour ton cheval, question papiers et transport. Maintenant, il galope en Uruguay, le Chacal.

— Punta del Este ? José Ignacio ? réagit Gabriel.

Ces plaques tournantes du blanchiment d'argent en Amérique latine hébergeaient mafieux italiens, chefs de cartel, jusqu'à l'ancien maire de Nice.

— Ni l'une ni l'autre, un village de pêcheurs sur la Ruta 9, vers le Brésil, un coin paumé dans les dunes et les lagunes. Je ne sais pas où c'est exactement. Il faut interroger Marcelo. Il doit traîner pas loin des écuries.

Ariane visualisa Sacco dans une de ces jolies maisons en bois uruguayennes qui font la une des magazines de déco, l'océan à perte de vue.

Tandis que la partie reprenait, le *petisero* fixait son attention sur les premiers galops. Gabriel lui tapota deux fois l'épaule en signe amical et prit Ariane par la hanche. Les *criollos* de la dernière *chukka* rentraient au bercail, il suffisait de les suivre. Une petite marche de trois cents mètres.

Ariane frissonnait et luttait contre un phénomène physiologique de jambes coupées et d'estomac serré. Soudain, quelque chose la tracassa.

— Tu comptes lui demander quoi, à Marcelo ? Le nom du village, la nouvelle adresse de Sacco ?

— Où il a livré Chacal, oui. Refaire le truc du vieux copain.

— On a eu de la chance une fois, Gabriel. Ça ne marche pas à tous les coups, ces choses-là. Tu as vu les regards ? On n'aime pas les inconnus ici. Puisque Sacco est en Uruguay, ça ne tient plus la route ton histoire de vendre un canasson… Il faut se méfier de ce Marcelo. S'il avait fait son boulot dans les règles, il y aurait une trace du passage du cheval à la frontière, avec le nom de son propriétaire. En un coup de fil aux douanes, les enquêteurs des Grands-mères ou de la Conadi auraient su que Sacco vit dans la peau d'un fugitif. Ils procèdent comme ça avec les *represores* réfugiés à Miami et ailleurs. Ou même le père de Véro, tu peux être certain qu'il veut comprendre ce qui est arrivé à sa fille… Conclusion : Marcelo, ou un associé à lui, a passé clandestinement le Río de la Plata en se jouant des garde-côtes sans papiers pour…

— Bien joué ! Tu veux dire qu'on risque maintenant de tout gâcher.

— On a un pion d'avance. Ce *petisero* est complètement dans son monde. Il a déjà oublié votre conversation. Mais si tu parles à l'autre, ce Marcelo, tu vas nous griller. C'est déjà un miracle que Julien nous ait conduit jusqu'à ce club hippique. Il vaut mieux retourner à Buenos Aires, Gabriel. Et réfléchir. On pourrait partir en Uruguay après la messe à Santa Cruz. Dans mes souvenirs, il n'y a pas tant de villages entre José Ignacio et la frontière brésilienne. On les fait les uns après les autres, et on trouvera bien où il se cache, l'enfoiré.

Gabriel notait un changement complet d'attitude chez Ariane. Elle n'en pouvait plus de mariner, d'attendre les résultats de la banque génétique, et c'était évidemment à cause de ça qu'elle voulait coincer Sacco rapidement. Et puis la comparaison avec les données archivées des familles de disparus pouvait aussi bien ne rien donner, tous les parents des victimes n'avaient pas stocké leur ADN, loin s'en fallait. Les Grands-mères s'employaient à les convaincre, mais certains pensaient qu'après tout ce temps, ça ne servait plus à rien de retrouver les bébés volés. Dans ce cas, elle n'avancerait pas d'un centimètre. Bertrand pouvait toujours la traiter de « folle » comme les Mères et Grands-mères de la place de Mai, « folle » comme était Antigone aux yeux d'Ismène. Alors que s'il coinçait Sacco, qu'il parlait, qu'il donnait l'identité de la mère biologique de sa fille, il n'y avait plus qu'à saisir la justice. Il lui fallait donc réagir. Quant au silence radio de Paula, ce n'était pas bon signe. Pourquoi n'en savait-elle pas plus sur cette liste des jeunes femmes enlevées neuf mois avant décembre 1977 ? Le site des Grands-mères recensait huit jeunes filles concernées par cette période. Mais le profil de ces mamans ne se resserrait-il pas avec un accouchement à Campo de Mayo ? À condition d'une naissance à terme, d'ailleurs. Clara était un beau bébé, mais pourquoi ne serait-elle pas née à huit mois ? Et puis, encore une fois, comme dans le cas de Véro, les parents et la famille de cette disparue pouvaient très bien ne pas imaginer qu'elle fût enceinte… Et cela laissait la place à un nombre considérable de jeunes femmes disparues en cas d'analyse d'ADN négative par la banque de données génétiques...

Sur le chemin que suivaient les chevaux vers l'écurie, sentier de sable ébloui de soleil et pilonné par les fers, Ariane et Gabriel n'allaient pas ignorer le clin d'œil que le destin au galop leur faisait ce matin-là. Dans le contre-jour des écuries, se détachait la silhouette noire d'un cavalier cravachant sauvagement sa bête. Celle-ci se cabrait de souffrance, un nuage de poussière montait tout autour. Sacco ne devait pas procéder autrement.

Il était le mal en personne.

— J'ai été sur cette côte il y a longtemps, dit Gabriel. Je me souviens d'un village avec des dunes et des gros rochers. Ça s'appelait Punta del Diablo. Je le verrais bien là, *esta miserable carroña*[1].

Les yeux rivés vers l'Uruguay, Gabriel et Ariane firent alors demi-tour en direction de Palermo. Le *remís* les attendait. Ils rentrèrent directement à l'hôtel, sans se préoccuper des huit mille hectares voisins de Campo de Mayo, à quelque trois kilomètres. Ils se préservaient ainsi d'un gouffre où deux cents bébés avaient été volés – parmi eux Clara, mais aussi l'enfant de Gabriel, ce nouveau-né arraché au sein de Véro.

Véro, enlevée un soir de juin 1977, sans plus de chance qu'un papillon blessé.

---

1. Cette misérable charogne.

21

1977

C'est une Ford Falcon, Véro la reconnaît à la conduite du chauffeur, à sa façon de passer les vitesses sur le volant.

Elle se débat et se retourne, voit Gabriel courir sur Lavalle, lutte, car un autre type l'enveloppe d'une cagoule sur la tête, elle ne va pas s'adoucir, au contraire, là voilà qui frappe son agresseur, mais ses poings tapent dans le vide. Lui l'évite et rigole, puis plante un canon du revolver sur sa tempe. Alors elle se calme.

La puanteur l'étouffe. Souillée de larmes, de sang, de bave, de morve, la cagoule est infectée de souffrance. Combien d'autres victimes prises au piège avant elle ?

On l'emporte, mais où ?

Premier virage à gauche, puis à droite sur Libertad, elle devine qu'ils prennent la direction du nord. L'homme lui passe les menottes ; elle se tient maintenant immobile, raide et glacée. Après la panique, l'espoir revient. Son père va la sortir de là. Alerté par

Gabriel, il fera jouer ses vieilles amitiés. Tenir. L'affaire de quelques heures, peut-être même moins.

Ils roulent, ils parcourent la ville. Sans le savoir, elle longe le stade monumental de River Plate. Au croisement de deux énormes avenues, la Ford Falcon s'engage à droite. Pour brouiller les pistes, les kidnappeurs pénètrent l'Esma par trois entrées différentes, Avenida Comodoro Rivadavia, calle Pico, mais la majorité emprunte l'entrée sur l'Avenida Libertador. La Ford Falcon s'arrête au poste de garde. Il y a des aspirants, un gradé hurle de laisser passer la « subversive ». Les maillons d'une chaîne tintent contre le pavé. Défilent les bâtiments de la marine, une trentaine d'édifices parmi les arbres centenaires, les écoles, bureaux, maisons, piscines, chapelle, infirmerie, boulangerie… À l'extrémité nord se trouve le Casino de Oficiales, la Maison des Officiers. C'est ici. Un édifice imposant, frôlé par les eucalyptus et finalement si près du train, de la vie civile, des immeubles, et des terrains de sports. Véro entre par l'arrière, du côté est – la grande porte de devant étant réservée aux tortionnaires. Elle comprend où elle est. Un avion entame son décollage non loin d'ici. Ce ne peut pas être l'aéroport d'Ezeiza, ils ne se sont pas déplacés assez longtemps. Il y a aussi le bruit des rails, la ligne de Belgrano, et l'autoroute. Alors elle sait : c'est l'Esma.

À peine une odeur d'herbe coupée se dépose sur elle que son bras est tiré, violemment. Elle n'effectue que quelques pas seulement car la Ford s'est garée à l'aplomb du Casino. Elle tourne sur sa droite et descend dix marches. Là voilà dans un sous-sol, le secteur 4 comme ils l'appellent, vivement éclairé par des tubes fluorescents.

Elle reçoit son numéro de détenue. L-23, c'est son nom.

Elle n'est plus Véro.

Elle se trouve juste en dessous du Salon Dorado, l'endroit où sa capture par le Grupo de Tareas 3.3.2, celui du Tigre, a été planifiée. Sector 4, elle va subir son premier interrogatoire. C'est un endroit fétide, éclairé en permanence du plafond. Ils recommencent avec le canon du revolver sur la tempe, puis dans la bouche.

Elle sent la pression du doigt sur la détente. Clic. Un simulacre d'exécution.

— Tu donnes des cours d'alphabétisation à Villa Lugano, hein ? Et Mariana-la-montonera, tu complotes avec elle ? Non, c'est juste une copine de fac. Allez viens, ma jolie…

Elle est séquestrée, battue, violée. Aussi impuissante qu'une feuille dans le vent.

Il n'y a plus ni loi ni espérance. Au fond de son abîme, elle cherche un nom à ces monstres, ces nazis. Ils sont cruels, sanguinaires, inhumains, mais elle ne trouve pas comment les qualifier, il n'y a pas de mot.

Il est tard dans la nuit quand elle se cogne à la poutre qui précède l'escalier, remonte dans le hall principal, se retrouve sans le savoir face à un ascenseur et la cabine téléphonique. Sa main s'agrippe à la large rampe en bois, ses pieds hésitent sur le granit. L'homme qui la dirige dégueule de parfum Azzaro, il transpire aussi l'ail et la sueur. Elle franchit les deux étages réservés aux dortoirs des officiers, avant d'être jetée sur sa litière, là-haut sous les combles. Elle devine qu'ils sont nombreux autour d'elle. La plupart dorment en position fœtale. Il n'y a pas un bruit. Juste le clic répétitif du moteur de l'ascenseur. Maintenant elle sait. On ne va pas lui laisser la vie sauve.

« Ils » veulent encore des noms, des chefs. Mais à part Mariana, elle n'a rien. Elle a beau supplier, en appeler à son père, à l'OAS, elle comprend qu'il suffit d'être étudiante aux Beaux-Arts et d'aller au cinéma pour se retrouver en enfer. On l'électrocute, on lui passe la *picana* sur les seins. L'image de la télévision se brouille dans la pièce d'à côté. Un air des Rolling Stones passe en boucle.

La *capucha*. C'est ainsi qu'ils appellent les cellules. Une capuche, un cercueil. Quatre-vingts centimètres de large, des murs en aggloméré d'environ soixante-dix centimètres de haut par deux mètres de long, une immense enceinte en forme de « L » divisée par des poutres en fer peintes en gris. Il n'y a pas de fenêtres, à part cinq petites ouvertures. Les fers aux pieds, encagoulé, il faut rester allonger jour et nuit sans bouger ni parler. On ne peut s'asseoir qu'à l'heure des repas, mais face au mur pour lamper la *tumba*, un ragoût d'eau grasse. Il y a un gardien à l'entrée, bien sûr. Il faut l'appeler Pedro ou Pablo.

Elle ne sait pas, mais Sacco l'observe.

L'horloge égrène un temps de sable. Ni son père ni Gabriel ne parviennent à la sortir de là. « Oh, Seigneur, aidez-moi. » Ses prières ne sont pas entendues.

Son corps est un champ de bataille. Son pauvre corps en carton-pâte.

« Ils » la violent tous les jours. Ça se produit dans les minuscules toilettes, près de l'escalier. Ainsi, comme les nazis, conçoivent-ils une mort dans la vie. « Ils » font ça avec toutes les jeunes femmes. « Ils » ne voient pas ses yeux étincelants de haine. Elle ne sent même plus leurs sexes qui lui transpercent le corps comme des couteaux.

Un jour, alors que l'un des monstres remonte son pantalon, elle parvient à se relever d'un mouvement vif. Elle l'attaque, elle se jette sur lui, hurle, resserre les menottes sur son cou. Elle s'arc-boute, griffe, parvient à l'étouffer. Un autre débarque et se déchaîne sur elle. Il frappe son visage, surtout. Elle absorbe tout, elle esquive.

Le ventre n'est pas touché, c'est heureux.

Elle s'est protégée, ses deux avant-bras repliés l'un sur l'autre.

À l'infirmerie du sous-sol, un médecin l'ausculte sans même demander qu'on la détache, qu'on enlève sa cagoule. Il délivre quelques recommandations, lui caresse la tête, puis s'en va. Elle ne ressemble pas à une jeune fille enceinte, mais elle a bien le ventre rond. Il ne faut plus la brutaliser. D'autres mouvements brusques et elle perdrait le bébé.

« Ils » veulent pourtant continuer : « Ces montoneras, elles tombent enceintes exprès pour nous attendrir. Comme les putes au Vietnam qui s'exposaient à la syphilis pour contaminer les GI. » Mais Sacco est très ferme. « Pas touche ! » Avec cet air de ceux qui ne se mêlent pas aux tortionnaires, aux sadiques, aux violeurs. Droit comme un gradé SS sanglé dans son habit d'aigle noir.

Véro sent son ventre s'arrondir. Ce pourrait être d'eux, mais elle sait qu'il est de Gabriel. Elle avait un doute et pensait lui en parler juste après le cinéma. C'était encore un peu tôt, elle avait peur de sa réaction… Elle fait des calculs dans sa tête, estime qu'elle est tombée enceinte début avril. Et son enlèvement, mi-juin, soit dix semaines à peu près. On doit être fin juillet, au quatrième mois.

Depuis le début, on lui demande de fabriquer des faux passeports et des faux documents. Pour leurs enlèvements, les *Grupos* ont besoin de se déplacer sans éveiller le moindre soupçon. Plusieurs pièces du Casino sont aménagées afin de faciliter le travail des prisonniers admis au « processus de récupération », des quartiers de travail avec un centre de documentation, une bibliothèque et un laboratoire photographique. À ces heures, bien sûr, elle enlève la cagoule. Elle voit qu'elle est dans le sous-sol et parvient à donner son nom à une codétenue. L-23 veut dire Véronique Constant, c'est bien compris ?

Il y aura des survivants, ils pourront témoigner.

Mais tout change à l'annonce de sa grossesse. Elle est complètement isolée et ne quittera jamais plus les combles. Elle est exfiltrée de la *capucha* et placée dans une pièce minuscule sans fenêtre ni ventilation, près des toilettes et de l'escalier. Personne ne sait plus où elle est, ni qu'elle est enceinte. Ses codétenus pensent qu'elle a été transférée. Mais non, elle est là, elle effectue même des missions au *pecera*, l'aquarium en verre qui permet d'observer les malheureux au travail. Seule, elle traduit des textes, archive des revues et des journaux. Et comme elle n'est pas à une falsification près, elle doit écrire des courtes lettres où elle raconte sa nouvelle vie à Cuba. Une dizaine en tout, cinq lignes seulement. Elle les parsème d'assurances déloyales. Jamais elle n'écrirait ça, ses parents vont comprendre qu'elle rédige sous contrôle. Mais on les lui fait reprendre. Un jour, elle redescend dans le hall. « Ils » utilisent la cabine téléphonique pour brouiller les pistes, certains détenus appellent chez eux et réclament de l'argent, disent transférer un appartement ou une voiture au profit d'un militaire, mentent qu'ils vont bien. C'est ce qu'on lui demande. Elle tombe sur sa mère et lui livre cette fiction d'une libération en Uruguay et d'un départ à Cuba.

Et si c'était vrai ? La pression se relâche un peu. En dépit de tout, elle espère à nouveau. Elle est si jeune. Elle se dit qu'il lui reste peut-être une petite chance.

C'est Julien ! C'est lui ! Il y a un homme au *pecera* qui part à chaque fois qu'elle arrive, un homme qu'elle trouve suspect à force d'évitements et de silences sous la cagoule. Mais elle sent qu'il hésite, et fatalement elle craque, murmure « Julien » à son passage. Il ne répond pas. Et dès lors elle a compris. C'est lui qui l'a donnée. Lui qui a dit n'importe quoi pour sauver son frère. Son traître.

À l'Esma, il y a la *pieza de las embarazadas*, la petite pièce pour les femmes enceintes, encore surnommée par les militaires la *Sardá por izquierda*, la maternité des gauchistes, référence à une clinique huppée de Buenos Aires. L'accouchement est pour bientôt, elle aurait pu donner la vie ici, tel un animal, mais Sacco a obtenu pour elle un lit à l'hôpital militaire de Campo de Mayo. Comme ça, tout se passera bien. Il s'en fait un tel plaisir qu'il est là en personne, qu'il met des coussins avant de la glisser dans le coffre arrière d'une Ford Falcon. Véro est déplacée en zone 4. Les militaires délimitent la ville, inventent des frontières, c'est plus fort qu'eux. Ils franchissent une trentaine de kilomètres. Il n'y a presque personne sur la route, les rues sont désertes. Noël n'est pas si loin, ils sont tous partis à la mer.

Sacco a le bras long. Ses « patientes » accouchent dans une chambre propre et calme. Véro a maintenant les yeux bandés. Pour la première fois en six ou sept mois, elle dort dans un vrai lit et plonge dans un profond sommeil, flux et reflux de rêves et de cauchemars.

Elle se réveille en sursaut. Il y a une autre femme. Elle lui relève son bandeau et lui tend la main. Dans un endroit pareil, c'est un miracle. On les a laissées seules. Elles commencent par les prénoms des bébés.

— Si c'est un garçon, je l'appelle Martín, dit Véro.

— Et moi si c'est une fille, ce sera Clara, répond Lucía.

Elles échangent un sourire. Le premier depuis des siècles.

Elles passent la journée à élucubrer des plans

d'évasion. Lucía est une experte en révolution. Elle se bat pour une société plus juste. Elles sont si différentes. Après l'accouchement, elles trouveront une manière de sortir d'ici avec leur bébé. Que vont en faire les *milicos* ? Les confier à leur famille ? Ils ont dit ça. Ou voler leur identité ? Quand quelqu'un entre, elles replacent le bandeau.

— Préviens quand tu auras des contractions toutes les dix minutes, ordonne une infirmière.

Le bébé de Lucía arrive le premier. Il y a des complications, on l'emmène au bloc. Une petite fille se présente après la césarienne. Superbe, trois kilos cinq cents grammes, cinquante centimètres, rose et lisse comme un saphir. Emmaillotée dans une petite couverture d'hôpital, Clara est arrachée à sa mère. Véro entend alors une voix dans le couloir :

— On la garde un peu, elle est prévue pour un couple de Français expatriés à Buenos Aires.

C'est la voix de l'homme qui l'a examinée à l'infirmerie de l'Esma – cette voix qui l'a placée dans le coffre de la Ford Falcon, cette voix qui lui parle.

22 décembre 1977. Sacco traverse les couloirs avec Clara dans les bras. Elle vient de passer deux jours à la pouponnière et se porte à merveille. Bertrand les attend tous les deux.

— La mère l'a appelée Clara. Ça te va ? Elle a deux jours, mais je la déclare aujourd'hui, OK ?

Clara, c'est bien. Aucune raison de changer de prénom. Le soir même, Sacco reçoit un coupé Citroën SM.

C'est autour de ce modèle « rouge de Rio » que s'est nouée l'amitié entre Bertrand Sauvage et Eduardo Sacco. Les deux hommes se sont rencontrés au cocktail du 14 juillet à l'ambassade de France. Bertrand lui a fait visiter l'usine d'El Palomar ; il y est comme chez lui. L'idée d'un échange a germé plus tard, dans un bar. Bertrand confiait à Sacco la stérilité d'Ariane. Peut-être connaissait-il un remède miracle ? Le médecin militaire sait se montrer habile. Au début, il a concédé ne pas trop croire aux traitements, mais il propose une solution, l'adoption. La mère ? Il promettait de s'arranger. Pour Bertrand, c'était une occasion en or de ravir le cœur d'Ariane. Depuis qu'ils sont ensemble, elle n'est quand même pas très passionnée. Les rendez-vous s'enchaînent avec Sacco. Il perd pied face à cet homme plein d'autorité, si sûr de lui, de quinze ans son aîné. Début décembre, il a appris que la femme en question est une subversive, l'enfant doit être sauvé. C'est bien ce qu'il veut, non ? Et la famille du bébé ? a rétorqué Bertrand. Pourquoi ne pas le confier à ses grands-parents, tante ou oncle ? Des chiens de rouges, tous sans exception ! C'est ça qu'il souhaite, contaminer un petit être innocent ? Le coupé Citroën est déjà commandé, payé, avec une belle ristourne. Sacco sait manier la culpabilité :

— Tu crois au Christ ? N'a-t-il pas dit : « Laissez venir à moi les petits enfants » ?

Alors oui, c'est un cadeau du ciel. L'acte de naissance est en route. Poids, taille, date, tout est maquillé, comme si l'enfant était né à l'orphelinat de Villa Lugano.

Personne ne reverra jamais Lucía. Accoucher et mourir. C'est aussi ce qui attend Véro.

Les douleurs se déclenchent le même jour. Les contractions provoquent une résurrection d'entre les morts. À cet instant, elle ne songe qu'à Gabriel. Il se tient là, à ses côtés. Il lui prend la main, lui caresse le front. C'est ainsi que font les papas pour soutenir les mamans, n'est-ce pas ?

On lui laisse Martín pendant trois jours. Noël comme un sursis, peut-être...

Puis la porte s'ouvre avec fracas. Sacco apparaît sur le seuil. Véro le reconnaît enfin et tremble de tous ses membres. Elle est en train de donner le sein à son bébé, elle sent sa chaleur, sa petite main qui s'enroule autour de son doigt et s'agrippe.

Tout s'arrête. Elle veut se lever. Les menottes l'en empêchent.

Elle crie, le traite de tous les noms, lui dit que son père aura sa peau, tente de l'amadouer, lui offre des sommes inimaginables, tout ce que possèdent les Constant. Tout ! L'entend-il ?

Elle est aveuglée par un flot de larmes, peine à reprendre son souffle.

— Ça suffit, prenez le petit, dit Sacco à l'infirmière.

Rien ne l'arrête, pas même les sanglots et les cris de Véro.

— Je n'ai pas le choix, poursuit-il. Les ordres viennent d'en haut. Toi, ne t'inquiète pas. On te transfère dans une ferme de Patagonie.

Les *traslados*, les transferts, sont la pierre angulaire du génocide. Les prisonniers vont et viennent en convois funèbres. C'est un euphémisme pour nommer les vols de la mort.

— Voilà un vaccin pour te protéger, il y a de sacrées maladies, *là-bas*.

Il la pique au penthotal, ou plutôt au « pentonaval », comme disent effrontément les militaires de l'aéronavale.

C'est mercredi, jour des vols de la mort. Quelques heures plus tard, elle est jetée dans le vide, vivante, sans plus de chance qu'un papillon blessé.

22

1998

Bien que le *barrio* de San Cristóbal soit un coin attachant, il n'a rien de remarquable, hormis le glacier préféré de Carlos Gardel et la cuisine *porteña* typique du Miramar. S'il n'y avait pas eu l'église Santa Cruz, refuge des Mères et Grands-mères sous la dictature, Ariane et Gabriel n'y auraient jamais mis les pieds un dimanche.

À leur arrivée, une petite foule se tenait à l'angle des calles Estados Unidos et General Urquiza.

— Trente mille *compañeros desaparecidos*, lança une jeune femme.

— *Presentes !* répondit l'assistance en chœur.

Ces voix vibraient fort à Santa Cruz, lieu emblématique des premières réunions de résistance à la dictature. L'abri s'était transformé en souricière le 8 décembre 1977 quand un commando se présentant comme un bataillon antidrogue avait fait irruption dans la cour. Alice Domon et six Mères fondatrices du mouvement avaient été enlevées sous les mitraillettes, rejointes dans la soirée par cinq autres femmes, toutes conduites à l'Esma pour y subir les pires tortures. À jamais, les douze de Santa Cruz symboliseraient la cruauté des années de plomb. Avant la rafle, un boiteux de l'OAS, connu en Algérie sous le nom de guerre « Face d'ange », avait été repéré faisant les cent pas devant la grille. Face à l'impunité dont ils jouissaient tant d'années plus tard, lui et tous ses copains tortionnaires, ce cri d'entrée, « *Presentes !* », marquait hélas l'amnésie générale en Argentine. Il n'y avait pas de justice, il n'y aurait jamais d'oubli non plus.

Les cloches sonnèrent à la volée. D'un geste ample de la main, le *padre* Bernardo, vêtu d'un jean et d'un pull gris, invita chacun à franchir la porte ouvragée et prendre place sur les bancs vernis de l'église. Concentré sur le style néogothique du lieu de culte – on devait cette réplique de Saint-Patrick à New York à la communauté irlandaise de Buenos Aires –, Gabriel fit mine de ne reconnaître personne. Il voulait s'installer bon dernier, pour pouvoir partir discrètement, si nécessaire. Ferdinand Constant passa devant lui mâchoires serrées, avec cette démarche tyrannique d'armateur plein aux as, bel homme, toujours dans son veuvage, aucune femme à son bras.

Environ trois cents personnes avaient fait le déplacement. Pour la grande majorité, des associations de disparus, des journalistes, des représentants de l'ambassade, de l'Alliance française, et parmi les visages vaguement familiers, quelques anciens élèves de lycée Jean-Mermoz. Gabriel cherchait Julien du regard. Sans doute allait-il apparaître près de l'autel, par la sacristie.

Rose rouge à la main, tous s'assirent.

Vingt ans après, personne ne s'attendait vraiment à ça, mais au glas succéda l'entrée du cercueil porté par deux hommes des pompes funèbres, et déposé près de l'autel. Les funérailles religieuses de Véronique Constant commençaient comme toutes les obsèques catholiques de par le monde.

Il n'y a rien là-dedans, ou presque rien. Gabriel se mit à respirer fort pour chasser l'idée que se jouait sous ses yeux une sorte de pièce de théâtre. Les victimes ont toutes besoin de cérémonies symboliques. Constant voulait enterrer sa fille avec solennité, et il le comprenait. Mais lui, putain, qu'est-ce qu'il foutait ici ? Fallait-il vraiment imaginer la mère de son enfant dans ce petit tas d'os desséchés porté par des croque-morts ?

El Jefe se leva pour allumer les deux cierges placés de chaque côté du cercueil. L'armateur de la Plata avait supplanté depuis longtemps le soldat perdu de l'OAS. Ils n'étaient pas nombreux sur les bancs de l'église à imaginer à quel point cet homme avait si longtemps penché du mauvais côté. La tête baissée, il regagna sa place. Et tant mieux s'il cachait ce regard de fou furieux, cette rage d'animal à sang froid, entouré de cocos comme il disait, muet, un peu comme ces reptiles du Sahara à demi engourdis. Indifférent aux autres, il n'écoutait plus personne, et surtout pas ce discours d'accueil du *padre* Bernardo, de quoi pourtant faire bondir son catéchisme d'extrême droite.

— Le Christ n'a rien à voir avec les démons de la dictature, affirma le *padre*. Tout au contraire, avec lui demeure l'espoir intact de la justice sociale. L'Évangile appelle le peuple à agir pour les trois « t » : *tierra, techo y trabajo*, terre, toit et travail, sans lesquels on ne peut vivre dignement.

Puis l'officiant invita l'ambassadeur de France à monter sur l'estrade. Costume et cravate sombre, le diplomate déplia un papier à lettres filigrané avant de se racler la gorge face au micro. Lui aussi avait à la main une rose rouge, façon de se projeter largement au-delà du protocole. En face, se tenaient les Mères et les Grands-mères, *pañuelos* scellés aux cheveux. Chacune y avait brodé le nom de sa fille ou de son fils disparu. Avec des mots simples, le diplomate confia l'émotion qu'il avait à se trouver dans un « lieu de mémoire universel ».

Gabriel n'entendait pas.

Réduit à ne sentir que la main tremblante d'Ariane posée sur sa cuisse, froide et pure comme l'eau des sources, il ne saisissait que quelques bribes du discours : « Véronique Constant est morte en héroïne des droits de l'homme », « faire mémoire, ce devoir de la justice et de la vérité, c'est un mélange de douleur atroce et d'inébranlable espérance, la mémoire de l'horreur est un processus très long ». Et en plongeant son regard dans celui de Constant, assis à côté des Grands-mères, l'ambassadeur ajouta : « La France sera toujours à vos côtés pour vous aider à établir la justice. » On était très loin d'un discours diplomatique. L'avertissement porterait jusqu'aux rouflaquettes de Menem à la présidence. Et quand l'ambassadeur replia son papier, l'assemblée réagit aussitôt à un signe du *padre* Bernardo. Un chant s'éleva alors, connu de toute l'Argentine, un couplet repris avec ferveur chaque

24 mars quand les organisations de défense des droits de l'homme commémorent le coup d'État : « *Madres de la Plaza / El pueblo las abraza.* »

Dans l'heure qui suivit, le *padre* Bernardo reprit la main avec de jolies paraboles de sanctification, de rédemption, s'évertuant à recomposer toute l'histoire d'une injustice injustifiable. Une incompréhension totale gagnait progressivement Gabriel. Toujours aucune trace de Julien. « Tu le vois ? » ne cessait-il de demander à Ariane. Elle l'avait juste vu une fois en photo, à Langrune. Son frère devait se planquer dans un coin. Mais pourquoi ?

Tout à coup, un murmure enthousiaste parcourut les travées. Était-ce bien lui, avec sa petite taille, ce crane rasé et ce teint basané ? Oui, échappé de l'auditoire, le pianiste virtuose Miguel Ángel Estrella s'avançait. Sa démarche, aussi légère qu'une traînée de nuages, était porteuse d'une nouvelle espérance. Chacun connaissait cette phrase lancée à sa sortie de prison, après avoir passé deux ans et demi dans les geôles uruguayennes : « Ils n'ont pas réussi à me rendre fou ! » Comme Gabriel, Estrella s'était lui aussi réfugié en France. Et comme Véro, les cerveaux du plan Condor ne lui reprochaient que son amitié avec un « subversif ».

Le *padre* Bernardo l'embrassa et fit quelques pas avec lui en direction d'un piano Yamaha, derrière l'estrade. Alors le maître s'assit sur son tabouret et ferma les yeux. Mouvement gracieux d'un poignet vers le haut, chute au ralenti d'une main sur le clavier… Miguel Ángel Estrella se lança dans deux préludes, les numéros 20 et 22 de Chopin. Dès les premières notes, Gabriel sentit qu'il ne tiendrait pas le choc. Il tenta de se retenir, chercha un peu d'air, puis se mit à pleurer, doucement d'abord, à chaudes larmes ensuite. Ce ruissellement sur ses joues lui fit un bien fou, une lance d'incendie sur le brasier de son immense peine. Ariane osait à peine le regarder, elle l'observait du coin de l'œil. Sa main, toujours posée sa cuisse, le serrait.

Il crevait d'envie de fumer une cigarette. Mais leur départ aurait causé un vrai désordre dans les allées. Alors il fallut écouter encore des chants et une lecture de la première lettre de saint Jean – des sermons absurdes pour Gabriel qui ne croyait plus en rien.

Vint enfin le temps du dernier adieu. À la suite du *padre*, tous s'emparèrent du goupillon, aspergèrent le cercueil d'eau bénite, et griffonnèrent quelques mots sur les registres. Véronique Constant reposait en paix, selon la formule consacrée. Les porteurs se saisirent du cercueil pour le placer à l'intérieur du corbillard, une limousine clinquante qui se remplit bientôt de fleurs à profusion – roses, reines-marguerites, gardénias, liliums et tubéreuses. Dans la chaleur étouffante, la foule piétinait sous les arbres. Il était temps de se séparer car l'inhumation à la Recoleta se faisait dans l'intimité.

Sortis les premiers, Ariane et Gabriel avaient vu Ferdinand Constant prendre place auprès du cercueil. Il attendait le départ du véhicule, mais les pompes funèbres n'en finissaient pas de rajouter des fleurs. Ceux qui pensaient suivre le cortège renonçaient les uns après les autres. En effet, l'armateur renvoyait une telle hostilité qu'ils préféraient confier aux hommes en noir les bouquets destinés à la tombe. Gabriel, quant à lui, avait déjà résolu la question de sa présence à la Recoleta. Pas question de se trouver là-bas avec Constant. Il s'y rendrait plus tard, seul.

En attendant, il ne put s'empêcher de fixer Constant, installé dans le corbillard. Comme s'il sentait son regard sur lui, El Jefe releva des yeux enragés et le fixa à son tour. Deux hommes remplis de haine l'un pour l'autre, mais qui ne se donneraient pas en spectacle. Pas ici. Gabriel chercha la main d'Ariane et retourna à l'église. Impossible que Julien se fût défilé, à moins qu'une urgence l'eût retenu à Villa Lugano. Peut-être avait-il laissé un message à l'hôtel. Son complice en soutane éclaircirait l'énigme.

Dans la sacristie aux effluves de cire et d'encens, le *padre* Bernardo rangeait les vases sacrés, les ornements et autres objets servant au culte.

— Bonjour, *padre*. Je suis Gabriel, le frère de Julien, vous savez…

— Gabriel, te voilà ! Viens dans mes bras ! s'exclama-t-il.

Ils ne s'étaient jamais vus, mais une sorte de sympathie immédiate agissait.

— Je vous présente Ariane, ma fiancée.

Nouvelle étreinte, et la même question qu'il se posait depuis leur arrivée à Santa Cruz.

— *Padre*, avez-vous des nouvelles de Julien ? Il n'est pas là, je ne comprends pas…

— Mais vous n'êtes pas ensemble ? Je vous ai cherchés sur les bancs.

Sa voix tremblait un peu. Lui aussi flairait le danger.

Il se mit à marcher de long en large à travers la sacristie, secouant la tête :

— Ce n'est pas possible, pas possible... Il me parle de cette messe depuis des mois.

Il réfléchit un instant, prit la direction d'un téléphone dans la pièce voisine et réapparut quelques minutes plus tard le visage très pâle :

— Il a quitté Villa Lugano hier en fin de journée, dit le *padre*. Je viens de joindre le diacre qui l'assiste au bureau Justice et Paix. J'ai également appelé chez lui, mais il ne répond pas. Il faudrait aller voir là-bas, vous ne croyez pas ? renchérit-il. Un malaise, peut-être.

Les yeux de Gabriel aperçurent une croix pendue au mur avant de se poser sur Ariane :

— Je te retrouve à l'hôtel. Tu prends un *remís* ?

— Gabriel, je suis avec toi. Je viens.

— Allez, suivez-moi, j'ai ma 4L dans la cour, on ira plus vite, trancha le *padre*.

D'une conduite ferme, sans les regarder ni donner le moindre signe d'indécision, le saint homme roulait pied au plancher sur l'Avenida San Juan. La circulation était fluide ce dimanche. Ils se rapprochaient de l'appartement de Julien. Tous les quatre cents mètres environ, une station de métro indiquait leur progression. Ils n'avaient pas quitté l'église depuis dix minutes qu'ils remontaient déjà le Paseo Colón pour se garer à l'angle de Humberto I.

En peu de mots, ils convinrent de prévenir ambulance et police si aucun voisin n'avait aperçu Julien depuis la veille.

— Tu nous attends ici ? dit Gabriel.

Ariane refusa obstinément.

À l'entrée de l'immeuble, il y avait toujours cette même puanteur qui s'échappait des poubelles. L'odeur de viande pourrie lui soulevait le cœur. Ils grimpèrent ensemble les trois étages. Gabriel frappa à la porte de son frère. Aucune réponse. Ariane proposa d'appeler sur sa ligne fixe, depuis son portable. La sonnerie retentit jusque sur le palier. Ils distinguèrent aussi le bruit de la télévision allumée – un détail qui leur fit froid dans le dos, car Julien n'aurait jamais quitté son domicile sans éteindre le poste.

Ils faisaient du bruit dans la cage d'escalier. Soudain, une porte s'ouvrit à l'étage supérieur. Une vieille dame se pencha depuis la balustrade. Ils relevèrent tous les trois le nez, se présentèrent, et hochèrent la tête de concert. En effet, s'étonna-t-elle, Julien n'avait pas quitté son appartement depuis ce matin. Elle guettait ses pas matin et soir, ça l'occupait. Bon sang, que pouvait-il bien se passer ? Lorsque Gabriel comprit qu'elle possédait un double des clefs, il s'empressa d'aller les récupérer.

À l'entrée de l'appartement, ils ne notèrent aucune infraction. Quelques mètres plus loin, le salon somnolait, ses quatre chaises sagement rangées, le balancier de l'horloge et la télévision allumée.

— Je vais voir dans la chambre. Attendez-moi ici, insista Gabriel.

Son visage se décomposa lentement au seuil de la chambre. La scène du crime était exempte de traces de lutte. Julien gisait tout habillé sur le lit, ses draps imbibés de sang.

La nuit recommençait.

Son père, Véro, et maintenant son frère. Trois morts violentes autour de lui, des années à s'en remettre.

Il payait pour quelque chose. On s'acharnait contre lui. Mais qui ?

Depuis vingt ans, ceux qu'il chérissait le plus étaient tour à tour assassinés. La vie de Gabriel s'engluait dans l'obscurité. Le malheur devenait presque une seconde nature, à tel point qu'il ne ressentait plus de chagrin, tant le chagrin recouvrait tout. Il ne pleurait plus car son existence se résumait à une vallée de larmes, l'aube faisait naître une douleur, le crépuscule en enterrait une autre plus névrotique encore. Poignardé à mort, le corps de Julien gisait devant lui. Peut-être n'était-ce qu'un mauvais rêve ? Fallait-il y croire vraiment ?

Il s'approcha, dégagea les cheveux qui lui barraient les yeux. D'une main tremblante, il lui ferma les paupières. Le visage reposait sous un halo de soleil rasant. Gabriel se surprit à y trouver une certaine beauté. Il avait le sentiment de tomber sur *L'Homme mort* d'Édouard Manet, cette toile hispanisante représentant un torero reposant paisiblement sur le sable de l'arène, ou encore sur un poème de Rimbaud, *Le Dormeur du val* : « Pâle dans son lit vert où la lumière pleut. » Il songeait tout à la fois à leurs jeux d'enfants, à l'amour familial laissé derrière eux, au temps qui passe, aux mystères de son emprisonnement à l'Esma, aux questions jamais posées et qui resteraient pour toujours sans réponse, puis au bout de quelques minutes, il finit par faire demi-tour. Depuis le salon, la voix d'Ariane l'interrogeait craintivement :

— Gabriel, qu'est-ce qu'il se passe ?

Il prit une grande inspiration et répondit :

— Ne bougez pas, j'arrive.

Il n'avait plus de famille. Il allait se présenter à eux seul au monde, le dernier des Vasky – enfin non, puisque son enfant était peut-être encore vivant… à condition de retrouver Sacco. Résonna encore une fois dans son esprit l'avertissement d'Esteban, et en écho la tirade de Julien sur les anciens flics de Videla, recasés au port. Julien pouvait aussi être victime d'un cambriolage qui avait mal tourné, un fait divers du samedi soir comme il y en avait tant à Buenos Aires, mais quelle coïncidence, quand même, alors qu'il se lançait sur les traces d'un bébé volé, qu'il posait des questions, déroulait le fil, identifiait des traces de Sacco au Club Hípico Militar San Jorge. S'était-il lui aussi rendu à Hurlingham ? Avait-il éveillé les soupçons des *petiseros* ? Aucun désordre dans l'appartement, et pas un cri, à en croire la voisine, sinon elle aurait appelé les secours. C'était du travail de pro. Son frère avait succombé à une attaque militaire, se persuadait maintenant Gabriel. Il devait se montrer très prudent et se précipiter en Uruguay.

De retour au salon, il n'eut même pas besoin de confier les détails, ses yeux parlaient pour lui.

— Il est mort ? risqua le *padre* Bernardo.

Blême, Gabriel répondit d'un hochement de tête.

— Un malaise ? souffla Ariane.

— Non, un crime. Il ne faut toucher à rien, j'appelle la police.

Les yeux de la voisine, qui se tenait sur le seuil, s'emplirent de larmes. Recouvrant son ton habituel de bienveillance, le *padre* partit l'embrasser et lui murmurer une prière à l'oreille. Il fut question de la réconciliation d'une âme avec l'espérance – piètre consolation.

Le soleil déversait toujours ses rayons sur l'appartement. Instinctivement, Ariane s'était réfugiée sur le palier, laissant Gabriel seul dans le salon. Plus il réfléchissait et plus il se disait qu'il renforçait ses chances de coincer Sacco en gardant le silence. Il ne savait rien de la corruption qui pouvait miner la police, des liens qui existaient encore avec les *represores* en liberté. C'était aux enquêteurs d'élucider toute l'affaire. Gabriel, quant à lui, avait besoin de temps, un ou deux jours en Uruguay. Il finit par retrouver les autres sur le palier, prit son visage entre ses mains, ferma les yeux un instant, puis s'adressa à la voisine :

— Madame, j'irai voir les policiers plus tard. Je viens d'enterrer ma fiancée, le *padre* Bernardo vous expliquera. Elle était proche de Julien, elle aussi… Il me faut maintenant faire face à sa disparition. Je n'ai pas le courage de rester ici cinq minutes de plus. Ne parlez pas de nous aux inspecteurs, j'aimerais qu'on me fiche la paix. *Padre*, pouvez-vous faire comme si vous veniez de découvrir mon frère sur son lit de mort ? Accueillez la police, les sirènes, les gyrophares.

Ariane le regarda comme s'il avait perdu la raison. C'était pourtant la réaction la plus sensée, car elle ne se voyait pas entre les mains des policiers argentins, avec les risques de dérapage que cela comportait. Qu'est-ce qu'elle faisait à Buenos Aires ? Des recherches sur sa fille adoptive ? « Ah bon, et savez-vous, chère madame, que nous traquons les *apropiadores*, qu'ils finissent en prison… »

Un bras passé autour de sa taille, Gabriel guida Ariane fermement vers la sortie. Trois étages plus bas, ils butèrent sur une jeune fille en train de fouiller les poubelles avec sa mère, une grande maigrichonne vêtue de haillons, yeux ébréchés et dents cassées. Elle leur réclama un billet en riant fort, ce qui effraya Ariane. Se serrant l'un contre l'autre ils se mirent à marcher de plus en plus vite en direction des taxis de la Plaza Dorrego. Ils avaient besoin de laisser derrière eux cet appartement maudit, d'être à l'air libre, de respirer le vent brûlant.

Près du marché des antiquaires, des couples dansaient le tango. Attirée par cette vitalité, Ariane voulut marquer une pause et retrouver ce bar de carte postale où Gabriel avait autrefois ses habitudes. « Pisco sour », commanda-t-elle une première fois, puis une seconde, puis une troisième – de quoi se laisser envahir par l'ivresse.

— Je ne réalise pas vraiment, finit par concéder Gabriel. Vingt ans sans aucun lien avec mon frère, je l'avais presque oublié. Et sitôt que je le retrouve…

Ce soir, il ne fallait pas compter sur elle pour s'appesantir. Toute cette violence, ces mères et grands-mères endeuillées autour d'elle, la mort en embuscade partout, de Santa Cruz à l'appartement de Julien… Ariane n'en pouvait plus. Elle n'aspirait qu'à la dégustation d'un cocktail acidulé, au calme, et que son cœur cesse enfin de marteler sa poitrine. Elle regarda Gabriel l'œil sombre et sentit la colère monter.

— On part toujours demain ? éluda-t-elle.

— *Je* pars demain, corrigea Gabriel en secouant la tête. À l'aube. Sans toi. Trop dangereux.

Cette fois-ci, elle opposa peu de résistance. Ses yeux vagabondèrent sur les photos de Gardel, les vitrines de bouteilles, toutes ces vieilleries, cet amoncellement d'un autre temps… Elle voulait dormir, se reposer pour avancer. Elle était à Buenos Aires depuis une semaine sans parvenir à aucun résultat. À chaque coup de fil, Clara lui demandait si elle avançait. « Ça prend du temps », répondait-elle inlassablement.

Eh bien, demain, elle avancerait.

Ils burent tellement d'alcool qu'ils regagnèrent Palermo sans trop savoir comment. Quelques heures plus tard, Gabriel tamponnait son passeport au terminal de Puerto Madero, direction l'Uruguay, à quelque cinquante kilomètres. Après quoi, il embarquait à bord du *Buquebus*. Il glissait à toute vitesse sur les eaux jaunes du Río de la Plata quand Ariane s'éveilla.

23

Découragée, Ariane passa la matinée à attendre les résultats de la banque de données génétiques, à se dire que si rien de tangible n'apparaissait, aucun lien biologique, le mieux serait de laisser tomber. Plus tard, Clara reprendrait la partie. Quand elle ne supporterait plus cette falsification d'identité, quand elle s'intéresserait aux batailles des *Hijos* – car ce moment arriverait forcément –, elle serait à ses côtés. Pour l'heure, elle se sentait écrasée par les violences du *Proceso*. L'assassinat de Julien ne l'avait pas seulement choquée, il la pulvérisait.

Peut-être qu'elle s'y était prise comme une idiote, à commencer par se confier à Paula plutôt qu'à sa propre mère, parce que c'est ainsi qu'auraient réagi la plupart des femmes, non ? Ariane craignait qu'elle se mêle de tout. C'était la raison pour laquelle elle avait choisi Paula, sans hésitation. Et pas même un coup de fil à ses parents depuis son arrivée à Buenos Aires, fille indigne. Ce syndrome de la mère juive dévorante, possessive, était un schéma qu'elle prenait bien soin de ne pas reproduire avec Clara. Depuis dix ans, ses parents avaient quitté le 7e arrondissement pour vivre sur la côte basque, profitant de leur retraite au grand air : l'ennui, les jours si semblables les uns aux autres, le Lions Club, le tarot, l'atelier de reliure… Guéthary, en particulier, était pour elle une énigme. Cette morgue des surfeurs, l'épaisseur des bâtisses blanc et rouge à colombages, le snobisme du Café Madrid… Elle n'avait pas songé un instant à prendre un vol pour Biarritz. À tous les coups, sa mère aurait défendu Bertrand, ce « présumé innocent ». Et qui sait si son père ne lui aurait pas apporté le réconfort dont elle avait tant besoin ? Médecin libéral, il avait fait ça toute sa vie, écouter les gens. Ses parents formaient un couple fusionnel, somme toute assez désintéressés du monde qui pouvait s'écrouler autour d'eux. Sans doute en contre-pied à l'esprit sentimental de leur identité juive, ils n'avaient aspiré qu'à se fondre dans le 7e arrondissement, qu'à se laisser recouvrir par une mantille vieille France. Elle avait beau le nier, mais Ariane tenait de ses parents. D'ailleurs, sans trouver de réponse, elle s'était plusieurs fois demandé ce qui l'avait le plus atteinte dans sa rencontre avec le skin : sa grossièreté ou ce « sale youpine » d'une autre époque. Impossible à savoir…

Pour être tout à fait honnête, elle se satisfaisait du recul que lui offrait Gabriel sur sa propre vie. Obnubilée par lui depuis leur rencontre, elle s'était transformée en jeune fille, charmée par ses intentions, mais finalement aussi très dépendante. Son départ pour une journée ou deux éloignait les fantômes de Julien et de Véro. Elle en profiterait pour se recentrer, pour dresser une sorte de bilan et structurer sa nouvelle vie.

Et comme la patience n'était pas l'une de ses vertus, elle partit s'oxygéner du côté des Bosques de Palermo.

Un *remís* la déposa entre les Avenidas Libertador et Casares à l'orée du jardin japonais. Devant elle, se présentaient vingt-cinq hectares de pelouse et de lacs artificiels – un décor enchanteur planté de palmiers, d'eucalyptus, de jacarandas, de ceibos, de tipas, d'*ombús*, de magnolias... Une sorte de bois de Boulogne exotique, un paysagiste français avait d'ailleurs été à la manœuvre. Personne à son chevet ni à son service. Bercée par la luminosité si vive de Buenos Aires, Ariane profitait d'une promenade en célibataire.

Dans cette serre à ciel ouvert, les oiseaux s'en donnaient à cœur joie. Ariane se mit à longer le lac autour duquel elle promenait Clara. Sous un soleil de plomb, les souvenirs jaillissaient. Lui revenaient par exemple cette forêt de palmiers, ce banc si bien placé à l'ombre, et surtout le Rosedal avec ses roses anciennes, ses pergolas à l'italienne et ses sculptures en marbre. Désertés en semaine, ces lieux tout justes rénovés lui paraissaient encore plus jolis qu'à son époque. La dernière fois qu'elle s'y était rendue, c'était justement avec ses parents. Elle les avait tenus à l'écart par pragmatisme, sans doute, mais aussi parce qu'il n'y avait plus vraiment d'intimité entre eux ni de partage. Pourtant leur vie ensemble avait été heureuse, harmonieuse. Un grand voyage à l'étranger une fois par an, et une fantaisie en août, une traversée de la France en 2CV. Mais ces souvenirs étaient si lointains qu'elle finissait par se demander s'ils étaient bien réels.

Le cerveau en surchauffe, elle se rappela le bloc voisin de *las cañitas* autour de la calle Baez où elle déjeunait de temps à autre ; elle obliqua vers l'hippodrome et se retrouva bientôt devant la « cathédrale du polo », immense arène verte réservée aux militaires en dehors des matchs de l'Open d'Argentine, et surtout l'hôpital militaire central, ancienne maternité clandestine. Elle n'en finissait plus. Tous ces lieux la mettaient face à ses propres dilemmes. Elle n'avait donc plus le choix : elle devait retourner à l'hôtel et appeler Paula.

— C'est comme si tu te présentais à un ministère, j'ai bien peur que personne ne te reçoive. La Conadi aide seulement les enfants de disparus dans leur recherche d'identité. Ils n'ont donc aucune raison de te venir en aide. Il me semble que tu dois aller chez les Grands-mères. La plupart du temps, c'est ainsi que l'on procède. Tu as besoin de parler. Ne crains rien, elles savent que tu es à Buenos Aires. Elles sont comme moi, elles ne doutent pas de ta sincérité.

— J'y vais comme ça ? Sans prévenir ?

— Oui, c'est l'Argentine. On ne s'annonce pas des semaines à l'avance. Mais tu vas demander Ariel, un ami à moi. C'est un *Hijo* qui a retrouvé son identité, le premier qui ait décidé de travailler pour les Grands-mères.

À Fontenay, Paula terminait sa journée sous un ciel hivernal. À Palermo, le climatiseur tournait à plein régime dans la chambre d'Ariane. Les deux femmes ne s'étaient pas parlé depuis qu'Ariane avait pris l'avion pour Buenos Aires, et elle en éprouvait d'ailleurs une légère gêne. Mais Paula n'avait pas non plus cherché à la joindre, elle respectait son *tempo*. Une semaine ou deux ne changeraient pas grand-chose pour des grands-mères qui attendaient depuis vingt ans.

— Je ne veux vraiment pas te brusquer, mais dis-moi, Ariane, quand comptes-tu déposer la prise de sang de Clara ?

— Elle est à la Banque nationale des données génétiques depuis une semaine.

— Pardon ? Sans prévenir les *Abuelas* ?

— Oui, Gabriel s'est débrouillé. Il s'est rendu à l'hôpital Carlos-Durand au lendemain de notre arrivée. Moi, je n'osais pas y aller, redoutant le coup de grâce… Tu comprends ? Gabriel a donc pris les choses en main. Il est tombé sur la responsable, le docteur Di Pascuale. Il lui a tout raconté, et comme il est très persuasif, il a obtenu une analyse rapide. Une nouvelle méthode permet d'obtenir des résultats en une semaine. Ils pourraient tomber aujourd'hui. Peut-être même qu'ils seront communiqués directement aux Grands-mères.

— Sans la présence de Clara ça risque de piétiner. La loi est très contraignante : c'est aux enfants volés de s'adresser aux *Abuelas*. Même s'ils sont localisés, il n'est pas possible de les soustraire à leur ravisseur par assignation en justice. C'est pour ça que les dossiers prennent tant de temps. Le chemin vers une nouvelle vie ne va pas de soi. Je t'ai parlé de ce rejet de l'histoire et de l'identité des parents disparus. Surtout quand les enfants n'ont pas été endoctrinés et qu'ils ont bénéficié d'amour parental. C'est difficile à accepter, et dans la plupart des cas il n'y a même pas de corps pour se recueillir. C'est comme si cela n'avait jamais eu lieu… On a même parfois noté une ressemblance physique incroyable entre les parents biologiques et les parents d'adoption, ce qui entraîne une confusion totale.

— J'agis à la demande de Clara. J'ai les papiers, tu le sais bien.

— Gabriel a eu de la chance à l'hôpital Carlos-Durand. Un juge pourrait sans problème annuler les résultats au prétexte que le prélèvement sanguin n'a pas été effectué par l'intermédiaire du consulat d'Argentine à Paris. Je t'ai induite en erreur, j'en suis bien désolée, crois-moi. Je viens d'apprendre que l'échantillon aurait dû être adressé au Service des droits humains de la chancellerie par la valise diplomatique, qui l'aurait ensuite remis à la Conadi, laquelle l'aurait porté à la Banque nationale des données génétiques pour y être étudié.

— Autant dire des mois d'attente, coupa Ariane. Gabriel a court-circuité tout le monde. La banque va directement informer la Conadi.

— Oui, mais croisons les doigts pour qu'aucun juge ne tombe sur les résultats s'ils sont positifs. À l'étranger, l'autorité émane du consul ou de l'ambassadeur. Ton mari pourrait attaquer en justice… Soit, disons que la banque génétique adresse son rapport à la Conadi. Et Comme il n'y a aucune instruction judiciaire en cours, le siège des Grands-mères sera aussitôt mis au courant… Ariane, je comprends que tu n'oses pas aller chez elles, mais fatalement tu vas avoir besoin d'aide. Avec leurs enquêteurs, leurs avocats, elles maîtrisent toutes les procédures. Sans elles, ça peut traîner à l'infini. Qui sait si un fonctionnaire ne va pas tout bloquer ? Qui sait si Clara ne changera pas d'avis ?

Sa fille imposait sa loi. Une reculade, un pas en direction de Bertrand, et toute l'affaire s'effondrait. Ils renonçaient à la vérité, ils laissaient la blessure s'infecter, sans espoir de guérison, de reconstruction.

Comment mesurer le choc schizophrénique que subissait d'ores et déjà Clara ? Comment vivait-elle la possibilité d'un nouveau prénom, la certitude d'un nouveau nom ? On lui changerait sa carte d'identité, peut-être qu'il faudrait même modifier sa date de naissance – parce qu'un anniversaire le 22 décembre, en y réfléchissant, ça reposait sur quoi ? Sans doute avait-elle été séquestrée plusieurs jours avant l'apparition de Bertrand. Ce détail n'était pas innocent : il révélait à quel point un test ADN portait en lui un saut dans l'avenir, un passé qui se fracassait sur le futur, un espace temps déchiré, où certaines choses s'abîmaient dans l'invisible, tandis que d'autres se fragmentaient, s'éparpillaient… Alors, oui, d'effroi, Clara pouvait à tout moment siffler la fin du combat. Il était donc temps de ne plus penser à elle, à sa culpabilité.

— J'ai peur d'y aller, Paula, conclut-elle. Je ne suis pas certaine d'avoir les épaules assez larges… Qu'importe, je pars tout de suite. Je demande Ariel, c'est ça ?

Son cœur tambourinait et ses jambes flageolaient. Dans le *remís* lancé de Palermo à l'Avenida Corrientes, Ariane tâchait de calmer sa respiration.

Près de trente minutes furent nécessaires pour gagner ce lundi la *casa* des Grands-mères. La Fiat jaune et noir stoppa face au numéro 3284, au cœur de ce quartier chaotique du Once, parcouru d'immeubles cossus de l'époque dorée, tous un brin défraîchis, à l'image des halles fermées depuis une décennie qui lui faisaient face. Elle paya sa course, sortit lentement de la voiture, et le monde se remit en mouvement. Elle expira profondément, ferma les yeux un instant, puis chercha sur l'interphone en cuivre la lettre « h ». Elle sonna et la porte s'ouvrit. C'était un petit immeuble encore desservi par un ascenseur des années 1930. Véritable bijou Art déco, la cage en fer forgé la propulsa au quatrième. L'angoisse refluait peu à peu.

Elle s'attendait à tomber sur un groupe de femmes d'un certain âge, bien mises, à la mémoire blessée, mais à la place une jeune fille lui ouvrit en souriant. Sans savoir qui elle était, elle l'embrassa – on procédait toujours comme ça ici –, et lui demanda de patienter dans l'entrée. Ariel allait la recevoir. Ariane en profita pour étudier les lieux. En fait de *casa*, le refuge des Grands-mères était un grand appartement comme on en trouve à Nice, très haut de plafond, habillé de boiseries et de tomettes au sol. Un bureau fermé, celui de la présidente, comprendrait-elle plus tard, se présentait juste à sa gauche. Un couloir sur sa droite distribuait deux bureaux renforcés de mezzanines et d'une cuisine. S'entassaient un peu partout des tracts, des livres, des téléphones et des dossiers. Derrière les ordinateurs, de fins limiers traquaient les *milicos* en cavale. Sur les murs, rayonnaient les visages de jeunes disparus.

Un jeune homme se présenta en souriant, l'embrassa lui aussi, avant de la guider dans un petit salon. Il ressemblait à un Indien, ou à un Napolitain. Il était grand, mince, ses yeux noirs scintillaient et ses cheveux frisaient dans tous les sens. Il referma la porte par souci de discrétion et l'invita à s'asseoir.

— Je t'attendais. Paula vient de me téléphoner. Comment te sens-tu ?

— Pas très bien.

— Tu veux boire quelque chose ?

— Je crois que j'ai besoin d'un thé.

Il s'absenta quelques minutes. Ariane l'attendit droite comme un « i » sur son fauteuil, les mains à plat sur les genoux. Du dehors, lui parvenait le fracas de Corrientes. Elle avisa le bâtiment face à elle, un haut lieu du Buenos Aires d'autrefois où s'approvisionnaient les petits marchands de fruits et légumes. Ariel réapparut en faisant craquer le parquet en chêne usé. Ariane vit qu'il portait un plateau avec des biscuits, de la confiture de lait, une tasse de maté et plusieurs sachets Lipton. Elle hésita comme une gamine chez le glacier et se décida pour un thé vert à la menthe.

— Ils transforment le vieux *mercado* en *mall* à l'américaine, fit le jeune homme. J'espère qu'ils ne vont pas tout détruire. Cette architecture brutaliste est magnifique. Tu te plais à Buenos Aires ?

— Je joue à la touriste avec mon ami. Après le froid parisien, j'aime la lumière, la chaleur… Enfin non, je trompe mon impatience.

— Je comprends, c'est si dur d'attendre.

Il lui offrit une cigarette et elle accepta, même si elle ne fumait qu'avec Gabriel. Ils restèrent quelques secondes à se regarder en silence.

— Moi aussi, j'ai dû ronger mon frein, reprit Ariel. Paula n'a pas dû tout te dire : j'avais cinq mois quand ma mère a été assassinée. Les *milicos* l'ont abattue chez nous. Comme je souffrais de graves difficultés respiratoires, ces vauriens m'ont abandonné dans un hôpital. J'étais sans doute fichu pour eux, ou trop basané, va savoir… À ma guérison, le juge des mineurs m'a confié à un orphelinat sans se préoccuper de mon identité. À la différence de la plupart des *nietos* récupérés par les Grands-mères, je n'ai donc pas été adopté et élevé par des *represores*. Jusqu'en 1995, je m'appelais Claudio. C'est alors que les Grands-mères m'ont localisé. Je savais que j'étais un enfant adopté, mais je n'imaginais pas une seconde être celui de María et de Federico, mon père disparu en mars 1976, trois mois avant ma naissance. Pourquoi moi ? Que s'est-il passé ? Pourquoi m'ont-ils pris ? Quelle histoire m'emmène jusqu'ici ? Voilà les questions que se posent en premier les « bébés volés » quand ils débarquent chez nous. Nous nous efforçons alors de refaire le chemin ensemble. Cas par cas.

Ariel s'interrompit pour offrir des gâteaux à Ariane. Ses yeux brillaient encore davantage, et quand il reprit la parole, il le fit à voix basse, si bien qu'Ariane dut se pencher pour l'écouter.

— En résumé, quand les restes de ma mère ont été localisés au cimetière de San Nicolás, les investigations ont repris de plus belle dans les orphelinats du coin. Mon test ADN a tout révélé. J'ai pu rencontrer ma grand-mère paternelle, une des premières « folles » de la place de Mai. Je suis un *caso resuelto*, un cas résolu. La vie sait parfois rendre justice, tu vois.

Ariane comprenait pourquoi Paula tenait absolument à ce qu'elle rencontre Ariel. Il la renvoyait directement à son histoire. Elle sourit.

— Je vois toujours mes parents adoptifs, abonda-t-il ensuite. Je les aime. Ils sont de bonne foi. Il n'y a aucune raison qu'ils paient pour un crime qu'ils n'ont pas commis.

— Mon mari a commis un crime, se tendit Ariane. C'est un *apropiadore*. J'ai vécu toutes ces années à ses côtés sans me douter de quoi que ce soit. Je comprendrais très bien que ma fille me juge complice par omission, qu'elle pense que j'ai effacé les doutes et les signes annonciateurs, et qu'elle refuse à jamais de me revoir. Au mieux, je suis une idiote…

— Il y a des histoires plus difficiles à révéler que d'autres. Il faut pourtant du cran pour être ici.

Ariane écrasa sa cigarette. Elle se releva perplexe.

— Non, je n'ai pas le choix, fit-elle en le regardant droit dans les yeux. J'ai préservé mon bonheur pendant toutes ces années. Je dois rattraper le temps perdu pour Clara, faire en sorte qu'elle se construise, espérer ne pas avoir ruiné sa vie. C'est ce qui me fait avancer. Même si je ne parviens toujours pas à imaginer une grand-mère et des parents disparus. Je n'ai jamais voulu leur barrer la route, tu comprends ?

Un frisson fulgurant parcourut Ariane. Les larmes montaient et sa gorge se serrait. Ariel et elle s'immobilisèrent.

— Tu es trop dure avec toi-même ! Il y avait une expression en Argentine, sous la dictature : *No te metas*, ne t'implique pas, ne te mouille pas. Tu es française, personne ne va te juger ici, ou alors il faudrait passer au tribunal la quasi-totalité des Argentins… Tu sais, Paula te trouve courageuse. Et tu oublies quelque chose pour Clara.

Ariane écarquilla les yeux avec espoir. Ariel but une gorgée et poursuivit :

— C'est aussi un bonheur formidable d'agrandir sa famille. Si nous avons de la chance, Clara va retrouver des dizaines de personnes, et tous seront heureux. Se découvrir *nieto*, ce n'est pas seulement trouver sa grand-mère, c'est devenir aussi le petit-enfant de toutes les femmes de la place de Mai, bénéficier de leur tendresse, de leur amour.

L'idée était belle. Mais Ariane espérait autre chose qu'une existence à osciller entre douleur et passion pour Clara. Elle l'avait élevée avec cette notion vaguement féministe de liberté et d'indépendance. Elle espérait que cette affaire ne l'empêcherait pas de réaliser ses rêves, qu'elle ne freinerait pas son épanouissement en tant que femme. L'affection héroïque des *Abuelas* risquait bien de l'écraser. Et pour l'accabler, il y avait face à elle cette citation d'Arturo Jauretche, punaisée au mur : « *Nada grande puede hacerse con la tristeza*[1]. »

— Mais rien n'est imposé. Si nous parvenons au but, je suis certain qu'elle s'apercevra qu'il lui manquait cette pièce du puzzle dans sa personnalité. Un vide va se remplir. Elle comprendra mieux certaines attirances et intuitions qui lui semblaient n'avoir aucun sens. Tu sais, j'ai un frère aîné. C'est étonnant car il est le bassiste d'un de mes groupes préférés. Sans imaginer une seconde qui il était, je l'ai vu plusieurs fois en concert quand j'étais adolescent. Sans doute qu'il y aura des surprises comme ça pour Clara.

1. Rien de grand ne peut se faire avec la tristesse.

Les Grands-mères et leurs « détectives » croisaient toutes les données disponibles : dossiers d'hôpitaux civils et militaires, archives des administrations, procès-verbaux, comptes rendus de justice… Les recoupements se faisaient de façon empirique, leurs fichiers s'entrelaçaient avec les signalements de la banque ADN de Carlos-Durand. Ainsi, Ariel, comme Ariane, estimait que l'identité des parents de Clara avait toutes les chances de se trouver à côté d'eux, bien lisible dans la base de données. Les naissances à Buenos Aires étaient bien renseignées, les témoins ne manquaient pas.

Ariel avait déposé sur la table du salon les fiches et les photos de huit femmes enceintes à leur disparition susceptibles d'accoucher en décembre. Elles s'appelaient Lucía, Valéria, Monica, Patricia, Mabel, Marina, Juana, Graciela. Ariane lut chaque note avec la conviction qu'une de ces femmes était la « maman de ventre » de sa fille. Elle s'attendait à y trouver le portrait de Véronique Constant, mais on n'avait pas encore jugé utile de la rajouter au lot. L'enquête ne faisait que commencer pour elle. Tandis que le silence s'épaississait, Ariel reprit :

— Lorsque des rapports sont produits, l'information est classée dans des fichiers contenant les circonstances de la disparition, les photographies des parents, les documents d'identité, les *habeas corpus* qui ont été déposés, le certificat de la grossesse de la mère, ou dans le cas d'enlèvement d'un enfant, un certificat de naissance et sa dernière photo. Chaque personne concernée par la dénonciation doit signer l'ensemble de ces documents.

Ariel se leva et saisit un autre dossier posé sur la table. Celui de Clara. À en juger par sa fine épaisseur, c'était un plan de bataille à l'état d'ébauche. « Enfant de disparus », pouvait-on lire sur la couverture.

— Nous avons une note de Paula qui résume ta visite chez elle et vos conversations téléphoniques. Il y a aussi un compte rendu de notre enquête à l'orphelinat de Villa Lugano. Sans oublier les copies de l'agenda de ton mari.

Ariel agissait avec tact, mais elle ne put réprimer un mouvement de surprise. C'était logique, ces reproductions annonçaient la battue, laissaient présager que jamais les Grands-mères ne lâcheraient Bertrand. Elle le savait, il le méritait. C'était cependant une chose de l'imaginer et une autre de voir la corde se resserrer autour de son cou. Elle fouilla dans son sac et sortit le fameux Moleskine.

— Tenez, il sera plus en sécurité ici. Conservez-le jusqu'à l'ouverture d'une procédure juridique.

Ariel s'étonna et accueillit le geste pour ce qu'il était : une reddition définitive. Elle appartenait à leur camp maintenant. Il réprima une envie de l'embrasser – ce qu'il pouvait être sentimental… Ah ! si seulement l'affaire se résolvait aussi vite pour le bébé de Véronique Constant… On ne savait pas grand-chose d'elle. Les pistes s'arrêtaient aux plaintes de Gabriel après son arrestation. On ne savait même pas qui dirigeait l'opération, et aucun détenu survivant de l'Esma ne l'avait vue enceinte. C'était un cas obscur, elle n'était plus qu'un numéro, et les archives restaient vides. Mais comme si le destin se vengeait deux décennies après les faits, il y avait eu cette incroyable rencontre entre Ariane et Gabriel. Ariel n'en revenait pas de leurs deux vies entremêlées, prédestinées, là-bas, de l'autre côté de l'Atlantique. Et si, jusqu'au bout, une force mystérieuse leur faisait un énorme clin d'œil ? Que Véro ait mise au monde Clara ? Et s'il avait la solution sous le nez ? Le couple semblait écarter cette possibilité. Ils tenaient à être scrupuleux. Même si aucun témoin ne l'avait aperçue à Campo de Mayo… En tout cas, si les Grands-mères restaient discrètes. Ils étaient nombreux à la *casa* à échafauder des théories sur ce duo touché par une improbable flèche de Cupidon, deux cœurs enflammés. Tous les avaient cherchés des yeux pendant la messe à l'église Santa Cruz.

— Merci ! On a une formule ici pour accueillir un *nieto* :

« Bienvenue à la vérité. » C'est pareil pour toi ! Je suis heureux que tu sois avec nous. Tu sais, au risque de me montrer indélicat, ta rencontre avec Gabriel nous a fascinés. Tu penses qu'il a besoin de nous ?

— Il viendra bientôt, il faut lui laisser un peu de temps, coupa Ariane. Tu es au courant pour son frère ?

— Le *padre* Bernardo nous a prévenus, c'est terrible. La police cherche un rodeur, mais nous, on trouve ça bizarre. Comme par hasard, il a été tué juste à votre retour, juste à la messe d'enterrement, comme si Julien Vasky avait découvert quelque chose… Lui aussi était à l'Esma. Il ne s'est jamais confié, même pas à Bernardo qui était pourtant son ami. Il se taisait, obstinément. Peut-être que cette révélation, la maternité de Véronique, a eu raison de ses blessures psychiques. Peut-être qu'il allait donner un nom. Mais bon, par la force des choses, nous sommes devenus aussi un peu paranos chez les Grands-mères. Les menaces n'ont jamais cessé.

— Sacco ? grinça Ariane.

— C'est le ravisseur de Clara, sans aucun doute, mais qu'aurait-il à voir avec Julien ? Et même en extrapolant, pourquoi créer un lien avec l'enfant de Véronique et Gabriel ? Aucun témoin ne l'a jamais vue à l'Esma.

— Avant le témoignage de cette infirmière, vous ne saviez pas non plus qu'il était au Campo de Mayo, ça ne veut rien dire… Sacco connaissait la famille Constant depuis l'Algérie. C'est la seule piste de Gabriel en attendant que l'ADN de Véronique se révèle compatible avec un enfant en quête d'identité… Gabriel s'est mis dans la tête qu'à minima les marins de l'Esma ont confié la vérité à Sacco. Ce type ne pouvait rester indifférent au sort d'une gamine qu'il connaissait depuis toujours. Gabriel est toujours frappé par le fait que Constant n'ait pas déposé une demande d'*habeas corpus* à la disparition de sa fille, comme s'il maîtrisait la situation. Il l'a même exhorté à cesser ses recherches, au risque de mettre sa fiancée en danger. Sacco était donc dans les parages, c'est très probable. Et puis il y a eu cette nouvelle de la libération, Véronique se trouvait à Cuba. Une fausse piste, naturellement.

— Comment ? Mais on n'a jamais su ça.

— Et il y a encore autre chose avec l'histoire d'un tableau récemment exposé en France. Le commissaire de l'exposition a rencontré Constant à Buenos Aires. Il a cru comprendre qu'il cherchait à se venger, qu'il accomplissait une sorte de devoir de justice artistique en exposant les visages de criminels en fuite. Gabriel pense que Constant a été berné par Sacco. Sa prise de conscience intervient vingt ans après les faits, depuis la découverte du corps au cimetière de General Lavalle. Pas avant.

— Tu es sérieuse ? Pendant tout ce temps, Constant imaginait sa fille vivante à Cuba ?

— Il devait avoir des garanties, sinon il aurait pris des mesures.

— Dans ce cas, Constant va vouloir retrouver Sacco. Il lui court peut-être déjà après.

Non, c'était Gabriel qui se lançait à ses trousses, mais Ariane n'allait pas tout révéler non plus.

— Mais vous ne l'avez jamais rencontré ? demanda-t-elle.

— Il n'est jamais venu chez nous, et maintenant avec ce scénario cubain je comprends pourquoi il n'a jamais cherché à retrouver le corps de sa fille. Le lien entre la détenue L-23 – identifiée comme Véronique Constant par des survivants – et le squelette exhumé au cimetière de General Lavalle s'est fait grâce à l'ADN de Mathilde Constant, sa femme. Elle a débarqué chez nous quelques mois avant sa mort, rongée par les doutes... Mais lui, il nous fuit toujours. Il nous prend pour des rouges. Je l'ai aperçu à la messe hier... Ce n'est pas un type facile. En tout cas, tu peux rassurer Gabriel : Sacco, on le trouvera. Ils finissent toujours par commettre une erreur. Tous.

Mais Gabriel brûlait les étapes et n'allait pas les attendre. Ariane, le visage impassible, enfourna un gâteau dans sa bouche pour se forcer au silence. Sa dissimulation lui faisait un peu honte.

— Ariane, j'ai encore quelque chose à te révéler. Ou peut-être veux-tu remettre ça à demain ? Tu as peut-être besoin de t'aérer, de te reposer.

— Non, je suis prête. Vas-y.

— Tu sais que les bébés étaient comme un butin de guerre, une récompense pour certains *represores*, mais la plupart du temps ils ont été achetés. C'est ce qui s'est passé avec Clara.

— Comment ça ? Tu veux dire que Bertrand a payé Sacco ?

— Ils sont convenus d'une monnaie d'échange, plus exactement. Tu es prête, vraiment ?

— Oui.

— Lorsque l'on traque un *represor* en fuite, on épluche toute sorte de documents administratifs. Parmi eux, les cartes grises. Quoi de plus important pour un macho argentin que sa bagnole ? Il ne va pas la quitter comme ça. J'ai un complice au département d'immatriculation de la province. Grâce à lui, j'ai trouvé un véhicule appartenant à Sacco, un vieux modèle dont il ne s'est jamais séparé : un coupé Citroën SM. Cela m'a pris du temps, mais c'est en regardant la photo du modèle sur le Net que je me suis interrogé. C'est une voiture fabuleuse, livrée dans une gamme de couleurs magnifiques, un rouge de Rio, calibrée entre fierté latine et *American way of life*… C'est alors que je me suis rappelé le rôle de ton mari comme conseiller économique à l'ambassade de France, sa place dans la défense des intérêts de Peugeot à l'usine d'El Palomar. La Citroën était produite à El Palomar, si près de Campo de Mayo… Sur la carte grise, la date de première immatriculation mentionne 23 décembre, le lendemain de l'échange avec Clara. Ça ne peut pas être une coïncidence. Sitôt les clefs en main, Sacco s'est empressé d'accomplir toutes les formalités, c'étaient les vacances de Noël, il…

Ariel fit une pause et considéra Ariane avec crainte. Ça l'atteignait en pleine poitrine.

— Une bagnole, dans l'esprit de ces deux monstres… Clara ne valait pas davantage qu'une putain de bagnole !

Elle signa alors tous les documents, mais ce fut plus fort qu'elle. Dans un tourbillon de confusions, elle rumina ce troc abject, cette ignominie qui la salissait. Encore plus que de l'argent, elle n'avait d'ailleurs jamais pensé que Bertrand s'était acquitté de quoi que ce soit. Elle imaginait une amitié entre eux, ce genre de service qu'on rend dans une *patota*, la bande de voyous version argentine… Mais qu'est-ce qu'elle croyait ? Qu'on se servait à la pouponnière ? Bien sûr que non ! Le *Proceso* était un truc de petites frappes, le partage de biens volés aux disparus alimentait les antiquaires et les soldeurs. Bertrand avait-il seulement payé plein pot le coupé Citroën ? Ou s'était-il abaissé à de médiocres marchandages ? Elle ne le saurait jamais, et mieux valait l'oublier maintenant. Les Grands-mères accepteraient-elles au moins de taire cet échange à Clara ? Ça la détruirait encore plus.

Elle pleura longtemps et tâcha finalement de rassembler ses forces. Une heure défila, sa colère grondait contre les saloperies de la vie, la médiocrité des hommes. Une femme petite, mais vraiment petite, et au cœur immense, vint alors la consoler. En 1984, c'était elle qui avait reçu dans son cabinet de psychologue le premier enfant arraché à ses *apropiadores*. Depuis, elle coordonnait l'équipe thérapeutique des *Abuelas*. Elle serait toujours là pour Clara, se rassura Ariane.

Raquel, une grand-mère fondatrice du mouvement, était venue récupérer quelques documents. C'était elle la première à avoir découpé les journaux, établi des fiches, classé des photos. Ariane eut un grand sourire quand Estela entra, la présidente des *Abuelas*, suivie par la jeune fille qui l'avait accueillie, et encore d'autres visages, tous joyeux.

Il se passait quelque chose. En fait, il se passait quelque chose depuis le vendredi soir – date à laquelle Estela avait reçu un fax. Paula, à Fontenay, venait seulement d'être mise dans la confidence.

Ce fax portait l'en-tête de la Conadi. Avec ce mot :

« Voici les résultats de la jeune Française. »

Joie ! *Caso resuelto* ! Et ce compte rendu :

« Résultats de recherche de liens biologiques : D'après la réaction en chaîne de la polymérase et l'analyse des différents marqueurs génétiques présents dans l'ADN des personnes étudiées, il n'existe aucune exclusion génétique entre Lucía Fernandez et la requérante Clara Sauvage. D'après les calculs statistiques, la probabilité que Lucía Fernandez soit la mère biologique de Clara Sauvage est de l'ordre de 99,9999 %. »

24

Pied au plancher sur la Ruta 1 depuis Colonia del Sacramento, Gabriel tâchait de goûter à la vitesse, au souffle rafraîchissant du *pampero*, à la voix de Kurt Cobain sur Radio Uruguay : *My girl, my girl, don't lie to me.*

Moins de deux cents kilomètres séparaient la frontière uruguayenne de sa capitale Montevideo. Il y serait à l'heure du déjeuner, mais il avait le cœur lourd et se disait qu'il ne pourrait rien avaler. Trop de colère, trop d'expressos bus à la file sur le ferry.

Tant d'idées noires le transperçaient. Tout cela n'avait pas de sens. C'était fini, l'espoir d'une complicité retrouvée avec Julien. Terminé, le projet de l'avoir à ses côtés s'il retrouvait le gamin, de fêter leurs anniversaires ou Noël, de passer l'été tous ensemble… Des heures inertes s'écoulaient depuis la découverte macabre à San Telmo. Progressivement, une haine farouche se substituait à la tristesse, à l'abattement. Julien n'avait pas survécu à l'Esma pour être assassiné chez lui. Quelle absurdité !

Gabriel faisait confiance à son instinct. Sacco jouait forcément un rôle majeur dans ce meurtre. Ce salopard trempait là-dedans avec d'autres *represores*. Ça restait flou, mais il avait entendu son frangin prononcer ces mots : « Pour eux, le *Proceso* n'est pas achevé, loin de là. » Gabriel sentait le danger, et son désir de vengeance occupait tout l'espace. L'adrénaline le préservait de la peur. Le coude appuyé sur la portière, une main sur le volant, il dérivait en cherchant encore et encore des réponses. Avait-il remarqué quelque chose dans l'appartement ? Julien lui était-il apparu nerveux, inquiet ? *A posteriori*, y avait-il eu des avertissements dans leur conversation ? Après la route bordée de palmiers, la capitale se présenta sous ses yeux sans qu'il ne trouve d'explications au meurtre de son frère. Il pouvait sonder tant qu'il voulait la vie de Julien, celle-ci lui demeurait totalement incompréhensible.

Comparée à Buenos Aires, la circulation lui parut fluide, mais peut-être plus nerveuse, avec des deux-roues en zigzag, des motards sans casque, et des bus changeant sans cesse de file.

Il quitta la ville par la *rambla* et se retrouva moins de deux heures plus tard dans les faubourgs de Punta del Este. Il dénicha sans peine une *armería* – comme prévu, s'acheter une arme s'avéra un exercice plutôt facile ici. Un vendeur lui présenta un fusil de chasse. Personne ne se méfiait, l'Uruguay affichait un des taux d'homicide les plus bas d'Amérique latine. Vers le Brésil, lui dit-il, quelques cinglés les utilisaient pour abattre les lions de mer avachis sur les rochers de la côte, des cibles pataudes et distrayantes. La sienne serait vive et cruelle. Gabriel opta finalement pour un Glock 17 et son chargeur dix-sept coups, un semi-automatique d'occasion qui avait appartenu à la police brésilienne.

De retour à sa voiture après avoir rempli un vague formulaire et multiplié les anomalies sur son nom et son adresse, il vérifia le levier de sécurité sur la détente, contempla la crosse, le canon, le marquage Austria côté gauche sur la glissière, huma l'odeur de métal et réfléchit un instant à l'objet qu'il tenait entre ses mains. C'était le symbole du mépris de la vie, de la domination, ce remède pour gangsters, tuant, s'entre-tuant. Il n'allait pas se transformer en prédateur, pas lui, mais au moins il allait pouvoir se défendre. Il se pencha alors pour ranger l'arme et son chargeur de rechange dans la boîte à gants. Se relevant, il projeta dans le rétro son visage furieux. Il se fit peur : la bête en lui frétillait.

On estime de façon un peu arbitraire qu'à Punta del Este s'arrête le Río de la Plata et commence l'océan. La Ruta 10 se signala enfin, longeant la côte. Il ferait ses premières recherches à José Ignacio, c'était décidé, et commencerait dès lors à vadrouiller vers la frontière brésilienne, à fouiller les coins paumés dans les dunes, les petits villages de pêcheurs aux maisons colorées. Puisque le canasson portait chance, il interrogerait les *fincas* : « Chacal, ça vous dit quelque chose ? » Avec un nom pareil, on se souvenait peut-être de la bestiole. Au besoin, il ferait aussi un tour dans les agences immobilières.

José Ignacio. Quand Ariane avait suggéré de se rendre en Uruguay, il s'était rendu compte qu'elle possédait une mémoire assez prodigieuse. Dans le taxi de retour du club hippique, elle s'était souvenue de certains paysages avec une grande précision – des paysages qu'elle avait vus lors d'un week-end avec Bertrand, des rochers dont les géologues pensaient qu'ils prenaient racine tellement loin dans le sol qu'aucun tremblement de terre n'aurait jamais lieu ici. Elle avait eu aussi un drôle d'enthousiasme pour les fameuses vagues phosphorescentes de cette côte, phénomène que l'on devait à la magie des noctiluques, un plancton émettant une lumière bleutée au moindre mouvement de l'eau pour effrayer ses prédateurs. « On ressort tout bleu de la baignade », prétendaient les nageurs. Gabriel était plus confus dans ses souvenirs. Les longues plages du débarquement ensevelissaient sous des dunes d'oubli leur réplique uruguayenne, et puis les environs de José Ignacio avaient sacrément changé depuis son dernier passage. Architectes et hôteliers flairaient les bons coups, tout comme diverses célébrités. Sacco ne pouvait tout simplement pas s'y trouver. Un homme qui se cachait ne frayait pas avec la jet-set.

Direction La Pedrera. À partir de là, s'ouvrait ce vaste périmètre en direction de la frontière brésilienne, peut-être le refuge du fuyard, cent quarante kilomètres de côtes sauvages, de lagunes, de dunes, de plages désertes, un royaume d'oiseaux qu'on ne pouvait souvent parcourir qu'à pied ou à cheval. Il irait à l'instinct, auprès des rouleaux monstrueux, des chevaux en semi-liberté, des troupeaux de vaches – une légende prétend qu'il y a quatre vaches pour un homme en Uruguay. À l'horizon, le ciel mangeait la terre.

En milieu d'après-midi, se présenta donc ce village aux quatre rues bordées d'allées de sable, gratifié d'un marché hippie, de petits restaurants, et au milieu d'une épicerie tout en bois, comme dans un western. On préparait le carnaval, les poteaux se pavoisaient des couleurs de Coca-Cola et de Pilser's. Bientôt dix mille fêtards allaient danser et se saouler jusqu'à l'aube, mais pour l'heure, le coin somnolait. Gabriel avait parcouru environ deux cent cinquante kilomètres depuis Montevideo, et une certaine fatigue s'emparait de lui. Il se procura un sandwich qu'il dévora en surplomb des surfeurs et de l'écume qui balayait la grève prise entre les hautes dunes et les vagues immenses.

Un vendeur ambulant de fruits et légumes passa juste derrière lui et s'arrêta une centaine de mètres plus loin pour déplier sa bâche et attendre le chaland. Le vieil Ernesto sillonnait les alentours depuis la nuit des temps. C'était une vedette des *ferias*, les marchés de la région. Il récoltait directement ses produits auprès des agriculteurs. Rien ne lui échappait dans la pampa. Faisant provision de mangues et de bananes, Gabriel engagea les banalités d'usage, la fin de la saison, les maisons d'architecte qui poussaient comme des champignons, le vent.

— Je cherche un copain, finit-il par demander. Il s'est installé récemment dans une *finca* du coin. Un médecin de Buenos Aires, la soixantaine, grand cavalier.

— C'est pas ce qui manque, les messieurs de la ville, par ici.

— On s'est connu à l'armée, c'est un ancien gradé, souligna Gabriel.

— Jamais croisé. Je l'aurais remarqué s'il s'était installé à La Pedrera. Il y a une centaine d'habitants, je les connais tous.

— Une *estancia* près de la mer, c'est ce qu'il m'a dit. Jusqu'à la frontière, il y a encore Cabo Polonio, La Esmeralda, Punta del Diablo, La Coronilla. Vous voyez des jolies *fincas* par là-bas ?

— Cabo, oubliez ! C'est un repère de hippies dans les dunes. On y accède en buggy. Il paraît que ça devient chic de vivre dans des bicoques en bois, sans eau, sans arbres... Je ne comprends pas très bien... En tout cas, je n'imagine pas du tout un militaire vivre là. Mais tentez votre chance sur la frontière à Chuy. Il y a du monde, des trafics, idéal pour un officier, des fois qu'il ait besoin de tracer vite fait au Brésil.

Uruguay. Six mille prisonniers politiques pour environ trois millions d'habitants durant les heures sombres de la dictature. Le pays du pianiste au nom d'étoile n'en avait pas fini lui non plus avec sa soldatesque, mais le regard soupçonneux d'Enersto empêcha Gabriel de le ranger dans un camp ou un autre.

— Je vois, se borna-t-il à répondre avant de remercier et retrouver sa Corolla.

Le séjour en Uruguay serait peut-être plus long que prévu à patrouiller de hameaux en villages.

Il reprit la Ruta 9 à travers les landes, les forêts de pins et les lagunes, faisant halte régulièrement dans des fermes rudimentaires pour interroger des propriétaires qui le recevaient dans leur cour dévastée, en vain. À Castillos, qui comptait plusieurs milliers d'habitants, il dénicha en contrebas de la place centrale l'agence en *negócios imobiliários* Amicus. Sacco avait probablement changé d'identité. Il s'efforça de le décrire à un type sanglé dans un mauvais costume, des pompes en cuir à bout pointu, un air de déjà-vu, comme si la profession se refilait ses codes vestimentaires tout autour du monde. Don Aldo ne voyait vraiment pas de qui il parlait.

Gabriel eut alors envie de gagner Chuy. Ernesto avait raison, il voyait bien Sacco là-bas. Il allait y dormir, faire le tour des bars, des restaurants, et même des vétérinaires, car Chacal avait peut-être eu droit à une visite médicale.

Le soir tombait quand il atteignit Punta del Diablo, à une bonne demi-heure de la ville-frontière. Au petit terminal de bus de la compagnie Route Sun, il commença par interroger un chauffeur, se retrouva ensuite avec les propriétaires d'une maison coloniale transformée en auberge, et poursuivit enfin son jeu de devinettes chez Al Pairo, reconnu pour ses crevettes à la sauce *a la Diabla*. Des Argentins, il y en avait partout, mais d'un médecin retraité dans les parages, personne n'en avait entendu parler.

Il reprit la route et s'arrêta à une station à essence Ancap, un bon endroit si d'aventure le pompiste avait l'âme curieuse. Il fit le plein et nettoya son pare-brise constellé d'insectes. À la boutique du Minimercado, une femme tenait la caisse. Bavarde, ça tombait bien. Elle ramassa ses billets et parut séduite par le sourire et les yeux noirs de Gabriel. Amusée, elle s'interrogea à voix haute – « de Buenos Aires, celui-là, pas sûr » –, récapitula les visages croisés récemment, tria les habitués des vacanciers, les quinquas des retraités… La bouche comme une carpe tout juste sortie de l'eau, elle lui rappelait cette grosse dame d'une fête foraine qu'il fréquentait enfant. Il allait lui chercher le journal au kiosque et en échange il remportait des tours d'auto-tamponneuses. Lorsqu'elle tendait la main pour récupérer sa monnaie, il en profitait pour s'attarder longuement sur ses seins, gros comme des obus. L'écoutant, vaguement attendri, il tourna la tête en direction d'un 4 × 4 rutilant qui venait d'approcher près des pompes. Une silhouette légèrement voûtée coupa le contact, contourna le véhicule et se présenta de face pour déverrouiller le réservoir. Une pointe l'élança au cœur.

La concha de tu madre[1] *!* Cette saloperie de Constant !

Gabriel se réfugia aux toilettes, attendit que le vieil homme paie à son tour, s'installe au volant et redémarre. Il salua la caissière d'un geste un peu ridicule et se mit en chasse, à bonne distance du 4 × 4. Un regard pour la boîte à gants, il hésitait. Foncer sur Constant, l'arrêter coûte que coûte, le prendre par le col et inverser les rôles, lui dans la peau du para ? Ou suivre sagement sa proie, qu'El Jefe le mène chez Sacco, car les deux hommes soldaient les comptes, forcément…

Il choisit cette option, d'une pierre deux coups, et recouvra son calme. L'effet de surprise était de son côté.

---

1. « La chatte de ta mère », expression courante à Buenos Aires.

Pins et *pehuenes* drapaient le crépuscule. Ils approchaient du parc national de Santa Teresa, une grande zone boisée trouée d'une forteresse datant des guerres entre Portugais et Espagnols, au XVIIe siècle. En même temps qu'il flairait l'odeur d'eucalyptus, parfum puissant doublé d'iode, Gabriel aperçut sur sa droite une guérite de soldats. Selon un panneau, ce territoire appartenait aux forces armées uruguayennes. Les touristes pouvaient le visiter, mais les militaires protégeaient ces lieux jugés stratégiques depuis la nuit des temps.

Au versant d'une colline, Constant prit brusquement à droite. Gabriel ralentit et laissa partir ses feux arrière en direction de la plage de Los Pesqueros. Quand le nuage de poussière retomba, il s'engagea à son tour sur la piste. La Corolla cahota quelques centaines de mètres, jusqu'à des maisonnettes désertes. Il se dit qu'il ferait mieux de terminer à pied et se gara sur une pelouse, impossible que Constant lui échappât d'ici. L'océan grondait à deux pas, la *finca* voisinait probablement avec les baraques à touristes. Émergeant de l'habitacle, il sursauta aussitôt. Craquements de branches, chair en mouvement dans la nuit bleutée : apparut un *ñandú*, une de ces petites autruches qui peuplaient le parc. Pour un peu, il en aurait dégainé de trouille, mais le pistolet était dans la boîte à gants. Une erreur, se dit-il. À partir de maintenant il prenait tous les risques, l'arme devait être à portée de main. Il la plaça au creux de ses reins, sous sa ceinture. Il avait vu faire ça dans les films.

Il s'avança sur la piste et parcourut en courant quelques centaines de mètres sans entendre un moteur ni apercevoir les phares du 4 × 4. La *finca* se trouvait dans une clairière, sombre comme un puma endormi, précédée d'un box où ce bon vieux Chacal devait tromper son ennui en grignotant de la paille. Il y avait aussi côte à côte dans la cour le 4 × 4 et un joli coupé Citroën des années 1970.

Il les tenait.

Dans les scénarios qu'il avait imaginés, jamais Sacco n'était accompagné, ni femme ni enfant dans sa cavale. Aucune trace d'humanité en lui, et pourtant… Littéralement projetés hors de la maison par un Constant hurlant : « Dégagez ! À pied jusqu'à la route », une femme et son fils apparurent sur le seuil de la maison. Gabriel se planqua derrière une haie de pins et les vit passer devant lui en pleurant. Entre chien et loup, dans cette obscurité qui s'affirmait chaque seconde, Gabriel vit que la mère avait facilement vingt ans de moins que le *represor* de Campo de Mayo. Il était persuadé que Constant agirait vite, et ne craignait pas les militaires sur la route – du moins, il estimait avoir assez de temps avant leur arrivée.

Plongé dans une sorte de torpeur, il perdit pied une longue minute, le temps de mettre de l'ordre dans ses pensées. Les questions se bousculaient dans sa tête. Constant obtiendrait-il le nom du foyer qui retenait dans ses griffes le bébé de Véro ? Qu'en ferait-il ? Et *quid* de l'identité de Clara, si rien n'émergeait de son test ADN ? Il balayait du regard la cour et les fenêtres de la *finca*, incendiée d'une lumière dorée. Une douce brise marine frémissait dans les pins. Il finit par recouvrer son sang-froid. Il ne pouvait pas se contenter d'attendre. Sans échafauder le moindre plan, il décidait d'entrer. Il fallait prendre ce risque, sinon tout ce qu'il avait entrepris n'aurait servi à rien. Agir pour Clara. Agir pour Ariane. Agir pour les Grands-mères.

À l'intérieur, Constant resserrait son piège mortel. Il avait jailli dans la maison sitôt garé son 4 × 4 devant la porte d'entrée, menacé d'un Colt 38 la petite famille Sacco, éjecté dehors femme et enfant, enfoncé le canon dans les reins de son ancien frère d'arme, direction la cuisine où il placerait ses deux bras bien en évidence sur une vieille table en bois.

— Tous mes regrets, *amigo*, se défendit Sacco. Il fallait obéir, tu sais bien…

— J'aurais pu buter ton gosse. On n'est pas pareil, sale fils de pute.

— Eh bien, il t'en a fallu du temps, réagit Sacco, sentant qu'il ne pourrait pas apprivoiser la bête, que son heure était venue. Pourquoi maintenant ?

— J'ai cru à vos conneries. Et ne te fatigue pas, Martignac m'a tout avoué.

— Il t'a baratiné, tenta Sacco. Comment m'as-tu retrouvé ?

— Ta femme. Mathilde gardait un répertoire téléphonique de notre arrivée à Buenos Aires. Tu connais les concierges, hein ? Une pie ! Il m'a raconté ta séparation, tes deux gamins, le déménagement à Tigre. Je l'ai retrouvé là-bas. Quelqu'un qui bosse pour les *Abuelas* était déjà passé, mais elle l'avait fermée, elle ne dira jamais rien aux cocos, tandis que pour moi elle a déroulé le tapis rouge. Elle aimait bien Mathilde, et quand elle a su qu'on avait retrouvé ma petite, elle s'est mise à énumérer les endroits où tu pouvais te planquer : Patagonie, Andes... Mais ta petite *finca* d'Uruguay sous commandement militaire, ça paraissait plus logique. Elle te hait terriblement. Je ne sais pas si c'est à cause de ce que tu faisais des bébés ou parce que tu t'es barré, en tout cas, quelque chose lui est resté en travers de la gorge.

— Inés et moi, on a divorcé il y a dix ans. Elle boit beaucoup... Tu veux quoi ?

— Te buter, te voir crever. C'est tout.

— Les autres vont me venger. Tu ne resteras pas longtemps en vie.

— Et alors ? C'est bien trop tard pour moi. Ils ne peuvent pas me tuer, je suis mort depuis longtemps.

— Mais ce gamin, tu ne veux pas le rencontrer ?

— Ça m'a tenté au début. Mais tu vois, les semaines ont passé et je me suis rendu compte à quel point ce gosse m'est totalement étranger. Tu crois que je vais virer grand-père de la place de Mai ?

— Sois un peu humain, Constant. Au fond de toi, tu veux le voir, ce petit. Réfléchis. On va le retrouver ensemble. Tu sais bien que ça ne parle pas, un militaire argentin. Tu pourras faire ton enquête tant que tu veux, jamais tu te le trouveras. Il n'y a aucun papier, rien !

— Puisque je te dis que je ne veux pas le rencontrer.

— Mais à moi, ils me feront confiance, poursuivit Sacco comme s'il n'avait pas entendu. On a gardé le bébé pendant trois jours à l'hôpital militaire de Campo de Mayo. Et puis tu sais comment ça se passait : j'ai pu en refiler à des Français juste avant de m'occuper du tien, mais les autres, ils sont partis sur ordre de Bignone[1]. Qu'en penses-tu ? On peut aller le voir ? C'est lui qui distribuait les « cadeaux du ciel ». Il m'aimait bien, le général. Il nous dira où il est, ce petiot. Car c'est un garçon, même qu'il s'appelait Martín. Ta fille lui donnait encore le sein quand je l'ai embarqué.

L'image fit bondir Constant. Il délivra le poignard de son fourreau vert olive en un éclair et abattit la lame sur la table. Celle-ci s'enfonça aisément dans la main gauche de Sacco, traversant cartilages, os et articulations. Planté, il résista à la douleur, visage de glace pour narguer son adversaire.

— Ne déconne pas, reprit-il les yeux rouges de haine et de douleur. Ta fille, elle te voit de là-haut. Pour sûr, elle aimerait que tu retrouves son petit.

Gabriel avait franchi la porte d'entrée.

Il progressait à pas de loup et distinguait à peine les voix des crapules, causerie de morts-vivants : Inés, delta du Tigre, et surtout Martín. Quoi qu'il arrive, ces noms lui permettraient d'avancer. Dans son box, Chacal partait en ruades. Ce devait être un crève-cœur pour son cavalier de l'entendre hennir de peur.

1. Dernier chef de la junte militaire avant le retour de la démocratie en 1983, Reynaldo Bignone a dirigé Campo de Mayo avant son accession à la présidence. Reconnu coupable de crimes contre l'humanité et condamné à la réclusion à perpétuité en 1985, il est en liberté et bénéficie de la loi d'amnistie en 1998.

Fou de rage et bourré de tics nerveux, Constant s'accroupit, un œil pour le poignard, l'autre pour le sang vermeil qui coulait en rigoles de la table rustique aux tomettes étincelantes. Lucide, il ne s'étonnait pas de retrouver le monde sombre de sa jeunesse, celui des tueurs, des prédateurs. Il y avait pourtant cru à la possibilité d'échapper à son destin de putschiste, mettons une quinzaine d'années, le temps de s'imposer comme El Jefe sur les quais de La Boca, de voir grandir Véro, de surplomber son monde au point d'imaginer révéler le massacre d'Ezeiza juste avant qu'il ait lieu, les liens entre eux, les « garçons de Salan », et les snipers de la Triple A. Une tentation que Sacco n'avait jamais pardonnée, une faute qui avait conduit Véro à la mort, car même si elle avait été donnée par le jeune Vasky, c'était bien lui qui s'en était emparé, dans toute sa cruauté.

— Maintenant, tu vas la fermer. Tu as voulu me faire payer Ezeiza alors que je n'ai rien dit, que j'ai laissé faire. Tu as le choix des armes, Sacco. Les balles ou le poignard, j'ai liquidé les deux autres, Serra et Martignac, comme ça. Ton tour devait venir avant la messe, mais ça a filé vite, et je ne pensais pas faire le voyage jusqu'en Uruguay.

— Tu as tout faux, Constant. On ne t'a rien fait payer du tout. Ta fille, elle nous est arrivée par hasard, balancée par ce Vasky qui voulait protéger son frère. On ne l'aurait pas gardée sans sa grossesse. J'ai pris soin du gosse à sa naissance. C'était un beau bébé !

— Je me fous de ce gosse, tu m'entends ? éructa Constant.

Et Julien Vasky, je l'ai liquidé hier.

Gabriel reçut cette double révélation alors qu'il était sur le point d'entrer dans la cuisine. Constant était l'assassin de son frère ; Véro avait bien donné la vie. Martín, un bébé volé.

Accablé au point de s'appuyer au mur, il tituba et gémit. À chaque nouvelle étape surgissaient des serpents noirs pour le démolir, l'anéantir, rompre les équilibres. Le monde ne tournait pas rond. Était-ce bien lui, tel un roi Lear banni, errant sur la lande du désastre, un cadavre dans les bras ?

Bizarrement, il pensait tirer quelque chose de Constant et de Sacco. Il espérait encore les tenir en joue, et peut-être leur pardonner. Mais cet aveu était une étincelle. L'implacable démonstration qu'il n'y en avait que pour la loi du plus fort sur cette terre. Il allait prendre sa décision. Un choix clair, précis, qu'il ne regretterait jamais.

Autre chose lui frappa l'esprit. Esteban, Ariane, Clara, cette histoire en Afrique du Sud de parents qui pardonnaient à l'assassin de leur fille… Comme un noyé qui se débat, respire entre les vagues, il convoqua ce qu'il y avait de plus profondément humain en lui. Faire le mal ou la possibilité de ne pas le faire ? S'accrocher à la non-violence ? Se clouer à une règle de vie, le credo de Gandhi, Mandela, la conviction à nouveau que l'usage de la force est une forme d'asservissement… À répondre en tueur, il se plaçait tout simplement face à l'essentiel. Face à l'échec de son existence, à la fin de toute espérance avec Ariane.

Quand il apparut dans la cuisine, Constant se tourna vers lui et le regarda de la tête aux pieds, stupéfait. Comment avait-il atterri là ? La veille, il l'avait vu et reconnu à l'église. Le suivait-il depuis Buenos Aires ? Ou bénéficiait-il lui aussi d'un tuyau ? Un ancien de la Triple A retourné avec une liasse de dollars ? Bon Dieu, si on ne pouvait même plus compter sur eux… Les yeux fiévreux, Sacco ne comprenait rien non plus. D'où sortait ce type ? C'était qui ce petit con chaussé de pompes d'ado ?

Gabriel avait deux ennemis redoutables en ligne de mire. Alors quoi ? Choisir le plus vif en premier, poser l'index sur la détente du Glock et faire feu sur Constant, trois balles dans la région du cœur ? Ou plutôt le désarmer, puis les cuisiner tous les deux ? Il n'eut pas le temps de trancher, car Sacco bondit soudainement et saisit de sa main valide la lame qui le crucifiait à la table. Il se jeta sur Constant et l'embrocha.

Emplis de rage meurtrière, les vieux reptiles se débattaient au sol devant lui. El Jefe reprenait l'avantage, parvenait à contenir le bras de Sacco, visage tourné en direction du Colt dégagé à deux mètres. Crispé sur son arme, Gabriel restait à distance. Plus tard, il se dirait que la scène ressemblait à celle qu'ils avaient vécue au Havre, à la différence que l'empoignade lui procurait cette fois une sorte d'allégresse. L'assassin de son frère allait s'éteindre et en plus il faisait très bien le boulot à sa place.

Alors qu'il se vidait de sang, Constant parvint à se dégager et saisir le 38.

Bang-bang-bang.

Des tirs au jugé. Quelques râles et rapidement plus un bruit.

Sacco raide mort.

Constant à l'agonie, tremblant comme une feuille.

Gabriel s'avança à l'aplomb des deux hommes. Sans aveux de Sacco, le mari d'Ariane pouvait dormir tranquille. Son absence de réaction, sa neutralité, le sauvaient d'une certaine façon. Mais il connaissait désormais le prénom de son fils. Il attendrait aussi longtemps qu'il le faudrait une preuve hématique.

Un chiffon lui permit d'effacer ses empreintes des poignées de porte. Dans son souvenir, il n'avait rien touché d'autre. Pas de traces de pneus non plus à balayer, sa voiture était loin, aucun signe de lui à la *finca*, les policiers concluraient à un petit meurtre entre amis.

Il regagna la Corolla au pas de course en prenant soin de ne pas s'approcher de la femme et l'enfant. Il les vit peu après sur la Ruta 9, à l'instant même où s'arrêtait une Jeep militaire. Enveloppé d'une odeur de poudre, il s'arrêta quelques kilomètres plus tard. Il se lava les mains et le visage dans les eaux sombres de la *laguna negra*, puis jeta son revolver le plus loin possible. Avant que les flics ne viennent draguer la vase…

Sur la route de Montevideo, il s'alluma enfin une cigarette et fit jouer Radio Uruguay. Cette fois-ci, c'était Bowie : « *We can beat them, forever and ever / Oh, we can be heroes, just for one day.* »

25

Le temps sur arrêt. Ce temps qui ne guérit rien rajoute son poids et compresse l'estomac d'une grande main de fer. Gabriel avait raté le dernier ferry pour Buenos Aires. Il tenta d'appeler Ariane, qui n'était pas encore rentrée à l'hôtel. Tant mieux, il préférait différer son récit et somnoler dans la Corolla. À l'aube, il laisserait un message à la réception pour la prévenir qu'il reviendrait autour de midi. Pour l'heure, le Colonia Express accostait à la gare maritime. Il renonçait à fouiller l'appartement de Julien – la moitié des flics de Buenos Aires devait déjà y être. Il était quand même rare d'assassiner un curé en ville. Et la presse allait s'y mettre, elle aussi. Gabriel avait donc la matinée pour lui.

Le cimetière de la Recoleta n'était pas si loin derrière la Plaza San Martín, une vingtaine de minutes à pied. Il s'y rendit anéanti, comme s'il tenait une bombe entre ses mains. À ce niveau, ce n'était même plus de la culpabilité. Véro avait été tuée à sa place, à cause de lui. Depuis le début, il savait bien que la mort de son père et l'arrestation de Julien étaient au centre de tout, mais quand même il s'était pris à espérer que

Constant fût un peu responsable, et que Mariana, cette amie montonera, ait sa part dans l'histoire. Mais non, c'était sa faute, à lui seul, sa très grande faute.

Il n'avait jamais assisté à un enterrement à la Recoleta ni effectué la moindre visite. Dans son milieu d'origine, le cimetière chanté par Borges, toujours Borges, encore Borges, était une prison éternelle pour les voleurs du pays. Il se faufila à travers les statues mortuaires, les gommiers sur leurs béquilles et les visites guidées. Au pays du tango, les conférenciers insistaient toujours sur les crimes passionnels. Il y avait bien sûr ce couple représenté dos à dos tels qu'ils s'étaient ignorés toute leur vie, ou encore la fameuse Rufina Cambaceres enterrée vivante alors qu'elle faisait une crise de catalepsie. Il négligea tous les pièges à touristes. Un gardien lui indiqua l'emplacement de la tombe qu'il cherchait. Couvert de fleurs, le mausolée de marbre blanc des Constant se trouvait à l'aplomb d'un mur en briques.

Perturbé par l'idée qu'El Jefe allait bientôt rejoindre sa femme et sa fille, Gabriel eut un mal fou à se recueillir. Un chat se frotta contre sa jambe. Il y trouva un certain réconfort et sortit de sa poche une *guayaba* de la province de Misiones. Pour retrouver le goût musqué de ce premier baiser à la goyave avec Véro, il l'ouvrit en deux. Et voilà, il partit retrouver Ariane.

Dans la chambre, celle-ci recouvrait son sens inné de la logistique. Esteban avait vérifié la validité du passeport de Clara et noté son numéro de carte bleue. C'était fait, sa fille s'envolait pour Buenos Aires sitôt le début des vacances de février. Un départ le vendredi soir et une arrivée le samedi matin.

Ariane avait tenté de les joindre à plusieurs reprises. De retour de Fénelon, Clara l'avait longuement écoutée. C'était déconcertant. Elle ne semblait pas surprise. « D'accord, maman », répétait-elle. Esteban la déposerait à Roissy-Charles-de-Gaulle et elle la guetterait dans le hall des arrivées à Ezeiza. Quant au retour en France, il fallait prendre son temps. La route était encore longue. Son enracinement et son déracinement, son identité reçue et son identité perdue. À cet instant, Ariane avait manqué de souffle. Sentant son trouble, Clara s'était presque emportée pour ne pas l'entendre pleurer : « Arrête avec tes angoisses, maman. Je n'ai pas été abandonnée à la naissance. Pour un enfant adopté, c'est presque un soulagement ce qui m'arrive. Je l'ai longtemps détestée cette garce trop pauvre, trop pute, trop seule, qui m'a laissé tomber à Villa Lugano. Là, tu me parles de héros. J'ai rendez-vous avec mon hérédité génétique, je ne pars pas à la guerre ! » Une mère de lumière, une *madre* de l'ombre, Clara voyait les choses comme ça. La bombe explosait. Elle devait libérer un nuage de cendres, mais c'était une pluie de confettis multicolores.

Incroyable comme les épreuves d'une vie peuvent changer une personne du tout au tout, songeait Ariane à présent. La soirée s'était prolongée avec Ariel. La lecture des dossiers de Lucía Fernandez et de son fiancé Diego Cienfuegos, père génétique de Clara, l'avait rapprochée de ces familles. Elle ne demandait pas mieux que de rencontrer le juge Marquevitch et détruire Videla, qu'on lui fasse rendre gorge à ce salopard. Elle paraissait tout le contraire d'une militante, mais une métamorphose totale s'était opérée en elle en un mois, plus grande qu'elle ne l'aurait imaginée. Clara passerait ses vacances de février à Buenos Aires. Entendu. Quant à Ariane, ça s'annonçait plus compliqué : elle ne se voyait plus du tout rentrer à Paris. Ses retrouvailles avec la France l'avaient mise sur la piste de l'agenda de Bertrand. Rien que pour cette découverte, quitter le Cap avait valu la peine, mais le ras-le-bol de vivre en expat qui avait motivé leur retour, maintenant que la famille se disloquait, n'avait plus aucun sens. En fait, depuis longtemps, c'était Bertrand qu'elle voulait fuir, et non le fait de vivre à l'étranger.

Conclusion : c'était bien plus logique de s'installer à Buenos Aires.

En dix jours, son attachement pour cette ville n'avait fait que grandir. Elle postulerait au lycée français, se présenterait au proviseur de Jean-Mermoz. Elle ferait comme elle avait toujours fait à son arrivée dans une nouvelle ville : sonder les compatriotes, chercher un appartement, attendre le conteneur au port, se procurer un véhicule. Elle connaissait tout ça par cœur et s'offrirait une vie toute neuve. D'autant que les choses paraissaient synchrones avec Gabriel. Ils se complétaient. D'un point de vue logique, Ariane s'attendait à ce que Sacco ait tout déballé. Gabriel aussi retrouverait son enfant. Elle prenait garde quand même à ne pas rêver d'étoiles trop grandes, mais la journée se présentait bien. Elle savait maintenant qu'elle ne perdrait jamais Clara. Elles sauraient trouver un équilibre, survivraient toutes les deux au séisme. Comme Ariel, Clara se construirait une belle vie d'adulte.

Alors qu'Ariane plissait les yeux dans un rayon de soleil, le téléphone sonna. C'était précisément le jeune homme des Grands-mères au bout du fil, la voix joyeuse.

— Tu connais ce dicton argentin, « Dieu est partout mais reçoit ses fidèles à Buenos Aires » ? Pour une fois, les *Abuelas* peuvent se fier au bon sens populaire. On veut s'exprimer publiquement aujourd'hui, mais rassure-toi, on ne citera pas le nom de Clara. C'est l'histoire familiale que nous voulons raconter. J'ai rédigé un communiqué de presse. Je peux te le lire ?

— Pour le moment, rien sur Clara, même en *off*. Promis ?

— Juré ! Alors voilà : « Les *Abuelas* ont la joie d'annoncer la restitution de la fille de Lucía Fernandez et Diego Cienfuegos, tous deux disparus au cours de la dernière dictature. Au moment de son enlèvement, Lucía était enceinte de trois mois, et sa famille n'a plus jamais entendu parler d'elle, ni de son conjoint, ni de l'enfant né autour du 20 décembre 1977. Grâce à la persévérance de nos recherches et des travaux de la Commission nationale pour le droit à l'identité (Conadi), une nouvelle *nieta* peut aujourd'hui connaître la vérité sur son origine. Lucía est née le 16 juin 1952 à Mendoza. Elle étudiait en sociologie à l'Université catholique d'Argentine et militait à la Juventud Universitaria Peronista. Elle a rencontré Diego chez les montoneros. Ses camarades la connaissaient sous le surnom de “La Gallega”, lui sous “El Flaco”. Tous deux ont été enlevés par des membres de la police fédérale dans une pension de Buenos Aires et conduits à Campo de Mayo. C’est une fois encore la preuve d’une coordination répressive entre l’armée et d’autres forces de sécurité. Les témoignages d’une infirmière de l’hôpital militaire ont confirmé que La Gallega avait donné naissance par césarienne à une petite fille en décembre 1977, bébé arraché aussitôt à sa mère, assassinée lors d’un vol de la mort. Autant la disparition de Lucía que l’appropriation illégale de l’enfant seront jugées un jour devant un tribunal argentin. Nous n’arrêterons jamais notre combat. Cette nouvelle restitution est le constat que la vérité et la justice gagnent toujours face à l’oubli et au silence. Elle est la preuve que l’État doit accompagner ce processus de mémoire. Nous demandons à tous de continuer à nous aider à trouver nos petits-enfants. S’il vous plaît, brisez le silence et ne laissez pas des centaines de jeunes femmes et de jeunes hommes dans l’ignorance de leur origine. Nous remercions tous ceux qui transmettent ces informations et qui travaillent jour après jour pour que des embrassades repoussées depuis si longtemps aient lieu un jour. »

Un long silence se fit.

— Ça te va ?

— Oui, bien sûr. Clara arrive ce week-end. Je te dirai quand nous serons prêtes. Mais ce sera rapide, je crois. Elle réagit bien, pour l’instant.

— Tant mieux ! Je t’embrasse, Ariane.

— Moi aussi, Ariel.

Gabriel n’allait pas tarder. Irait-elle faire un tour

dans Palermo, en terrasse au Mono Bar à l'angle de Salvador et Uriarte ? Non, car maintenant qu'elle avait surmonté toutes les difficultés, qu'elle éprouvait un soulagement total, elle ne voulait pas rater son homme lorsqu'il arriverait à l'hôtel. Ils avaient tant de choses à se dire.

Elle tâcha de lire un peu, mais elle pensait au voyage de Gabriel en Uruguay, et les pires scénarios lui traversèrent l'esprit : le risque d'un échec retentissant, la possibilité d'un bain de sang… Il s'en était tiré, puisqu'il avait pu la joindre, mais à quel prix ? Elle se répéta que leur histoire d'amour ne pouvait plus échouer. C'était désormais à elle de prendre les choses en main. Elle se figea quand elle l'entendit frapper à la porte. Deux petites tapes rapides, suivies d'une troisième plus sonore. Il faisait toujours comme ça.

26

— Alors ? demanda Ariane.

— Je ne les ai pas tués. Je peux me regarder dans la glace.

Le sang battait contre ses tempes, mais Gabriel garda son calme. Il lui raconta tout depuis ses explorations sur la côte uruguayenne jusqu'à la station à essence, l'apparition de Constant comme un diable qui sort de sa boîte, la *finca*, l'affrontement à mort des deux reptiles, et ce coup dur, Martín qui resterait à jamais introuvable, une aiguille dans une botte de foin.

— Et toi ?

Incrédule, il n'en revenait pas d'apprendre qu'autour d'Ariane, c'était l'apaisement général, alors que la plus grande confusion régnait autour de lui. Il se tenait immobile face à elle et finit par lui demander :

— Et ton mari ? Finalement, c'est lui la dernière inconnue.

Il va se rendre ? S'expliquer ?

— Plutôt que fuir, ce serait dans son intérêt, oui. Je pense qu'il a agi pour me faire plaisir, pour remplir son rôle d'époux, pour nous aider à fonder une famille. Il n'a pas réfléchi aux conséquences. Je dirai ça au juge, en tout cas. Bertrand n'est pas un fanatique. Ça n'avait rien d'un acte politique. Et puis nous étions si jeunes…

— Il savait très bien ce qu'il faisait en payant. Les *milicos* nous baratinent avec l'idée de « sauver une âme », de rééduquer les enfants des gauchistes. C'est la seule explication qu'ils donnent, mais c'est un écran de fumée. La complicité avec les médecins et les religieux ne s'explique que par le fric, ou par un échange, comme pour Clara. Ils faisaient ça en douce, négociaient sur un coin de trottoir, peut-être même devant les portes de l'Esma… Saint pognon, c'est ça, l'histoire des bébés volés. Un pacte de corruption. L'Église est monstrueuse car la plupart des curés savaient ce qui se passait. Les *milicos* campent sur leur « dignité » fasciste, les experts parlent de « national-catholicisme ». En vérité, ce sont tous de vulgaires mafieux.

Gabriel lui expliquait que Bertrand avait encore moins d'excuses parce qu'il n'était pas sous l'emprise d'une idéologie, qu'il avait profité de la situation honteusement. Ariane ne comprenait pas vraiment où il voulait en venir.

— Bien sûr que les cyniques sont aussi affreux que les fascistes, réagit-elle.

— Non, ce n'est pas ce que je voulais dire. Je refuse de mettre dans le même panier tous les *apropiadores*. Il y a parmi eux des *milicos* violents que je collerais au poteau sans la moindre hésitation. Mais certains sont tout simplement des parents adoptants, des couples prisonniers de leur névrose, de leur détresse à ne pas avoir d'enfant, de leur stupidité, je ne confonds pas la méchanceté et la stupidité. Ils avaient l'assurance d'un enfant sain, européen, dépourvu de « maudits » traits andins. Sans doute qu'il suffisait de peu pour franchir le pas. Au fond, ton mari n'est pas qu'un monstre. Je me fais l'avocat du diable, mais il voulait avant tout fonder une famille.

— Si les *Abuelas* t'entendaient !

— Je les respecte trop pour me permettre un tel raisonnement devant elles. Et en plus, il y a une zone grise. Tout s'emmêle, car il faut admettre que l'on doit à des *represores* comme Sacco la grâce des bébés. Ils avaient le choix entre leur tirer une balle dans la tête ou les faire adopter. Les nazis tuaient, eux. Je n'ai pas connaissance d'un bébé volé sous le IIIe Reich. Ils ont assassiné un million d'enfants juifs, des dizaines de milliers d'enfants tziganes. Pareil pour les Khmers rouges, les Hutus…

Les mots jaillissaient un peu trop vite de sa bouche, mais il voulait mettre Ariane en garde, pour qu'elle ne se lance pas dans une quête éperdue de vérité, qu'elle n'embrasse pas cette cause si douloureuse de *tous* les bébés disparus. Elle y perdrait sa légèreté, le bonheur, les plaisirs et l'amour de la vie. D'après lui, le sinistre *Proceso* n'avait rien de sophistiqué. Des gens médiocres, cruels, avaient pris le pouvoir. Il fallait les arrêter, les juger, peut-être même ignorer Bertrand à l'avenir, et passer à autre chose. Priorité aux vivants !

Ariane, le regard perdu dans le vide, ne parvint pas à prononcer le moindre mot.

Soudain, Gabriel se hâta vers la salle de bains.

— Je dois me doucher, lança-t-il d'un air détaché.

Autour d'eux, l'odeur des grillades emportait tout.

Chacun se concentrait sur son plat. La Caballeriza avait la réputation de servir les meilleures viandes au monde.

Gabriel aurait pu dévorer un bœuf entier, il n'avait pratiquement rien avalé depuis trente-six heures. Ils venaient de traverser à pied la roseraie du Rosedal, de contourner l'hippodrome en direction du Lago del Parque. Ils attendaient avec impatience leur *ojo de bife*, le morceau préféré des gauchos.

— J'aime cette ville, dit Ariane. Je m'y sens bien.

— La mer est loin.

— Il suffit de rouler quelques heures, balaya-t-elle pour vite effacer cette réserve.

— Moi, je la trouve épuisante, cette ville. Il y a quelque chose de trop frénétique, la course de celui qui vit au-dessus de ses moyens, proche de la banqueroute. La crise va frapper fort par ici. J'étais excité à mon arrivée, c'est vrai, mais je me demande si je crois encore en ce pays, en cette Argentine à laquelle rêvent le *padre* Bernardo et les *Abuelas*. Pour ceux qui avaient vingt ans dans les années 1970, la dictature marque l'écroulement de tout un monde. Les *milicos* ont détruit une génération. C'est définitif, tu comprends ?

— Mais avec le temps, tu ne crois pas…

Ariane ne finit pas sa phrase. Il y eut un flottement et l'apparition dans leur assiette d'une chair marbrée, très aromatique, d'une incroyable jutosité.

— Gabriel, je veux m'installer à Buenos Aires, reprit-elle en posant ses couverts sur la table d'un geste théâtral. Maintenant. Avec toi. On peut chercher un logement près d'ici. Qu'est-ce que tu en penses ?

L'incompréhension était totale.

Gabriel observa Ariane en se mordillant la lèvre inférieure. S'il devait lui livrer le fond de sa pensée, il dirait que quelque chose se brisait en lui. Il dirait : « C'est fini entre nous, Ariane. J'ai perdu. Pour rien au monde je ne quitterais la France. Pour rien au monde je n'irais vivre chez les bourges de Palermo Chico. Je n'ai tout simplement pas la force de passer du temps ici, à me taper la tête contre les murs. Pour moi, c'est juste insupportable. »

Parfois, dans un couple, la magie s'évanouit sur une remarque, un détail, une attitude. Ils en étaient exactement là, à mettre un océan entre eux. Gabriel avait le choix : il pouvait se battre, convaincre Ariane de ne pas fuir, comme elle en avait l'habitude. Mais non, il la laisserait s'envoler, jamais il n'avait retenu quiconque contre son gré.

Le pire fut qu'Ariane sut parfaitement interpréter son silence.

Pas étonnée, elle sentit qu'elle n'avait aucune prise là-dessus, et comme il n'était pas question non plus pour elle de changer d'avis, elle se projeta dans l'avenir – un appartement en bordure de la Rosedal, près des espaces verts, la possibilité d'une vie normale pour Clara, et naturellement la recherche de Martín. Elle remuerait ciel et terre pour le retrouver, ferait de son mieux. Oui, elle avait la foi.

Ils n'en étaient pas au café qu'il cédait déjà au sarcasme :

— Alors, tu vas rejoindre les quartiers de l'oligarchie contre laquelle nous nous sommes battus ? s'insurgea Gabriel.

Mais s'indigner ne faisait plus partie de son vocabulaire. Il n'était plus ce militant qu'il avait été durant sa jeunesse. Et même à cette époque, en avait-il la fibre ? Elle voulait prendre des cours de tango ? Bien, à fond dans le cliché. Et pourquoi pas rêver d'*asado* le dimanche, survivre en mangeant le plus de viande possible ? Pour un peu, il lui aurait offert ce *Manuel des grillades argentines* qui traînait dans la cuisine de sa mère. Mais surtout, il y avait Clara. Ce qui allait se jouer avec son arrivée… Là non plus, il n'y croyait pas. Tout l'inquiétait. Même avec les meilleurs psys du monde, elle n'y parviendrait jamais, cette gamine. C'était terrible, ce qu'avaient fait ces assassins. Les traumatismes se répéteraient en continu, de génération en génération. Ainsi, peut-être valait-il mieux que Martín ne sache pas d'où il venait, de ce trou noir. Au moins pouvait-il librement découvrir l'immensité de l'avenir.

C'est donc aussi fragile que ça, une histoire d'amour ?

Les jours suivants, dans l'attente de Clara, Ariane se transforma en une femme froide et butée. En miroir, Gabriel se fermait. Plus elle insistait et plus il voulait retrouver Langrune, la salle de bains à bricoler. C'était elle qui le sollicitait pour qu'ils poursuivent leurs explorations dans cette ville tentaculaire, explorent des endroits comme le club de tango La Catedral, sur Sarmiento ; un dernier tour de piste aussi dans les musées, y compris la collection Sivorí, rajoutant à leur carnet de bal le Teatro Colón et El Ateneo, Avenida Santa Fe, théâtre tout juste reconverti en magnifique librairie. Ensemble, ils visitèrent plusieurs appartements et trouvèrent sur calle Lafinur exactement ce qu'Ariane cherchait, un plein ciel au dixième étage d'un immeuble moderne mais plaisant. L'adresse fut aussitôt communiquée à Bertrand pour un déménagement. Elle fit une liste de meubles, vaisselles, affaires. Exécution !

Finalement, toutes les prédictions de Gabriel s'étaient réalisées.

Il n'avait aucun regret, et notait seulement que ses réflexes avaient été les bons le premier soir chez Esteban. Non, l'amour ne triomphait pas de tout. Et non, nul ne pouvait compter sur la police et la justice en Argentine. Aurait-il changé quelque chose s'il était intervenu au bon moment pour désarmer les vieux serpents ? Sacco aurait-il livré les ravisseurs de Martín ? Même ce grand point d'interrogation s'effaçait quand il avait des doutes. Car « les militaires argentins ne parlent pas », c'est une phrase qu'il avait toujours entendue. Ils se taisaient ou mentaient, en souriant, comme ils le feraient tous bien des années plus tard, au moment de leurs procès.

Restait à dire adieu aux morts, c'était le but de son voyage avant qu'il n'embarque Ariane. Il prolongeait son séjour jusqu'à l'enterrement de Julien auprès de leurs parents à El Palomar, mais après il serait temps de rentrer, n'ayant obtenu qu'une seule chose, la date de naissance de son fils. L'étude des registres de naissance autour de Campo de Mayo ne donnerait rien du tout.

Lorsque Clara débarqua à Buenos Aires, Ariane

ne la quitta plus d'une semelle. Cette dernière n'imaginait pas une seconde que Gabriel romprait leur relation. Personne d'autre que Gabriel ne lui avait donné tant de preuves d'amour. Elle le protégerait, le retrouverait en France pour l'été. Ils passeraient deux mois ensemble. Et puisque l'Argentine le tourmentait, il pouvait la retrouver en Amérique pendant les vacances scolaires, à la Toussaint, à Noël, en février… Ça en faisait, des semaines à passer ensemble.

Ils soutinrent ce rythme cinq années.

Tout ce temps, Ariane chercha Martín. Elle s'engagea chez les *Abuelas*, relança Ariel chaque fois qu'elle sentait qu'il relâchait un peu la pression sur les autorités. Mais les *apropiadores* savaient finement brouiller les pistes. Martín devint une épuisante obsession. Ariane se décourageait de plus en plus, se mettait souvent en colère. Il ne se rend donc compte de rien, ce petit !

À chaque retrouvaille, l'intensité de ses étreintes avec Gabriel était décuplée par l'attente. Ils se faisaient l'effet de jeunes amants pleins de vitalité, se jetaient l'un sur l'autre, n'en revenaient pas du bonheur de se retrouver à deux, enlacés, soudés, plaqués. Brésil, Colombie, Pérou, Venezuela, et puis encore le Brésil. Pourquoi ne pas acheter une maison ensemble à Paraty, prendre la vie comme elle venait sur la Costa Verde ? Ils en étaient à la promesse de vente, et soudain Gabriel se sentit totalement pris au piège.

À chaque fois qu'il revoyait Ariane, il revoyait Véro.

Ça ne changeait pas. Martín s'immisçait entre

eux. Sa douleur n'en finirait jamais. Et quand il allait mieux, il se remémorait les tentatives d'Ariane pour le sauver de lui-même, le protéger de ses fantômes.

« On arrête », fit-il comme un salaud par téléphone. Gardant en lui ces vers de Borges :

Il a vu cette longue et triple bête : nous.
Tout ce que nous serons et ce que nous avons
Été. Mais nous serions anéantis de voir
La vaste forme de notre être. En sa clémence
Dieu nous a donné le temps successif et l'oubli[1].

1. J.-L. Borges, *L'Autre, le même*, in *Œuvres complètes*, Paris, II, Gallimard, 2010.

27

2008

Dans le musée étincelant de soleil, Martín ne fut d'abord qu'une illusion. À sa place, Ariane vit Gabriel, ses yeux noirs, sa bouche. Moins d'un mètre la séparait du jeune homme. Chacun de leur côté, ils détaillaient les traits andins d'un bronze titré *Hijo de la tierra*, beau buste exécuté par Wifredo Viladrich, typique de l'École argentine des années 1940. Le Tout-Buenos Aires se pressait au vernissage de *Los Modernos*. C'était une belle idée de regrouper les scènes argentines et mexicaines entre 1900 et 1960, de traquer leurs correspondances et leurs influences.

Le bruit des pas et la rumeur sourde des conversations chuchotées envahissaient le Museo de Arte Latinoamericano de Buenos Aires, dit MALBA. L'établissement avait tout juste sept ans. C'était une réplique argentine des espaces contemporains qui fleurissaient un peu partout dans le monde : métal, béton et bois mélangés, grandes verrières et mezzanines, jeux d'ombre et de lumière, angles aigus, courbes et lignes droites – un chaos contrôlé.

Ariane vivait toujours calle Lafinur, non loin du musée. Elle y retrouvait une amie, mais dans la cohue du vernissage, celle-ci s'était volatilisée.

En partant, elle buta sur cette apparition trompeuse.

— Désolé, madame, fit le jeune homme en levant les yeux vers elle.

Novembre répandait les fleurs mauves des jacarandas sur la baie vitrée de la salle Silvia N. Braier. Ces floraisons réjouissaient tout un chacun à Buenos Aires. Ariane détourna la tête en leur direction, comme une respiration, l'espoir de recouvrer des pensées raisonnables. Regagnant l'exposition, son regard se posa sur le dos de « Gabriel ». Marchant vers le buffet – il y en a toujours dans ce genre de réception –, elle voulut lui proposer un verre.

— Je peux vous poser une question ? fit-elle, maintenant à sa hauteur.

— Bien sûr !

Gabriel se diluait dans l'esprit d'Ariane. Martín s'imposait dans son champ de vision. Grand. Mince. Charismatique.

— Vous sembliez passionné par ce bronze, ce n'est pas fréquent chez un jeune de votre âge. Vous connaissez l'œuvre de Wifredo Viladrich ? Il est confidentiel, hélas. J'ai visité son atelier de San Juan, il y a vraiment des merveilles. Une famille d'artistes, son père était peintre, son fils l'est également.

— Je connais Alejandro, sourit le beau jeune homme. On le suit ici.

— « On » ? Vous voulez dire que vous travaillez ici ?

— J'assiste la commissaire d'exposition. Je fais un peu de médiation culturelle aussi. Aujourd'hui, j'observe. Vous avez vu cette effervescence artistique à Buenos Aires, ces nouveaux circuits artistiques ? Ça bouge, vous ne trouvez pas ? L'économie qui repart. Les procès des militaires qui vont enfin commencer. Partout en Amérique latine, art et politique sont historiquement entremêlés… Vous êtes du métier, vous aussi ?

— Non, ou plutôt si, un peu. Je suis professeur d'arts plastiques au Lycée français.

— Ici ? Mais vous vivez chez nous ? Je vous imaginais parisienne. Journaliste, universitaire, quelque chose du genre…

— Je suis née à Paris, mais j'ai beaucoup voyagé. Depuis toujours, les exilés recherchent un avenir meilleur à Buenos Aires. Ma fille est venue me rejoindre il y a dix ans. Maintenant, c'est moi qui l'accompagne. Elle a votre âge. Elle adore Palermo Hollywood. Elle y fera sa vie, je crois. Mais vous, ça vous vient d'où ce métier ? De votre famille ?

— Oh non, pas du tout. Mon père est dans les affaires. J'ai été élevé pour travailler à la City de Londres. Il fait partie de ces gens qui pensent que l'Argentine a fait une faute historique en refusant la colonisation britannique.

— La guerre des Malouines n'a pas étouffé sa flamme ? Mais peut-être qu'il n'aime pas les militaires ?

— Si, même un peu trop, hélas ! Il y a pas mal d'uniformes dans la famille. Son frère, un cousin… Disons qu'il n'a pas peur des contradictions. J'ai baigné dans une éducation polo et collège anglais. Vous voyez le genre ? Plus j'entendais parler de Thatcher, plus je faisais mes classes au Centre culturel Recoleta, un lieu à la fois expérimental et académique. J'aime bien ça, se définir à travers des œuvres, mais aussi en dehors des systèmes plus formels des écoles, des résidences. Il n'y a aucune fibre artistique dans la famille. Je fais mon petit chemin tout seul.

Martín sentit la gêne d'Ariane. Ses yeux s'embuaient.

— Et vous, cette attirance pour les Beaux-Arts ? fit-il timidement.

— Je ne sais pas.

L'hameçon tirait de toutes ses forces. Alors que des millions d'êtres humains vivaient à Buenos Aires, Martín se tenait là, devant elle, très loin d'imaginer les secrets et les mensonges qui truquaient son état civil. Elle l'écoutait et elle ne l'écoutait pas. Elle voulait le faire parler, et en même temps elle préférait qu'il se taise pour mieux le contempler. « Bienvenue à la vérité. » Après avoir arraché son fils des ronces de l'oubli, peut-être que Gabriel serait « prêt », réconcilié avec lui-même, et qu'elle le retrouverait, son grand amour perdu.

Finalement, elle tendit sa carte avec l'envie de ne pas précipiter les choses. Ce serait à lui de décider.

Avant de le quitter, elle noircit le verso d'une main tremblante : « À Martín, un jeune homme inconnu qui porte le joli nom de ses parents, Véronique Constant et Gabriel Vasky. »

NOTES ET REMERCIEMENTS

29 novembre 2017. Par le jeu des coïncidences, je me trouve à Buenos Aires au verdict dit de l'Esma III, peut-être l'un des plus importants procès de la dictature. Il s'achève sur quarante-huit condamnations. Pour la première fois, huit pilotes des vols de la mort sont jugés. Dans le box figurent en bonne place le « Tigre » et l'infâme capitaine de frégate Alfredo Astiz, coupable de l'enlèvement, de la torture et du viol des sœurs françaises Alice Domon et Léonie Duquet. Retrouvé inanimé dans une prison militaire en 2013 à l'âge de quatre-vingt-sept ans – il n'a été placé en détention qu'en 2008 ! –, Videla n'est plus là pour répondre de ses crimes. Le vent tourne, comme on dit : en 2017, les tribunaux ont prononcé cent quatre-vingt-dix-huit condamnations pour crimes contre l'humanité commis sous le *Proceso* – chiffre le plus élevé depuis le début des procès en 2006. Au total, on compte à ce jour très exactement huit cent cinquante-six sentences. Des centaines d'inculpés attendent encore leur peine. Au rythme actuel des instructions, la fin des audiences est prévue autour de 2024.

En cette radieuse soirée de fin novembre, la foule à mes côtés hurle un puissant «*hijo de puta*» à chaque apparition d'un tortionnaire sur l'écran de retransmission placé à l'extérieur du tribunal. «*Treinta mil desaparicidos... presentes!*» rugissent de jeunes visages. Parmi eux, quelques «bébés volés» rendus à leur identité grâce à la persévérance des *Abuelas*, de la Conadi et de la Banque de données génétiques.

5 décembre 2017, toujours cette douce musique du hasard, le réel qui percute ma fiction: Adriana, avocate de quarante ans, découvre brusquement la véritable identité de ses parents assassinés, Edgardo Garnier et Violeta Graciela, enceinte de huit mois à son arrestation, en décembre 1976. Sa grand-mère, vivante, Dieu soit loué, s'appelle Blanca. Elle devient le cent vingt-sixième petit-enfant rendu à sa famille biologique. L'année se clôt en beauté, le 27 décembre: alors que les *Abuelas* «fêtent» leur quarantième anniversaire, la cent vingt-septième *nieta* est identifiée du côté de Mendoza. Fille des montoneros María del Carmen Moyano et Carlos Simón Poblete, elle est née à l'Esma en mai ou en juin 1977 – difficile de savoir exactement. Je termine mon roman à l'instant, cette nouvelle me rend heureux comme un gamin. À l'instar de Clara, son nom reste anonyme. Estela de Carlotto annonce que sa famille l'attend «les bras ouverts, le cœur ouvert, et avec tous les espoirs du monde, pour lui faire connaître son histoire et la prendre dans les bras».

Moins d'un an plus tard, en août 2018, c'est un bébé capturé à l'âge de trois mois en 1976 qui retrouve sa véritable identité, Marcos Eduardo Ramos, les *Abuelas* parviennent ainsi au total de cent vingt-huit « bébés volés » retrouvés. Je n'arrive pas à me prononcer sur ce chiffre : est-il miraculeux, ou modeste, à l'aune des centaines de femmes et d'hommes éparpillés dans la nature, égarés dans une filiation mensongère ? L'Argentine n'est pas la seule concernée. Les *milicos* ont émigré un peu partout à partir des années 1980 : États-Unis, Brésil, Chili, Paraguay, Allemagne… Les *Abuelas* ont identifié trois bébés volés à l'hôpital militaire de Campo de Mayo de nationalité allemande. Le directeur juridique de Mercedes-Benz, Rubén Pablo Cueva – la filiale argentine ayant été accusée d'avoir collaboré avec la junte –, a même déclaré à la barre d'un tribunal que son entreprise fit don d'un équipement néonatal ! Sans oublier non plus l'Espagne, la Hollande et… la France.

La France, vraiment ? C'est en tout cas ce que pensait María del Carmen Squeff, ambassadrice d'Argentine à Paris, le 15 mai 2015 sur France Inter, évoquant son « intuition » et la présence à Paris sous la junte de la structure répressive la plus aboutie à l'étranger, le Centro Piloto chargé d'infiltrer les exilés. C'est avec la déclaration de Mme Squeff que j'ai trouvé l'inspiration franco-argentine de mon roman. Pour l'écrire, j'ai puisé dans le livre *Escadrons de la mort, l'école française* de Marie-Monique Robin (La Découverte) et dans son documentaire, diffusé en 2003 sur Canal +. Je tiens à rappeler qu'en dépit des témoignages et des preuves apportées par cette remarquable enquêtrice sur les liens sinistres unissant Paris et Buenos Aires sous la dictature, les réactions officielles furent bien timides. Bernard Stasi, alors médiateur de la République, sauva pour ainsi dire l'honneur sous les dorures du Sénat: «J'ai honte pour la France. J'espère que nous aurons le courage de faire toute la lumière sur cette face cachée de notre histoire pour que nous ayons enfin le droit de nous revendiquer patrie des droits de l'homme.» C'était en 2003. Seize années plus tard, toujours rien...

Difficile de clore un tel sujet. Avant mes remerciements, je tiens à vous présenter une dernière archive, glanée lors de ce procès de l'Esma III. Vous êtes persuadé de n'avoir jamais rencontré de «pilote de la mort», n'est-ce pas? Eh bien, pour ceux d'entre vous qui ont déjà voyagé avec Transavia entre 1988 et 2009, deux décennies quand même, vous avez peut-être croisé la route de Julio Poch. Naturalisé hollandais et issu de trois générations de marins militaires, ce commandant de bord argentin se vante un jour devant deux confrères d'avoir participé au programme des vols de la mort. Ses mots exacts sont: «Les Grands-mères auraient dû savoir que leurs enfants étaient des terroristes. On aurait dû tous les tuer.» La scène se passe à Bali – oui Bali! –, où Transavia offre un congé exceptionnel à ses aviateurs. Horrifiés, Geert Geroen et Tim Weert, témoins de la bravade, dénoncent le criminel à leur direction et au ministère public sitôt leur retour en Hollande. En 2008, un juge argentin réclame en vain aux Pays-Bas son arrestation en vue d'une extradition, et ce n'est qu'en 2009, à Valence, lors de son dernier vol avant sa retraite, que le lieutenant de frégate Julio Poch, attendu par des agents du Groupe de localisation des fugitifs de la police espagnole, est arrêté, extradé, et mis sous les verrous pour la disparition de quarante et une personnes.

Des Julio Poch, il y en a d'autres en Europe, et peut-être près de chez vous. Je songe en particulier à « Face d'ange », ce boiteux de l'OAS aperçu juste avant les enlèvements de l'église Santa Cruz.

S'il m'est arrivé de douter du *timing* de mon travail – je veux écrire sur cette dictature depuis la Coupe du monde de foot 1978, l'appel au boycott de personnalités aussi diverses qu'Aragon, Barthes, Signoret, Montand, Tavernier, Lacouture, Duras, Berger (« Diego, libre dans sa tête »...) ; mais aussi depuis la mobilisation dans mon collège de banlieue, depuis les « malgré nous » de Jean-Marc Guillou et Dominique Rocheteau qui jouaient en équipe de France –, eh bien, outre « l'apparition » de deux bébés volés lors de mon voyage, ces démons toujours libres ou récemment jugés sont là pour me dire que tout ceci n'est pas de l'histoire ancienne.

Venons-en à mes remerciements. À Jorge Luis Borges pour le titre tiré de *Insomnie*, mais surtout aux témoins, victimes, militants et journalistes meurtris par ces années noires. Attaché à « inventer avec des souvenirs », j'ai nourri ce roman de rencontres : merci à vous, Alicia Bonet-Krueger du Collectif argentin pour la mémoire, Philippe Broussard et sa *Disparue de San Juan*, Eliel Markman qui a écrit un excellent mémoire sur le rock argentin sous la dictature, et merci à toi, Laurent Bénégui, qui voit déjà cette histoire derrière ta caméra. À Buenos Aires : chez les *Abuelas* et à la Conadi, un *abrazo* à Manuel Gonzalves, Alicia Loguidice, Marisa Salton. Pour mes recherches consacrées à Campo de Mayo, un salut au documentaliste Aldo Getino et à Julio Dalessandro. Toute mon admiration aussi au *padre* Francisco de l'église Santa Cruz, sans oublier à l'Esma, María José Kahn, Cecilia Chechu Cavallo et Roberto Javier Bertolli.

Enfin, un salut fraternel et ému à Omar Massoni, il sait pourquoi, ainsi qu'une pensée affectueuse pour mes éditrices aux éditions Héloïse d'Ormesson et au Livre de Poche.

Du même auteur :

Aux Éditions Héloïse d'Ormesson

Le jour se lève et ce n'est pas le tien, 2016 ; Le Livre de Poche, 2017.

Aux Éditions Flammarion

Un été blanc et noir, 2013 ; Le Livre de Poche, 2015.
Et ils boiront leurs larmes, 2011 ; J'ai Lu, 2013.

Le Livre de Poche s'engage pour l'environnement en réduisant l'empreinte carbone de ses livres. Celle de cet exemplaire est de :
250 g éq. CO_2
Rendez-vous sur www.livredepoche-durable.fr

PAPIER À BASE DE FIBRES CERTIFIÉES

Composition réalisée par MAURY-IMPRIMEUR

Achevé d'imprimer en France par
CPI BRODARD & TAUPIN (72200 La Flèche)
en avril 2019
N° d'impression : 3033662
Dépôt légal 1re publication : mai 2019
LIBRAIRIE GÉNÉRALE FRANÇAISE
21, rue du Montparnasse – 75298 Paris Cedex 06

64/1771/0